终将
阳光照进
你灵魂

陈诺言◎著

中国华侨出版社
北京

图书在版编目（CIP）数据

终将阳光照进你灵魂 / 陈诺言著. –– 北京：中国华侨
出版社, 2020.12
　　ISBN 978-7-5113-8351-8

　　Ⅰ.①终… Ⅱ.①陈… Ⅲ.①长篇小说－中国－当代
Ⅳ.①I247.5

中国版本图书馆CIP数据核字(2020)第213888号

终将阳光照进你灵魂

著　　者：陈诺言	
责任编辑：姜薇薇	封面设计：邢海燕
经　　销：新华书店	
开　　本：710mm×1000mm　1/16	
印　　张：14.75	
字　　数：227千字	
印　　刷：河北盛世彩捷印刷有限公司	
版　　次：2020年12月第1版　2020年12月第1次印刷	
书　　号：ISBN 978-7-5113-8351-8	
定　　价：48.00元	

中国华侨出版社　北京市朝阳区西坝河东里77号楼底商5号 邮编: 100028
法律顾问：陈鹰律师事务所
发 行 部：(010)64013086　　　　　传　真：(010)64018116
网　　址：www. oveaschin. com　　　E-mail: oveaschin@sina.com

目 录
contents

本故事纯属虚构，如有雷同，纯属巧合。

🔍 **第一章**　＋

海港静水湾97号。

海港某著名富商赠送给超级女星的别墅。已是半夜时分，豪宅所在的整个半山区灯火通明，十几辆警车停在97号门牌外。

一辆黑色小轿车沿着山路盘旋而上，悄然停在97号别墅的附近。一位在警车旁翘首等候的警官迎了过去。车门打开，一个年轻女子从车里钻了出来。他低唤了一声"Madam"，年轻女子点了点头，神态严肃中带着清冷。她一头黑发如云，灯光下闪着微光，衬托着一张标致可人的脸，只是透着几分疲惫。"法医在里面检查尸体。"一位同样年轻的警官轻声说。她望向豪宅洞开的大门，这么著名的明星陨灭，半小时内已经轰动全港。

围起的警戒线在山风中猎猎作响。她拉起警戒线走了进去。

两人静静穿过花园，几只路灯立在花园角落以及小径旁，把整个花园照得仿如白昼。一座设计新颖的建筑矗立在小径尽头，简洁、时尚。女警官心里感叹，好特别的设计。

整栋建筑共两层，独特的四方造型。从花园看去，一楼不见大门入口。右边墙面被墙角的灯光照得质感分明，墙脚处一排高瘦的竹子，夜色中竹影婆娑，清雅自然。

左边的墙爬满绿色攀藤植物，如一幅厚实挂毯，在花园的灯下泛着墨绿油光。这面墙采纳了传统中式庭院的屏风设计，独立于建筑主体，挡住入口的所有视线。一眼望去，完全无法窥视一楼的室内情形。

二楼灯火通明，一个巨型水晶灯光正透过落地玻璃窗映照。东面主卧室外面设有一个巨大的露台，长长的飘台种满绿色植物，生机勃勃，挡住部分视线。此时主卧室同样灯火通明，落地窗半开，窗帘内不见人影走动。

整个建筑与植物浑然一体，完全隐匿了个人生活。

花园传来流水声潺潺，有警员带着猎犬在周围走动，偶尔一两声低吠。不时有警员轻声与她打招呼，她点头示意，轻声询问进展。案件事主赫赫有名，在海港如一石激起千层浪，在场的人员难免紧张。

"没有任何外人进入的痕迹。"一个手下向她汇报，猎犬在他脚边正低头分辨气味。他们没有发现陌生的脚印。她的视线在四周转了转，说："不要遗漏任何线索。"

她的助手站在小径尽头，等着进入别墅。浅白色的阶梯，边缘有青苔生长，她和助手一步步拾级而上，越过绿色屏风，视线豁然开朗，只见入口以玻璃为门，里面灯火璀璨，客厅一览无余。

几个警员正在屋内四处搜索取证，寻找蛛丝马迹。"其他人呢？"她低声问，她的小组几个手下不见身影。"一早来过现场，按Madam吩咐去查与女星相关的人证物证。"年轻助手回答。女警官点点头，两人步入了事发的住宅。

一名警员戴着橡胶手套，用绒毛刷子轻轻刷着一只杯子，把透明胶带按在指纹处，再按在一张卡片上，认真地制作指纹证据。一名警员站在玻璃门边，一边小心拆卸安保系统的电子屏幕，一边以对讲机与另一个在监控室查看电脑系统记录的警员交谈。

客厅西面一个复古酒吧，酒吧上方的一个摄像头，半隐在光线微弱处，把整个客厅纳入监控范围。

"听说现场出现灵异事件，"助手绕着吧台研究，"有没有《闪灵》的感觉？"他坐在吧台的高脚椅上，半倾前身，回头做了个惊悚的表情。"可能有鬼魂出入，导致室内磁场不稳定，电子故障频发。"女星自杀半小时内，各种坊间传闻不断。女警官耸耸肩，警察相信科学。

客厅的巨大水晶灯镶嵌着999块施华洛世奇水晶，从二楼天花板直垂而下，此刻折射出璀璨夺目的星光，营造着隆重的氛围，彰显女主人生活的尊贵。客厅装饰风格简洁大气，细节处体现讲究——复古沙发精雕细刻的扶手、天然原石壁炉、自制的陶瓷花瓶、旅行收集回来的羽毛……从茶几到各个角落，错落有致地放置着女主人旅行带回来的艺术品，异域风情十足。两棵高大阔叶观赏植物盆景安放其中，生意盎然；几株鲜花插放花瓶，水灵灵的，不见枯萎。

花依旧，只是人面不知何处。

奢华低调的欧式复古风格，与女警官记忆的某些影像重合，像漫不经心间，发现被弃置已久的角落。"很多女人追求的生活，"她感慨道，"只是难免孤独。"

似乎这多愁善感来得不是场合，助手摸摸脑袋，一时不知如何接话，耸耸肩。

楼梯在东面，两人沿着半弧度楼梯拾级而上。不知每次女星拖曳长裙、风姿绰约，带着怎样的期待盛装赴会；又会有怎样的落寞，一步一步，独自归来。

二楼一共四个房间。两间卧室，一个衣帽间，一个书房。四个房间灯火通明，戴着橡胶手套的警员偶尔进出，搜索证据。

走廊尽头天花板上一只摄像头，正对着走廊，把楼梯口和四个房间的出入情况监控得一清二楚。

主卧室门口站着另外一个年轻警员。"Madam，她就在主卧室。"一阵香奈儿香水味随过道的风扑鼻而来，站在门口的年轻警员见到女上司前来，向她致意。

女警官冲他点点头，走进卧室。

只见整间卧室以柔和温馨为主调。靠东，一张精美雕花梳妆台，台上摆满各式名牌护肤品和香水，林林总总几十个瓶罐。梳妆台右边角落有一落地照衣镜，旁边一盆直立阔叶盆栽。卧室两条浅咖啡色的沙发，一条面向梳妆台，一条背向落地窗，沙发中间一张白色茶几，上面放着几本杂志。此刻落地窗半开，山风清劲，一阵一阵吹拂窗帘，空气中香水味夹着冷冽的清新。西边靠墙位置一张巨大的豪华双人床，一张矮皮座凳紧靠在床边。双人床的四个床角分立四根古铜雕柱，撑起薄雾一般的纱帐。粉色的纱帐半开，女星在朦胧纱帐后，脸容若隐若现。

卧室并没有安装监控系统，床头柜旁的地面画着清晰的警示标记，一名法医正在做证据登记。另一名法医看到她，迎了过来，"Madam，初步认定是自杀，屋内没有打斗的痕迹，也没有外人的脚印或指纹。"又一名法医看到她迎了上来，戴着手套的手里拿着一瓶安眠药，冲她晃了晃，药瓶响了几下，只剩下几片药片。"我们发现死者的时候，放在离她最近位置的药瓶打开着，瓶盖掉在地上，瓶子里面仅剩下几片药片。"法医解释。

"初步确定死亡时间为下午7点40分。"他已经初步检查完女明星的尸体，只等登记完所有现场的证据，便把女星的尸体运回殓房再解剖。

女警官颔首，目光在卧室转了一圈，直接走到双人床边。助手尽管入行经历尚浅，却并不紧张。他平日里熟悉的女明星，银幕上，浅笑嫣然，迷人可亲，今日得以近距离接触，面对的竟然是她的遗容。

只见女星躺在床上，双眼紧闭，长长的睫毛在眼部投下一排阴影，手臂裸露在被子外面，皮肤出现肉眼可见的皮疹。她仿佛熟睡，只是漂亮的脸孔毫无生气，冰冷苍白，嘴角似乎扭曲，隐约可见一点白色泡沫。

靠近她的床头柜上以及地面标识着安眠药掉落的位置。

年轻的助手后退了一步，不忍细看。女明星暴露在他面前的遗容，冰冷而残忍，似要报复这个华丽的世界。

"方馥，终年四十五岁。二十岁出道，以一支饮料广告一夜红遍海港。二十二岁拍电影《保镖》，饰演女二号，勇夺海港电影新人奖。从此星途一路平坦，主战银幕，二十年来各式各样的奖杯拿到手软。她是广告商的宠儿，娱乐圈不败的领军人物，曾获得海港十大杰出青年称号，活跃慈善界。方馥是出了名地能赚钱，一向是经纪公司的摇钱树。"助手踱到茶几，拿起茶几最上面的那本杂志，封面正是方馥。佳人长眉入鬓，妆容精致，与身后辞世的她仿若两人。一丝惆怅令他惘然若失，陷入沉默。

半晌，他接着说："真是可惜。四十五岁的年龄，二十八岁的容貌，风华正盛。她的富商男友活跃海港名流圈，两人三年来情感如胶似漆。想不到竟然抑郁自杀。"讲起明星隐私，再专业的警察都难免一副八卦的姿态。女警官睨了他一眼，他不禁失笑。

刚刚那名法医带着几个警员走进卧室，"Madam，我们现在把尸体带回警局尸检房，尸检报告三日后提交给你。"他指挥警员小心翼翼地搬移尸体到担架。

"尽快提交尸检报告。"她提醒法医，留意到女明星半倾侧的身体微蜷，颈下的枕头歪着。

"我们去花园看看。"她示意助手。二楼的房间已拉上警戒线，两人径直下楼。

此时已是深夜，将近一点，一楼部分警员已经撤离现场，二人走出大门。

方馥的豪宅坐北向南，面前是一个设计别致的庭院。从台阶看下去，庭院中央是一个矩形小喷水池，池中两个小天使兴致勃勃地玩水。一个调皮地踢着水，一个弯腰从水中掬起一捧清泉，潺潺流水从指间流泻。两个天使栩栩如生，生动活泼，似乎下一秒就让经过的人全身湿透。水面的涟漪冲击池边，顺池壁而下，缓缓流淌于雨花石水道。水道中种植着睡莲，夜色中散发悠悠清香。水道两边高矮错落地种满各种观赏植物。夜风吹拂，芦苇摇曳，蟋蟀一声两声彼此呼应。

两人在花园穿行，良辰美景面前，女主人已香消玉殒的噩耗，有几分不真实。

"Madam，方馥的富商男友与她初相识之时，大手笔赠送这套豪宅，在本地引起轰动。豪宅智享人生的卖点，在当时大受追捧。"年轻警官娓娓道来，毫不掩饰艳羡。灯光之下，花影树影斑驳，暗香浮动，庭院仿如秘密花园，静谧，无人干扰。

"后面是游泳池。"他走在前面。

夜微冷，两人反而愈加精神。

小路两旁树影婆娑。女警官边缓步而行边细心观察。路灯、围墙角等地方隐匿的摄像头并不少。两三分钟时间，一个中型游泳池出现在眼前。浅蓝色的水池，池水在灯光下波光粼粼。水池的一头摆设着两张贵妃椅和一张小茶几。椅子后面是一棵高大阔叶林木，遮挡了白天大部分的炎热阳光。水池另一头是一个健身房，落地玻璃门，窥不见里面的健身设施。

泳池边，墙头下，阔叶树已有两三层楼高。树干笔直，枝条细长，叶子在山风下如翻动书页般沙沙作响。女警官看着阔叶树中上部细长的枝条伸出围墙外，围墙上布满一圈圈密密实实的铁藤刺条钢丝网，打消入侵者尝试翻墙的念头。

这个女人很懂生活。戏里戏外相得益彰，无怪乎她在公众场合总能轻松应对各种挑战。

"她事业爱情两得意，"拥有与普通市民截然不同的上层生活圈，年轻助手不止一次感慨，"她的新闻出来后，我们一帮伙计从半山底一路开车上来，都听得到邻居议论沸腾的声音。大家都在讨论她跟她男朋友的关系。他正好离港出差，没能马上赶回来。"

"你看过她几部电影？"女警官并不接话。事业顺风顺水，而且少有负面绯闻，这个女人内心必定相当骄傲，何况她拥有上帝眷顾的面孔和身材。

她看过方馥拍的电影，角色演绎拿捏得炉火纯青，令人回味。她的气质在阳光中带着慵懒的女人味，挑选剧本慎之又慎，致力于打造正面银幕形象，甚少尝试反面或悲剧角色，负面新闻或绯闻几乎为零。

"她一共拍了十三部电影，几乎全是大导演执导。我只看了其中两三部。"年轻警官坦白道，"男人看女人和女人看女人完全不一样。方馥只有两三部尺度比较大的电影，曾经传闻粉丝拒绝接受偶像的裸体出镜，但是公开的新闻舆论集中在她塑造的角色所反映的社会问题，可能因为她在尝试此类电影的前后两三年内，以粉红丝带公益活动代言人的身份，经常参与各种公众活动有关。当然，她挑选剧本的眼光一流。"

"我以为你是她粉丝，"女警官忍不住取笑他，"在娱乐圈这种鱼龙混杂的地方，潜规则手段更是日新月异、花样百出，而她事业如日中天，必然相当骄傲，脾气可能不会很好。是不是因此得罪很多其他女明星？听说她女性朋友寥寥无几。有时女人争斗的手段比男人还残忍。"

"听说她脾气确实不太好。但是未见各大报章公开八卦她与同行不和的消息。"他皱了皱眉，公众眼中的她并没有傲慢，非常低调。

"她现任男友是著名富商，已来往三年，甚少不合传闻。据传初相识之时为讨佳人欢心，该富商花重金买下这套半山豪宅赠送，出手阔绰。两人少在公开场合秀恩爱，但被狗仔队偷拍的亲密照经常流出，有意无意撒狗粮，引大批粉丝关注。她男朋友正在海外谈生意，知道消息后马上联络了我们警务处处长，两三天后回港配合我们警局录口供。"

"很少见有她家人的报道。"

"他们早年已移民加拿大。她独自回港发展个人事业。打拼多年。"

"调查她有没有使用阿片类药物史以及吸毒史，有没有酗酒记录，还有她过去的情人交往记录。一个女人全无家庭背景，在最容易贪新厌旧的娱乐圈显赫如此，不简单。"

"Rick在跟进，他负责联络方馥经纪人和私人医生调查取证。"

方馥已死，她的过往是否有不为人知的痛苦经历，如黑暗中未愈合的伤疤。这一年来，是新伤触发旧患，令她无法忍耐而自寻短见；抑或有人费尽心机，蓄意谋杀。尸检报告出来之前，尚未能盖棺定论。

已是凌晨。现场仅有几个警员驻守。豪宅外面已有粉丝自发烧纸悼念，失声痛哭。一代巨星无故陨落。方馥的所有官方社交账号已经爆炸，引发全球粉丝对该事件的追踪。两人一前一后慢慢走向自己的车。见有警察出来，粉丝情绪有些失控，欲冲进禁区内。方馥的银幕以及广告形象一向正面，对粉丝很关照，积极参加各种公益活动，舆论公认她擅长处理人际关系。她突然了断自己的生命，引起粉丝疑惑，粉丝们谈论间均咬牙切齿，欲亲手将凶手绳之以法。

一阵倦意袭来，年轻助手用力眨眨酸痛的眼睛，忍住呵欠，"Madam，我送你回去。""不用，再见。"她摆摆手，钻进自己的车，离开了现场。

天色微亮，车子顺着山路蜿蜒而下。山风冷冽，车窗半开，女警官披肩的长发随风拂过脸颊，平添一丝柔和，严肃的脸略显疲惫。风吹得她头部作痛，眼睛刺痛。早晨五六点钟的海港路面人迹稀少，她几乎一路呼啸回到公寓的地下停车场。

御港湾。

车刚停好，一阵倦意突袭而来，女警官下意识地伸了伸懒腰，一向冷冷的面容多了一分慵懒的可爱。她年纪轻轻身居高位，纵然有实力，职业阅历练就了冷静，气质却更似美女天生的高冷。

电梯"叮"的一声，在17楼停了下来。女警官走出电梯，掏出包里的锁匙。对比女明星的天价豪宅，她的个人公寓只能称为落脚之处。她刚刚从警校毕业，父亲便购下这套八十多平方米的公寓送给她，一厅两房，以温馨为主调，简洁舒适。

公寓客厅不大，相比之下，浴室倒算宽敞。她换掉西装，穿上睡衣，忍不住又伸了个懒腰，走进浴室。

她习惯独居，不麻烦，不孤单。同事或朋友时有玩笑，催她带男朋友跟大家见面，她也总是笑笑，有友如此足矣，何必男朋友。她喜欢花时间讨好自己的内心。

方馥比她更懂讨好自己的内心，只是别墅内一股无处不在的孤寂。寂寞，似乎总为恋爱中的女人准备，尤其是娱乐圈中的女人。与寂寞相伴随的，往往是抑郁。

明星这种职业，真是高风险抑郁症的代名词：铺天盖地的绯闻，无处不在的偷拍，只为捕风捉影无事生非。泛滥的潜规则在心照不宣的默认下成了安身立命的处世之道……在娱乐圈，没有人际关系，时时抑郁，处处碰壁，寸步难行。

她的手指在水中感受温暖的水流在指间滑过。看着浴缸水面慢慢升高，魔术般召唤着她，温水注满浴缸的一刻，她几乎同时泡了进去。温暖的水流，在浴缸的自动微循环功能下，缓缓冲刷着全身疲劳的神经和肌肉，令她瞬间进入沉睡状态。

屋里静悄悄的，墙上时钟发出嘀嗒嘀嗒的声音，诺拉闭着双眼，只有微微的呼吸声。水流带出的泡沫，漂浮在水面上，遮掩了她的身体。

卧室里有细微的声音，似乎有人在里面活动，她没有警觉惊醒的迹象。

距离入睡差不多半小时，卧室里的声音动作大了起来，微掩的房门被推开，一只浅棕色的AI机械狗跑了出来。这种机械狗宠物非常流行，出自海港科技大学实验室，非常适合想养宠物却又工作繁忙无暇兼顾日常照顾的上班一族。女警官长年加班晚归，这只智能宠物狗除了平时看家之余，还肩负着提醒主人起床的任务。只见它一路小跑进入浴室。浴池水仍暖，女主人闭着眼头歪在一边，长发湿漉漉。

小狗名叫爱玛，它在浴缸边转了两圈，趴了下来。女主人似乎一时半会儿醒不过来。它乌溜溜的眼神带着幽怨——女主人再次通宵达旦晚归。漫长的一天。

"怎么忍心怪你犯了错，是我给你自由过了火……"爱玛耳朵下方有个微型喇叭孔，此刻只有歌曲《过火》能表达它的忧伤。

"爱玛，"她眼皮动了动，口气有点无奈，"我好像默认铃铛模式闹钟。"她睁开一只眼，模糊中看不清天花板，于是又闭上。爱玛经常将下载在芯片内的歌曲置换女主人设置的铃声。它的智能程序可以自动分析她的生活状态，主动回应。

《过火》的歌词固执地一遍遍抱怨女友晚归，十几分钟后，她的大脑慢慢清晰起来，睁开眼睛，从浴缸出来，穿上浴袍，走出浴室。爱玛跟在她脚后走走停停，开始欢喜。

AI科技愈来愈致力于把智能产品打造成艺术品。爱玛大概相当于两三岁小孩的智商，自然活泼。AI智能狗，AI智能人，不再被定义为标价出售的商品，商家打出的广告口号意味深长——你买回家的，不止是陪伴。

从第一款AI机械人诞生至今，AI形成了人类DNA般的仿生物结构，进而拥有人类般的自主意愿，如调皮的爱玛。这种陪伴，仿似天生，胜于天生。

作为警察，她尤其喜欢科技缔造的精确。科技可以承诺未来。

吹干头发，回到卧室，倦怠依然未散，她闭上眼睛继续补眠。爱玛跟在后面，音乐声已经停止，它来到她拖鞋的位置，四个滑轮设计的小腿弯下来，陪在床边。

Q　第二章　　　　　　　+

阳光斜斜探入窗户，窗帘被风吹开，清新的空气带着温柔的暖意，轻拂在她脸上。

她还没醒。光透过眼帘，隐隐约约，她眼皮动了动，想睁开眼睛，百骸却沉重得令她无法动弹。

突然，"注意！踏步，走！"一阵警校操练的踏步口令在她耳边爆炸，"一，一二一！一，一二一！"

她的意识仍在抗拒清醒，身体已一跃而起，正好看见爱玛落荒而逃。当年新人入警校的日子不好熬，夜晚身心疲累，清晨还经常担心训练时间迟到。锻炼时间不多，却练就了她条件反射般敏捷的身手。

她以最快的速度刷牙洗脸，抹防晒霜，出于工作需要，只在脸上淡淡地搽了一层保湿霜。

早餐是前天准备好的蔬菜水果沙拉，配以刚刚煮好的鸡蛋和燕麦条，这种速食健康快餐一向是她居家生活的首选菜式。吃完早餐，9点15分，她匆匆地换上衣服，在玄关处换上鞋子，打开门，"再见，爱玛。"爱玛站在玄关，仰着脑袋，眼神带着企望，不停地摆着金属小尾巴。又是主人不在家的一天。

电梯停在地下停车场。上了车，启动车子，女警官随手把放在车里的一个钢制名牌扣在胸前，上面写着：Nora Yu.C.I.P，玉诺拉，高级女督察。车子缓缓开了出去。玉诺拉，少见的名字，少见的姓氏。父母自她小时候离异，她自幼跟随母亲生活。父母双方均为名门世家背景，两人性格骄纵强悍，稍不合意即争吵不休。诺拉自小见惯父母争执，从小认为争吵是两人相处的必然模式。幸而诺拉母亲虽然缺乏育儿经验，却在她两三岁时请来心理辅导师，给自己的女儿做心理辅导，减轻因父母争吵而带来的伤害。四五岁后她已经能抱着宠物冷冷地看着两人面红耳赤地"各抒己见"。哦，这就是婚姻——不是她的错。

并不快乐的童年，她除了与各式各样的宠物为友，还喜欢与书籍为伴，各种书籍广有涉猎，并擅长多种乐器。诺拉父亲和母亲虽然互不服气，对诺拉却如捧在掌心的明珠，见不得她受一丝委屈，诺拉从小起心中所想之事，父母务必鞍前马后为她实现，逗她开心。聪慧又勤奋，在学校是佼佼者，兼之待人温文有礼，诺拉一向是老师同学的宠儿。

诺拉把车窗摇落，风卷了进来。天边厚厚的云层堆着，似乎要下雨。路面行人车辆来来往往，每个人行色匆匆，赶着上班。熟悉的街道，熟悉的店面，提着鲜蔬回家的主妇，一一在面前掠过。小车驶过临街角的一个报摊，老板正拎着一沓沓的报纸和杂志，摆出铺面，诺拉瞥了一眼，方馥的新闻，无一例外地占据了所有的头条位置，偌大的字眼，触目惊心的标题，压力在空气中弥漫。

诺拉父母并不喜欢女儿入行警察，几年来不停旁敲侧击，想方设法说服诺拉转行。

她妈妈并不擅长处理生活事务，粗心大意，诺拉小时候曾在逛商场时走失几次。她每每看到街上巡逻的警察同行，往日被他们牵着小手找回自己妈妈的境况，历历在目。这种安全感，令她从小敬仰警察，理所当然地想成为警察。这份埋藏在心底的小小秘密，无人能触及，诺拉的父母更是无从得知。从警校毕业到现在，工作已有五年。玉诺拉一向表现出色，冷静沉稳，与一班同事合作无间，多次破获大案。前途一片光明。

海港警局。

8点45分。玉诺拉的车准时来到警局。昨晚大家忙碌了一晚，今天早上多少带着疲态。"Madam，早上好。"助手一手拿着杯咖啡，一手拿着茶餐厅的热辣早点，跟诺拉打招呼。"已经准备好女星生前的所有资料，昨晚已经录完的口供：方馥家中用人、经纪人，以及她平时来往有些密切的朋友。"助手口吻有些得意，"有些资料你一定会感兴趣。"他胸前扣着一个名牌：Patrick Fang.I.P，中文名方守仁。

两人一起走进刑侦科办公室，同组另外三个警员也已准备好资料在那里等候。"Madam，早上好。""早上好，Peter、Rick、Tony。""你们有什么发现？"诺拉和方守仁各自拉开一把椅子坐下来。今天上午的任务是开会讨论昨晚收集的线索。

四个手下，忙碌了一晚。

Peter，中文名卫一凡，留着一头利落的短发，时尚的细碎空气感，一副无框眼镜透着几分斯文，眼下一些黑影丝毫不损帅气。"方馥这三年来的银行以及所有账面投资活动，多为保守性投资，风险少，没有负资产。方馥死前居住的豪宅并非传闻中的富商男朋友大方赠送，而是为她支付了全部价格的35%，剩下的由方馥自己账面支付。两人曾签了一份赠送关于这35%资产价值的合同。但豪宅的屋契为共同持有，屋主是方馥和李氏富商。"

"豪宅估值多少？"方守仁忍不住问，显然事实与他昨晚八卦的出入过大。

"一亿七千万。"一凡睨了他一眼，"除此之外，她在本地持有大量公司股票，以及一辆豪车。她在E国和A国分别有两栋自己名下的别墅，同时持有过千万的美股。也就是说，方馥非常有钱。所以我猜，方馥与富商之间是真爱。"说完他轻咳一声，看着方守仁。

方守仁直了直腰，拿起咖啡杯喝了一口，忍住了打赌的冲动。

"Rick，你呢？"诺拉装作没看见，望向程高，他负责调查方馥酗酒、吸毒以及用药方面的记录。"过去五年来，方馥只在应酬场合喝酒。她曾因为参加俱乐部活动而涉嫌服食摇头丸被调查，结果发现是其男性朋友所为。药房有记录，最近十年来，她只服用过处方类助睡眠的精神药物。"程高顿了一下，"方馥曾在医院进行过5次人工辅助流产。此外，并无性生殖器官方面的疾病。"程高剪着板寸头，乍一眼看，是个有型的潮男。"大概发生的时间？"诺拉并不觉得惊讶，手中的笔跟着在纸上写下线索笔录。程高稍微顿了一下，"方馥出道以来换了两任经纪人。她初试银幕角色之前一次，其余四次在这二十年，由第二个经纪人陪同前往，主要是在这四五年，所以，她目前男朋友应该知道此事。"

方守仁忍不住插嘴，"以她健康状态来看，可能是为情所困导致的抑郁。"

"Tony？"诺拉转向宋琪。宋琪负责调查方馥的人际关系，他翻开面前的案卷，"我们破解了她的手机密码和社交账号。她手机通信录主要联络圈内朋友、慈善界及商界的一些名流。社交账号使用比较活跃，各个官方社交账号拥有的粉丝均过亿。她平日里用心经营自己的账号，号召力非同寻常，鲜有粉丝对她发动舆论攻击。几乎所有账号的粉丝都对她的自杀表示悲痛以及不能相信之情。"

"有没有其他线索?"

"没有敏感的信息。但是翻查通话记录,发现今年2月份与她公司的幕后老板有一次通话。"宋琪说。

"她的富商男友的社交账号有什么动态?"方守仁问。他似乎找不到她富商男友的公开社交账号。

"他没有公开的社交账号,相当低调。"宋琪回答,"据方馥家中用人昨晚口供所称,她几段感情持续时间都不太长久,长则两年,短则几个月。都是商界名流或富家公子。现在这段是维持时间最长的,三年。每次恋爱都很低调,主要拍拖地点是女星家中,有时一起出国旅行。据用人口供,这三年来这段恋情两人感情非常甜蜜,男方比方馥年龄小三岁,只是这一年来争吵次数频密,方馥经常打电话对男朋友大发脾气。有过两次失控经历,当时富商男友与现在一样出差在外,几日后返港才见面安抚佳人。"

"按方馥的经纪人称,两人矛盾可能是由富商前妻而起,三年前他的前妻曾公开挑衅方馥,此后两人引起的话题一直在圈内流传,三年来两人的恩怨或明或暗,只是未见新闻报道。"程高对这对媒体眼中的金童玉女评价道,"不知是不是为了避开娱乐圈对李家的影响,方馥的经纪人这三年从未见李振儒出现在片场支持女友。"

仅仅这个简单的事实,在外人看来,方馥难逃身为戏子的凉薄结局。真是不查都是光鲜,查来尽是心酸。

"Patrick?"诺拉问。

方守仁不复昨晚八卦,汇报调查结果:

"方馥一共请了三个随身保镖,经常陪她出席公众活动。另外请了四个用人,一个主要负责厨房,两个负责豪宅卫生清洁,一个负责园艺修剪和视频监控。豪宅以及围墙内外一共有三十个监控摄像头,分别属于室内和室外两个独立的监控系统。屋内以最新的AI智能人体热能红外感应系统,利用人脑识别以及人体热能红外传感技术,监控室内情况。

在过去一年,自2018年1月18日至2019年5月14日,屋内智能感应系统四次出现故障,电子控制屏幕出现'Error'[①]字样。这款防盗系统自从方馥三年前搬进去居

---

① Error:错误。

住，一直使用到2019年5月。

2018年1月18日当天初次出现故障，第一次出现问题时用人以为小偷盗窃，曾报警。然而警方当时并无发现任何非法入侵的迹象。警方调查室外的监控摄像头的证据，发现一直运作正常，没有线路和摄像头被损坏的异常，也没有发现任何可疑人物接近。此后方馥别墅这一区已经明显加强警力。

当时方馥吩咐用人切断电源，重新启动防盗系统，发现防盗系统可以重新正常运行。方馥其后打电话给防盗系统公司，要求公司派人过来调查，但是查不出任何问题，所有测试正常，认为可能系统偶然运行不稳定造成。由于室外监控摄像头系统一直运行正常，方馥没有在第一次故障出现的时候马上更换室内的防盗设备。

直至三个月前，2019年5月14日，安保系统公司推出了最新技术的型号，方馥朋友极力推荐，于是请人安装这款最新型号的智能系统，据闻可以扫描大脑识别身份。令人奇怪的是，在方馥身亡当日，也就是昨天，2019年8月27日，新的智能安保系统首次出现类似问题，这次系统出现 'System under attack'[①] 的警告字眼。"

方守仁一脸不能相信地把口供内容读出来，空气中布满间谍疑云。

"方馥聘请的安保公司全名海港居安电子防盗公司，已有三十年历史，口碑一直是市场最佳，公司老总据说是方馥老板的好朋友。我们调查过使用同款电子系统的其他客户，未见有类似的投诉报告。方馥这样的大明星，她投诉一次，和普通客户投诉一次根本不一样。"卫一凡插话，用手指点点脑，都是人情关系，哪里是真不真爱这么简单。

诺拉问，"有没有可能被人擅改系统？"

"方馥请了四个用人，昨日只有两个在家，另外两个请假。两个用人口供一致，中午室内电子系统出现故障，室外系统并无破坏的痕迹。当时方馥似乎不胜其烦，依然采取切段电源重新启动的方式处理故障，令系统恢复正常，前后用了不到十分钟时间，室内监控留有约十分钟的录像空白。室外监控正常。"系统肯定被人做了手脚，方守仁忍住做结论冲动。

他接着说，"据用人口述，上午方馥在家中书房看剧本，不知道是烦恼设备问题还是其他原因，午餐之前回卧室打了电话给男朋友，口气激动。然而午餐期间未

---

① System under attack：系统受到攻击。

见情绪异常，直到用人在傍晚7点45分，发现女主人仍未下楼就餐。女星往日就餐时间是7点，一向准时，用人于是前往卧室敲门，许久没有回应，觉得异常，于是报警。"

"初步尸检报告怎么说？"

"法医暂时告知在方馥的喉部有炎症，未见任何安眠药片残留，不存在他杀后制造服安眠药自杀假象的可能。"宋琪回答。

"发现方馥自杀的用人表现如何？"诺拉问。

"昨晚她们被带到警局时神情惊慌，不停哭泣，表示完全不知道发生了什么事。"方守仁回答，"而且，她们不认识与方馥起过矛盾的男友前妻，神情不像说谎。"

"监控摄像头显示当日两个用人并无外出采购活动，也没有接触外人。我们的人接报现场的时候，方馥卧室的门反锁着。在方馥卧室的门口位置留下与作证供用人相符合的脚印，卧室的把手上留有她的指纹。至于卧室露台，找不到任何攀爬而上的痕迹，落地窗玻璃留下的全是方馥自己的指纹。"方守仁读着证据收集表上登记的信息，"而且，室内监控摄像头已经恢复正常，用人站在方馥卧室门口敲门到报警的过程全部录了下来。"

他的口吻与昨晚八卦时截然相反，"还有两个用人未录口供。两人都是M国人，目前已经联系M国方面警方，协助海港警方调查。下午应该可以录到二人口供。"

"谁负责调查她保镖？"贴身的人都有嫌疑。

程高翻着案卷，"三个保镖负责公众场合贴身保护，甚得她信任。他们对方馥与富商男友的吵架一无所知。"

"她与男友之间的电话交流，包括争吵内容，家中防盗系统是否有录像记录？"诺拉转而问方守仁和宋琪。

"没有，"方守仁不由得佩服方馥的谨慎，"用人不懂海港话，只用英文交流。据用人回忆，她一向是回到自己卧室才讲电话。用人有次隐约听到哭泣声和其间的歇斯底里，与她平时为人大相径庭，吓了一跳。

他们第一次争吵的时候室内监控录了下来，去年1月左右第一次争吵，在客厅，两人争吵激烈，当时好像还报了警。方馥随即删除了所有的监控录像。"

"结论？"诺拉看着四位助手。众人一阵沉默。

"尸检报告要等明天晚上。"宋琪首先打破沉默。

"方馥家中用人声称很喜欢这位女主人。很大方。"卫一凡接过话，"监控系统只显示事发前一个星期的记录，她们在监控录像中对话和行为正常。昨晚清点方馥家中财物，没有任何财物损失的迹象。用人与死者生前签过劳务合同，请假的两个用人是在合约规定的例行假期期间回M国，不是事出突然。

这段时间四个用人和保镖的银行账户没有大金额进账。M国警方已经通知两名用人回港录口供，同时采取跟踪行动，发现她们收入或消费异常时即时拘捕。"

"还有李姓富商尚未接受调查，三年来与方馥最亲密的情人。方馥的前任男友基本与她保持普通朋友关系，就算公开场合偶有撞见，彼此仅止于点头的礼仪之交，"宋琪接着问，"是否追查死者生前男友与其出游T国的记录？"

诺拉摇摇头，"暂时把关注点集中在本地。李氏富商一向低调，他知道噩耗以后，亲自打电话给警务处处长，表示非常震惊以及痛心，希望我们警局班人员能尽快查清楚死因，他本人处理完海外事务后尽快回来配合调查口供。"诺拉本人并不觉得有压力，警局高层一向对她青睐有加。倒是警局收到风声后，一片哗然。

几个人在办公室讨论案情，不知不觉已到中午时分。警局有餐厅，几乎所有留在办公室的人手都在警局餐厅用餐，人数不少。几乎所有人都在谈论方馥离世的新闻。诺拉几个人一边吃一边听，并不参与讨论。

大家议论纷纷，不外乎围着死者生前令人瞩目的成就和各部电影发表自己的个人见解。

"我几乎自小看她的电影长大，每次看她拿奖都很激动，说她是海港人的骄傲一点都不为过。"后面桌子的一个年轻男同事，刚入警局工作，眼圈红红。

卫一凡推了推眼镜，有些同情地看着方守仁，"跟你一样，都是她粉丝？"方守仁是四个人中最年轻的一个，三年工作资历。诺拉比他年长两岁，另外三人都已经有七八年的工作经历，自觉过了追星的年龄。

"海港著名女星方馥于昨晚位于静水湾97号家中身亡，享年45岁。海港警察介入调查，目前初步认定是自杀。方馥在海港、宝湾以及外地的粉丝已自发发动各种悼念活动。事件成为各大媒体新闻头条，该女星自15岁出道至今……"餐厅有几台电视机，众人看着新闻报道，画面不停出现粉丝情绪失控的画面。一代巨星陨落，电视上长篇累牍的报道以及各种爆料会被津津乐道很长时间。

"Madam，八卦一下，你觉得方馥男朋友衬不衬她？听说他家境实力雄厚，跟警局处长有交情，还亲自打电话给他，请他好好彻查此案。切！"邻座另一个男同事忍不住大发牢骚，讲完大声表示鄙视。餐厅其他男女同事忍不住附和，"就是！讲得好像我们没有其他人叮嘱就不好好办案似的，真的这样关心他女朋友，连夜赶回来啦。明知自己女友家人一早移民。""喂，Patrick！觉不觉得她男朋友配不上她？那个李姓商人听说有很多绯闻，又离过婚。"某角落另一同事大声问。方守仁一改昨晚对恋情的神往态度，想发表两句对方馥相貌身材以及事业的客观评论，看看旁边其他人装作没听见、慢条斯理切牛排的样子，咽了咽口水，转而拿起叉子叉起一只珍珠茄，一口吃了下去。

"Peter，下午两个M国籍用人的口供由你跟Rick跟进。除此之外，继续调查方馥男朋友目前在海外的活动。Patrick，午餐之后你跟我再去案发现场。Tony，留意法医方面的进度。"诺拉一边切着牛排，一边跟几个人分工。餐厅很少有雪花牛排，但厨师手艺超好，值得细细品尝。

半山区。

下午两点，两人再次来到方馥的住宅。豪宅外三三两两的粉丝在悼念。方守仁站在大门前仰望两边围墙的杜鹃花，开得正热闹，不禁感慨，"可惜，这么漂亮的豪宅，不知贬值多少。更可惜的是方馥，好好的就辞别人世。"

诺拉并不答话，越过警戒线，往豪宅内走去。阳光下，庭院的美景一览无余。顺着中间小道往前走，两边的草坪被打理得平平整整，草坪上星星落落地种植着小型观赏性灌木丛，灌木丛被修剪成圆形或柱形，细碎的花朵点缀其间，引来各式昆虫。偶有几株高大的观赏性园林花木点缀其间，引得诺拉舍弃小道，绕着树下的阴影穿行。微风吹过树影婆娑，前面的人造小溪流水潺潺，芦苇轻摆，满眼花丛正争芳斗艳，宁静又热闹，另一番与昨晚不同的景象。

方守仁跟在诺拉后面，不再说话。"Patrick，那几只是什么龟？"诺拉往水里指了下。昨晚并无留意，小溪深浅只及脚踝，水里有一群小鱼在畅游。方守仁望向手指方向，两三只小龟正在石子溪道旁边懒洋洋地晒太阳。"金钱龟？"他一边猜一边拿出手机，把它们拍了下来，发送去鉴别。"娱乐圈人普遍信风水，方馥饲养招财化煞的风水宠物并不出奇。"

"听说李氏富商出了名的迷信风水。两人交往几年，方馥家里居然只有几只……"话未说完，他手机"叮"的一声，他看了一眼，"猪鼻龟。"

"方馥在海港娱乐圈浸淫多年，挑选的豪宅却完全按西式理念设计，不遵循风水原则，这似乎有违她男友的挑选标准。她特立独行，风水宠物可能是出于迎合男友的生意经而养。"诺拉不觉惊讶。

诺拉父母均信奉基督教，她自幼受基督教熏陶，亦对宗教教条规管形成的不同生活方式同样感兴趣，日常均有留意。

两人同时望向豪宅，阳光下，一片绿意盎然，门前已没有昨晚同事出入。现场只派两个警员在大门外留守，等他们出来以后就会封屋。

两人戴上手套拾级而上。方守仁打开大门，一阵阴凉的风迎面扑来，他定了定，适应阴暗的光线。"Madam，别墅的智能系统，主要是防盗系统，包括热能感应系统已经被拆除。我们警局班人员将系统主板送到海港科技大学AI研究实验室分析数据，什么时候有结果还要等。"他一边说一边拉开灯，室内蓦然光亮起来。

两人对室内的摆设已相当熟悉。中间客厅，左边一个吧台，通往二楼卧室的楼梯在右手边。方馥没有酗酒记录，"据说是其男友喜欢喝酒。方馥自己平时很少邀请好友在住宅开派对。"诺拉对喜欢喝酒的男性没有什么好感，很少人有酒品，醉后几乎都是失态。"这么迁就男友，果然很少吵架。最近这一年突然吵架增多可能是贪新厌旧。"她几乎可以看到方馥男友一手拿着高脚杯，轻摇杯中液体，浪子般一饮而尽。

"他们没有搬到一起住。方馥的男友也住在半山区，只不过是隔十几个门牌号。"方守仁环顾四周，令人费解的有钱人。

"我们上楼去看看。"方守仁顺楼梯而上。二楼有四个房间，一个主人房，一个客房，一个书房，还有一个衣帽间。两人来到衣帽间，打开门，只见里面中间有一个高高的鞋架，两边是挂满衣服的衣柜。一排排的衣服，从各种款式的定制晚礼服、小礼服、休闲服。搭配的鞋子从新潮到经典，令人眼花缭乱。"看，男士西装和衬衫。"方守仁说。

诺拉看了他一眼，他有点无辜：方馥与男友都有钱，不存在攀附关系，打赌的话他赢面大一点。

走廊尽头是书房。推门进去，只见房间狭长，北面一扇窗口正对着泳池。从窗口看出去，泳池旁边一棵高大观赏阔叶植物，斑驳树影下蓝色水池荡漾着细碎阳光，好清爽的夏天。别墅后面靠着山，满眼苍翠欲滴。

方守仁"Wow"了一声，走近靠近窗边的一张书桌。黑色檀香木书桌，左边放着几本书，最上面的是《心经》。正中央放着一本摊开的剧本，上面写满密密麻麻的标注，大部分是对不同角色心理活动的理解。诺拉想起方馥其中一部电影的某个瞬间，她眉目传神，把角色揣摩演绎得活灵活现。一盆小小的文竹在书桌角落，旁边是一排不同型号的毛笔。两边两只小小的檀香小和尚半推半拉着笔架，趣味盎然。笔架旁边有个小小的焚烧檀香的宝鼎，里面装满大半檀香灰烬，灰烬早已冷却，却依然残留些微余香。一只精致骨瓷杯子放在旁边，还有一小盒E国红茶。方馥喜欢在书房消磨时间，坐听山林雨打，安享室内宁静，慢慢品读剧本。

诺拉看了看剧本封面，封面赫然写着《风云榜》。死者生前正准备最新的一部电影。两边书柜摆满的书本林林总总，从经典小说到流行时尚杂志，应有尽有。

"看看，这是方馥写的字。"方守仁从桌子底下拖出一沓厚厚的宣纸，他一张张抽出来看，纸上的隶书工工整整，一遍遍地抄写着《心经》。他递过一张给诺拉，"观自在菩萨，行深般若波罗蜜多时，照见五蕴皆空，度一切苦厄……"诺拉念着，似在念着方馥的心迹。

方守仁一张张地往下翻，翻到大概三分之二的位置，字迹有些不同，他定睛看了看，"佛陀答曰：勿近诸愚者，亲近诸智者，尊敬有德者，此谓最吉祥。居于适当所，积曾作福德，自有正誓愿，此谓最吉祥……"是《吉祥经》。

这个女人活得怡然自得。方守仁继续翻着剩下的宣纸，诺拉踱到书柜前，随手拿起一本《教父》。平装版本，不贵。她翻开书本，纸质已经有些发黄，第一页写着一行小字：致方馥，右下方是一个龙飞凤舞的签名。下方写着"2000年7月购于海港中环书店"。字迹潦草得分不清笔画。

"Patrick，把这本书带回去。"她站定在书柜前，微仰着头，审视着一本本书，又抽出两本，打开前页，跟第一本一模一样的记录方式，不同的时间，同样的签名。两人开始逐本逐本地翻看。一个半小时后，一共翻出了十六本。最新的一本记录的日期是2019年2月。

一向有传闻方馥与某圈内人士相交甚好，时有来往，甚得他照顾。签名极有可能是这位圈内大佬的笔迹，诺拉少有留意娱乐新闻，一时未能肯定猜测。这位与方馥以书本相赠往来的男人令他们两人心生好奇。

"Patrick，叫Rick联络方馥经纪，辨认书本笔迹。我们回去。"

方守仁拿出手机，用短信联络程高。诺拉抱着书本走出书房，准备回警局。"Madam，等我来。"方守仁发完信息，径自拿过那十几本书。两人快步穿过走廊，走出大宅。

回到警局，已经是下午4点半。方守仁把手中的书本放到自己的办公桌。"Madam，要不要通读这些书？"他拿起其中一本快速翻阅了一下，大概估算了阅读时间。"你把书本送去给Rick，由他查清楚笔迹和圈内密友，注意调查清楚书本记录日期前后方馥的活动。"诺拉吩咐道。

她拿起电话，一阵信号声后，卫一凡的声音清晰地传了出来："Madam。""Peter，那两个M国籍的用人回港配合录口供了吗？"诺拉拨了拨头发，一只手指撑在太阳穴按揉，不见疲态。

"刚到警局。Rick跟我正在跟进。"

"我过去看看。"诺拉挂了电话。"Patrick，我们去看看录口供。"

录口供室在走廊尽头，两人来到口供室，站在单向透视玻璃前。只见卫一凡和程高背向他们坐着，一个四十多岁的中年女人坐在对面。中年女人衣着普通，皮肤稍微黝黑，脸容有些紧张。

"你是什么时候发现方馥女士需要吃安眠药助眠的？"

"大概从2018年1月份开始。方小姐习惯睡前喝一杯脱脂牛奶。"女人不会说海港话，英语带着M国口音，说话速度有点慢。方馥在三年恋爱里一直和李氏富商非常甜蜜，两人在静水湾97号的恩爱一直是家中用人关注的焦点。"去年1月，两个人第一次大发脾气吵架，吵完架李先生在一楼酒吧台喝酒，方小姐独自回房，半小时后私人医生助理送来了安眠药。"

"当时的情形是怎样的？"卫一凡问。

"我们方小姐当时脾气很大，"中年女人指手画脚地说着，"当时摔碎了家中的一些瓷器。"

女人继续回忆道，"不知是否是方小姐与李先生争吵时失手打碎放在客厅的瓷器，还是其他原因，当时家中的安保系统无端出现故障。我们发现后马上报警。大家当时都很紧张，尤其李先生，又担心又内疚，一直守在卧室门口。助理走后，他尝试敲门与方小姐道歉，但是方小姐并不理会，等到警方过来才开门出来。她男友在旁协助调查，差不多一个多小时后，才打电话叫司机过来接他回去。好像当时方小姐并不与他讲话。"

"他们是否发生肢体碰撞？"

"没有，李先生并没有动手打人。"用人的表情诚实，与其他人的口供一致。

"当时他们争吵是否有录像记录？"

"方小姐设定只保留四天监控记录时间。如果发生了争吵，则立即删除。"用人回答。

"你是什么原因请假的？"卫一凡严肃地问。

"我们M国的家乡每年这个时候有节庆活动，刚好是方小姐与我们协商的例行假期期间，所以请假。没料到在大家喝酒尽兴的时候接到噩耗，非常震惊悲痛。"

女人似有泪珠要滑落脸庞。

另一个证人年龄相仿，典型东南亚特征的脸孔。两人都来自M国的同一地区，算是同乡。

"记不记得当时李先生和方小姐因什么原因吵架？"女人摇了摇头。方馥并没有和自己身边的用人透露自己的任何心思。

方馥请的用人的英语带着乡土音。用人平时不怎么接触海港人，只听得明白简单的海港话。对方馥与男友吵架的内容无从得知。两个用人神色自然，与先前其他人录下的口供并无二致，对方馥的突然自杀离世都感到难以置信。说到女主人平时对自己照顾有加，以及彼此多年的雇佣情谊，两人都红了眼睛，几乎流下眼泪。其中一个哽咽着说："方小姐最近这一年来精神尤其抑郁，常闷闷不乐，发脾气的时候非常狂躁。我们都不知道她承受了什么压力，非常替她担心。"

"方馥女士不喜欢喝酒，为什么家里有吧台？"方守仁突然问。

用人摇摇头，只告知，李先生习惯回家前在女友家中小酌一杯。

宋琪不知什么时候站在诺拉身边，并不说话。

录完口供，已是傍晚6点。警局下午5点下班，这时已经空无一人。众人站在走廊，天际几缕流云，仲夏时分的落日，晚霞映照半边天空，夏天的傍晚燥热未退，花圃里虫鸣声此起彼伏。

"Patrick，我取消上午跟你的赌约。"卫一凡突然说。方守仁耸耸肩，不存在的赌约，他吃瘪无所谓。卫一凡继而跟诺拉说："Madam，富商李先生明日返港。他在E国的一个房地产项目之前被质疑公司不具备开发资质而被搁置。该项目为豪宅开发项目。李先生申请起诉政府成立的调查机构。昨天已作出裁决，他明早抵港。"

"李先生在海港没有房地产开发项目，主要投资股票。在外地经营的科技公司并无不良资产记录。以李先生的身价及其个人财富在本地排名来看，"卫一凡掂量着形容的字眼，"并无任何可圈可点之处。只不过李先生家境优渥，在海港名流圈子里算是有头有面，与我们警务处处长都有交情。"

诺拉在心底笑了一声，当然有交情，只不过到现在都未见顶头上司对自己有任何提点，可见是泛泛之交。

"明日他会过来配合警方调查。"卫一凡补充说道。

一行人走向地下停车场。已经6点多了，大家饥肠辘辘。

"Madam，法医方面说明日交报告。"宋琪站在自己的黑色小车前，做个简单的收工汇报。法医已经解剖尸体，确切的死亡时间、死因，以及疾病与损伤因果推断等报告，要等明天。

方馥的脸型五官很立体，标准的美人胚子，笑起来像诺拉一样明亮。

御港湾。

诺拉晚餐后回到家，已是晚上8点多。换上舒适的拖鞋，走进客厅，坐在沙发上打开电视，爱玛从房间跑了出来，在沙发边转了两圈。诺拉垂下手，拍拍它的脑袋。

电视正在播放不知名的剧集，女人和男人正在吵架，诺拉一向只看新闻，听着烦躁，拿起遥控器关了电视。

客厅很安静，时钟嘀嗒嘀嗒计算着时间。爱玛抬起头，诺拉斜躺在沙发上，没有闭上眼睛，长长的头发散满了沙发。方馥收到的赠书，字迹潇洒，如果是男人，与眉目如画的方馥应该很合衬。

在绝大多数人眼中，娱乐圈是绯闻和潜规则的生成器——凡事要快，无论虚实。今日，诺拉却似在认识一个浸淫于时光之中，慢慢打磨心性的温润女人。

次日。

阳光灿烂。诺拉睡眼惺忪地睁开眼睛，闹钟显示7点45分。爱玛跑了进来，看到诺拉半梦半醒的样子又跑了出去，一般这种情况15分钟内它的女主人会起床。晨风轻轻吹拂，并无半分燥热，她舒适地翻了翻身，换个姿势又进入梦乡。

梦里并不安稳。母亲和父亲又在吵架。家里可以派得上用场的"武器"诺拉母亲都用上了。请来的用人早就躲避现场。她追着自己的贵宾犬，"爱玛！"她喊着，一路跟着跑到花园。童年时的记忆，在潜意识里再次活跃，她忘记父亲什么时候在花园里做了个秋千。抱着爱玛一高一低地荡秋千，小诺拉隐隐约约地计算父母争吵的时间。秋千飞翔的快感，爱玛柔软温暖的陪伴，像昨日一样真实，在布满童年阴影的心底，扯出一角晴朗。伤痛似乎可以以冷漠面对。

母亲哭泣的面容，突然清晰地出现在面前。诺拉一下子惊醒过来。

早餐一向简单。三片吐司加上一份水果蔬菜沙拉。今天又是忙碌的一天。诺拉把爱玛抱在怀里，拍拍它的脑袋，爱玛的电子仿真眼恋恋不舍地看着她，诺拉牵了牵它的爪子，把它放下来，她转身穿上中跟鞋，爱玛摆摆尾，看着她打开门。诺拉回头，歉意地说："拜拜，爱玛，好好看家。"

海港警局。

"Madam，李先生在10点30分来到警局。"卫一凡先问，"我们几个都想跟他做口供记录，Madam准备安排谁？"

"由你和Patrick去跟进。"

"Rick，"诺拉转头看着程高，"笔迹有结果了吗？"

"已经送去鉴定机构，联系了方馥经纪人，她提供了好几个可能的密友笔迹，与这个签名都吻合。"娱乐圈明星签名都龙飞凤舞。

"Tony，尽快提交尸检报告。"她的神态看起来比昨日冷了一些。四个人互看了一眼，李先生有本事，能让诺拉脸色冷到这般。

卫一凡和方守仁两人在证供室等候。

一个警员把办公室门推开，"李先生请。"跟在他身后一个西装革履的中年男人低声说了声谢谢，走了进来。方守仁和卫一凡站起来打招呼，"李先生早晨好，这里坐。"方守仁快步走到另一边，拉开一把椅子，做了个请的姿势。

待到他欠身坐下，两人这才近距离看清楚这位只出入上流社交圈的富豪。

"早晨好。"他打招呼，脸上并无笑容。只见他脸上并无岁月的痕迹，尽管毫无笑容、目光漠然，但神态和善，看不出舟车劳顿的疲劳。

李振儒，四十二岁，海港知名富商，李氏集团的二公子，离异，与前妻育有一子一女。前妻比他年轻14岁，是个甚少活跃于娱乐圈的明星，专注于家庭与子女的教育。

第一次与李振儒近距离接触，方守仁忍不住在脑海里翻了一下资料提供的方馥与李先生的合照对比，李振儒本人似乎看起来不太如报纸描述般与方馥合衬。

"李先生，现在开始你所说的话将会成为呈堂证供，你可以要求律师陪同。"卫一凡刚宣读完李振儒的权利，李振儒几乎同时开口："方馥跟我已经有三年。我们两个在一起这么久，未见她与其他人有争吵。恳请阿Sir尽快调查出我女朋友自杀或他杀的原因，她在黄泉之下可以瞑目。"他声音清亮，神色一直冷然。眼睛有些微红，看不出是因为疲劳还是伤心。

卫一凡推了推眼镜，温和地说："李先生，对于方馥女士的离世，我们深感遗憾。我们警局一定会查清楚真相，李先生放心。"

"李先生是什么时候离港的？"方守仁直视着李振儒。

"事发前五天。离港当日跟方馥吵了一架，我事业忙，她事业也忙，两人共处时间很少，缺乏交流。"李振儒口气有点懊恼。

"李先生不担心方馥女士精神抑郁吗？她先前还有因为吵架而服食安眠药的精神药物病史。"

李振儒沉默片刻，缓慢地答道："我与前妻感情五年，育有一子一女。她年轻，脾气大，常不懂体贴，我因为自己事业忙碌，女人的小性子，没有理由迁就……"他顿了顿，"方馥年龄比我大三岁，事业有成，善良温柔。但有时也会使性子。一般来说，我不太会哄发脾气的女人。但是方馥很开朗，有自己的时间安排，不容易胡思乱想。"

卫一凡和方守仁沉默片刻。

"李先生觉得你的前妻与方馥女士同在娱乐圈，是否会互生仇怨？"方守仁问。

"我前妻目前主要以照顾子女为任务，少与娱乐圈接触，两人产生摩擦的可能性很小。"

"据方馥女士生前的经纪人称，您的前妻与方馥有个人恩怨纠缠。李先生刚刚的话似乎在维护前妻。"卫一凡的目光锐利。

"那只是女人间的一点误会，方馥很会处理事情。这也是我选她为自己女友的原因。"李振儒口气带着怀念。

"据方馥女士所请用人的证言，李先生与方馥女士在过去一年吵架次数频密，而且李先生还亲眼见到自己女友因此而需要服用安眠药助眠。李先生觉得最可能导致方馥女士自杀的原因是什么？"

李振儒怔了怔，一抹异色闪过，转而有些恼怒："我不认为我们之间有任何的感情问题导致她看不开。方馥跟我吵架，起因都是无足轻重的琐碎事由。我不认为她会因此自杀。我前妻比她的脾气更大，所以我没有很在意。"

"但证据显示，方馥女士在过去十年里的精神类用药史都是断断续续，剂量很轻。平时主要以牛奶及其他健康食物辅助睡眠，包括与李先生相恋的前两年。"方守仁并不认同他的看法，"她在今年突然加大服用剂量。"

"而且，以方馥的影响力，你们之间稍有风吹草动，也会引起轩然大波。"

空气似乎有点凝固。

李振儒有点不安地承认："女人发脾气我会很烦，吵完架我会喝酒，然后让司机送我回去。方馥次次都是过几天后才原谅。我以为女人发脾气都是这样。我工作很忙，未想过她会因为吵架压力大而自杀。她在娱乐圈这么久，很善于处理舆论压力。我未因自己的言谈举止给她带来公开的舆论麻烦。"

"你是说，是你的原因方女士才同意在一楼设置酒吧台？你知道她不喝酒。"卫一凡抬眼看着他，吧台空间够大，酒类琳琅满目。

"这是共同物业。"李振儒并不觉有任何问题。

"方女士家中的安保系统第一次出现问题时，李先生是否在场？"方守仁问。

"在场，"李振儒承认，"当时我们刚吵完架，她要服用安眠药镇静。用人报告说系统出现问题时我们都惊讶，当时马上报了警。我们已经低调处理。"

"其余几次呢？"方守仁问。

"不在场，"李振儒说，"她几乎不让我知道，说是小问题。"他的叙述平缓。

卫一凡说："方馥女士现居住的豪宅是李先生出资35%赠送给她的，方馥女士支付余额。该物业为共同持有，即方馥女士与李先生共同持有。方馥女士离世，李先生可以分割物业的一半。也就是说，李先生与方馥女士从开始就已经确定长久的伴侣关系，对吗？"

李振儒似乎红了眼睛，"我很喜欢方馥，跟她在一起未想过与她分开。豪宅当时是我朋友的一个项目，我们觉得这是比较值得的共同投资，我们持有的份额以各自出资所占比例为准。"

"李先生对方馥女士的异性朋友怎么看？"方守仁看着他的眼睛。

"方馥性格偏内向，异性朋友主要以工作联系为主。且不喜无事生非，人缘很好。"李振儒难得扯出一个笑容。

时钟上的指针静静地走了一圈又一圈。两个人问完已经差不多12点。

"李先生，多谢你和警方合作。"方守仁一边客气地说着，一边伸出手。李振儒跟他握了一下手，微微笑了一下："辛苦各位警局人员了。"他与卫一凡握手的时候拍了一下他的手臂，并不言语。

两人看着他转身离去，他与方馥过去在公共场合偶有出双入对，深情款款，令人印象深刻。

诺拉看看腕表，快到午餐时间。她拿起外套，走出办公室，去证供室。中跟鞋厚实的声音，在长廊回荡。李振儒走出证供室，远远看见一个身穿黑色西服的女警官迎面而来。只见她身姿挺拔，柳叶眉细长，眼睛清澈明亮，顾盼生辉。标准的鹅蛋脸，完全看不出任何妆容，只是用唇彩在朱唇上润了润。

玉诺拉，高级女督察，人如其名，颜如玉。他在E国已经把刑侦组全组的资料看了个遍，见到真人时，还是惊艳了一下。

她在他身边经过时微微向他点点头，不带一点香水味。

"你好，Madam。"李振儒忍不住想象她高高绑起的头发倾泻着披肩的美感，看她直直地走入证供室。

诺拉冷着脸，刚走进证供室，手机"叮"的一声，屏幕显示来自海港科技大学的短信："智能系统检测结果出来了。"

第三章 +

餐厅。

三个人正在进餐，今日缺了程高和宋琪。

今天他们第一次与李振儒会面，方守仁忍不住评头论足："他皮肤白净，不是很帅，一派翩翩贵公子，看起来有点劳碌。"

诺拉不置可否。今日的一面之缘，他似乎怀疑她的能力，看她的目光全然是男人对一个女人的兴趣。

"Patrick，"诺拉打断他，"下午跟我去海港科技大学。"李振儒亲自过来配合调查的消息一早传遍了警局，然而吃饭的时候气氛安静得诡异。

卫一凡同样不喜评论李振儒。这个男人谈论的时候，句句不离对比前妻，似乎无法面对的内心可以借此带来安慰。佳人已逝，男友并没有痛哭流涕，悔恨无法挽回一切。

海港科技大学，AI智能研究工作室。

工作室成立十五年，是海港警局的官方合作机构，专门负责研究涉案的高科技犯罪手段，以及协助查案的高科技手段。负责人是前麻省理工学院人工智能研究教授，现麻省理工学院名誉教授埃德蒙。教授五十岁左右，鼻子上架着一副眼镜，诺拉和方守仁来到的时候他正在电脑前浏览数据。

"诺拉，好久不见。"他脸上现出一个大大的笑容，西方人典型的开朗。"教授，好久不见。"诺拉招呼，和他来了个大大的拥抱。

"你好，我叫方守仁，你叫我Patrick就好。"方守仁伸出手。

"嗨，Patrick。很高兴见到你。"教授和他握手。

"我们进入主题，这是方馥家中的智能防盗系统数据。"

他带着二人来到电脑前。

"方馥女士室内安装的智能防盗系统，"埃德蒙教授用海港话慢慢解释，"它的第一代以人脸识别加上人体红外热能感应运作原理，主要负责监测辨别入侵者，发现陌生面孔靠近马上报警。住宅外的摄像头则24小时监控录像住宅围墙外出现的人。这两个系统各自独立运行。第一代室内安保系统和室外系统的录像数据，以及你们警方的证据显示，方馥别墅在过去一年来没有外人盗窃接入伪造数据，偷天换日，翻墙而入。

"室内第二代，也就是我们现在正在做的数据分析系统，在人脸识别以及红外热能感应的基础上多了一层措施，人脑识别，三米内可以扫描辨认大脑信息，并由此识别来者身份。方女士整栋建筑在玻璃门及各个窗口，还有阳台，安装了好几个带有脑部信息感应功能的摄像头。明白区别了吗？"教授看着两人。

"也就是说，如果有小偷化妆——不管是戴假发面具还是戴帽子穿同样的衣服——装扮成用人的样子，破坏大门或翻墙而入，智能系统能马上进行外貌及脑部信息的识别，然后报警。这是全球最领先的科技，是麻省理工学院最新研究成果。"

"如此说来，这系统对方馥女士以及她家里来来去去几个人的脑部信息都有记录了。"方守仁想象着每个人进出方馥家时的小小移动Wi-Fi感，三米内探测到Wi-Fi信号。

"屋主录入家庭成员的脑部信息，如果靠近的人脑信息与预先默认保存的不一致，即时报警。"埃德蒙教授解释。

"那这些数据说明了什么问题？"诺拉点着电脑屏幕。

"这是2019年8月27日前一个月的监控数据，"埃德蒙教授指着屏幕上的数据，"看，这是每个人的影像记录，除此之外，电脑还有文字备注出入的数据，记录每个影像的名字，以及他们进出的时间。"教授说着，拿起杯子喝了一口水。

"事发当日，方馥女士家中没有友人来访，李振儒因生意不在港，令人惊讶的是，电脑的备注记录却出现了李振儒的名字。"

诺拉看着屏幕，每日每人进出别墅的时刻都有记录。事发当日，8月27日，电脑显示李振儒在中午11点15分曾出现在该大宅。方守仁显然也马上发现了问题。

"诺拉，李振儒的名字出现不久，11点20分，系统出现故障，有意思吧?"埃德蒙教授目光炯炯地看着他们两人。

两人感觉头皮发麻。"您是说，事发当日李振儒先生并非在海外，而是化妆潜入女友家中行凶，并伪造自杀现场?"

"我只分析数据。"教授并不提供推理。

"目前我们只知道方女士当天11点30分左右致电李振儒。而且，方馥女士身亡时间为傍晚7点。"方守仁说，他想不到李振儒在当日出现的任何可能:"Peter已经查清楚，李振儒那段时间确实是在E国。除非他让人伪造自己的身份，装扮成自己在E国出庭，然后事发当天自己化装成用人，潜入女友家中的卧室，等待时机下手。"这个推测如果成立，李振儒可谓处心积虑谋杀方馥。

教授回答:"从技术角度而言，这个可能性很高。不管李振儒化妆还是不化妆，他潜入的当天安保系统不会报警，不需要对系统动手脚。但是解答不了之前系统多次出现故障的原因。而且，他的犯罪动机尚未清楚，需要你们自己侦查，尤其是看尸检报告提供的线索。"

诺拉不好意思地轻咳一声，说:"教授，谢谢。改日请您喝茶。"才刚展开调查，警方掌握的证据有限。

"诺拉，你多久没见过你父亲了? 吃饭的话叫上他，我们好好聊聊。"埃德蒙教授拍拍她肩膀，"我挺想念他的。"

诺拉做了个OK的手势，和方守仁转身离去。

"Madam，回到警局快下班了。"方守仁看看手表。"宋琪跟的尸检报告应该出来了。"诺拉不由自主地想起今天早上经过自己身边的李振儒，冷冷的面孔，看不出悲伤，"走，我们今晚练枪。"

好像很久没练射击了。她快步走着，步履轻盈，心思却凝重。

海港警局。

回到警局快6点。他们还未下班。卫一凡看到她神色凝重，无声问方守仁:"什么情况?"

方守仁耸耸肩，答道:"复杂。"

他还未见过这样玄幻的数据分析。

"Madam，今日下午在教授那里是不是有什么新发现？"宋琪问。

诺拉把教授的数据分析重新讲了一遍，顿了顿，说："我们怀疑李振儒在案发当日可能秘密回海港，隐匿于公众视线。方馥死后再次前往E国，赶在仲裁法庭开庭前到达。"

如果这个推理属实，李振儒今日上午来录证供的举动是在跟他们开玩笑。

"这是方馥的尸检报告。"宋琪拿出一沓文件，刚刚的推理一定程度回答了尸检报告的某些疑点。

"方馥胃内有大量安眠药。法医首先发现方馥脑部有脑膜炎的初期症状，继而发觉方馥头部有皮下毛细血管出血的症状，出血范围不大，大概半个手掌左右，在头皮呈现点点的微小红点症状，初步的断定是头部有碰撞，比瘀伤轻微很多。方馥上呼吸道有感染迹象，可能因为感染病毒，令细菌侵入大脑，引发脑膜炎。"宋琪转诉着报告内容。

方馥家中的用人未曾提起她脑部受伤的事实。诺拉想起那两个M国籍的用人伤心的样子，不像说谎，可能不知情。

"可以判断令脑部皮下血管破裂的撞击力度大小？"方馥面容宁静半躺在床上的样子又浮现在众人面前，方守仁不由自主联想方馥与李振儒之间发生过肢体打斗的可能。

"法医的发现是皮下毛细血管出血，任何类型的轻微碰击都有可能导致的皮层损伤。"宋琪回答。可能自己不小心磕碰，并不在意，没有咨询家庭医生。

程高皱了皱眉，"具体什么病毒引起脑膜炎的？梅毒、艾滋病可以排除了。方馥极注重养生。怎么连自己有脑膜炎都不知道。法医说脑膜炎有什么症状？"

"发热、头痛、烦躁、昏迷、失眠、嗜睡……慢性脑膜炎的发病期在数周到数个月之内，没有及时治疗可以致命。"宋琪一边说，一边在脑海里重温了一遍录下的所有口供，方馥生前的一年，有吃安眠药及因感情纠纷吵架的烦躁。

"法医有——排查所有病灶了吗？"诺拉问。

"他得出的结论是脑部感染真菌引起的。上呼吸道感染，细菌由此长驱直入感染脑部，不奇怪。"宋琪答。

"还有，法医在方馥的鼻孔中发现一块小小的血块结痂。似乎在事发这两日曾流鼻血。"他继续道。

"没有联系她的私人医生吗?"方守仁插问了一句。

"私人医生一直负责方馥的身体检查。每年两查。方馥最近这一年有精神困扰问题,导致失眠。还有可能因为疲劳过度出现过耳鸣现象和喉咙上火的症状,医生并不知道她有脑部感染的症状。法医认为是事发当天或前一天才出现。她那天脾气狂躁也可能由于脑部出现感染却不自知。"

众人觉得不可思议。方馥是不是被家暴打到流鼻血?以她和李振儒两人都要面子,连吵架都低调处理的情况看来,不是没可能。尤其是李振儒吵架爱喝酒。

"Rick,联络方馥经纪人,详细了解她工作时的精神状态。"

如果方馥是被逼自杀,那么案件直接定义为故意谋杀。家暴逼自杀,还是其他?

已经是晚上6点35分。五个人饥肠辘辘,以最快速度解决温饱,开车前往警局附近的小型射击练习场进行例行练习。

射击练习场在室内,室外是各种室外锻炼设施。

他们先进入射击室进行射击练习。五个人很快就位。

诺拉戴上耳罩和护目镜,双手握紧手枪,盯住准星,屏住呼吸,在缓缓呼气之后食指扣压扳机,"砰"的一声,子弹瞬间命中靶心。她全神贯注,一次又一次地瞄准目标,枪枪命中靶心。诺拉喜欢这种百分百集中精力的状态。射击场配备的大容量弹夹一共更换了三个,她才微微觉得进入状态,放下发烫的手枪。

看看时间,用了1小时20分。方守仁早已练完在旁等候,他只用了两个弹夹。其他的人也陆陆续续放下手枪。

"去换衣服,例行俯卧撑,跑步30分钟。"

警局平时有例行密集体能训练。这种程度的锻炼对于他们来说,只是小菜一碟。

六组俯卧撑,每组十个为任务。这时已是晚上9点左右。场地边上的灯塔照亮整个练习场,在阅兵台远远望下去,分不清哪一个是诺拉。她的体力不输其他任何人。率先完成俯卧撑,紧接着进行3000米长跑。诺拉一圈一圈地跑,速度不紧不慢,后面有谁跟上来,快速越过她。她并没有加快速度,一直调整着平稳呼吸,直至跑完3000米。她升职以来和四个手下相处一年多,每每有压力时,她都选择和他们加强体能训练,解压方式颇得认同。

"明日见。"她运动完后的脸在灯光下透着莹润健康的色泽。一宗几乎毫无疑问的自杀案，突然生出千头万绪。然而她并无半点慌乱。真相与事实总会一个接着一个浮出水面，她总是以这种角度引导自己的思维。四个助手挺拔的身姿在灯光下拖着长长的影子。他们一向很自信。

次日，海港警局。

诺拉提前两小时来到警局，方守仁几个人一早已在办公室。

"Madam，E国出入境那边复查入境记录，李振儒确实在方馥身亡五天前前往E国，在E国境内逗留了七天。此前李振儒向国际投资争端解决中心提出诉讼，刚好方馥过世后第二天才有结果。"方守仁把昨晚连夜调查结果向诺拉汇报。"除非申请搜查令，从李振儒的家中或办公室搜出伪造护照。目前只能肯定确是李振儒本人出庭。至于出庭前几日他是否往返海港，出入境的录像说明不了问题。"

"事发在他出庭前一日。他插翅也没那么快。"卫一凡并不以为然。

也就是说，当日，李振儒在有确切的不在场证据的情况下，方馥家的系统探测到他本人的大脑信息，同时电脑以文字备注记录了这一探测。

办公室一阵诡异的气氛。来人如幽灵般潜入方馥家中，不见影像，只留下名字。

她沉吟片刻，吩咐方守仁："联络教授，有没有技术支持复制李振儒大脑信息，以及使用，进入方馥女士的住宅。"话音刚落，方守仁已经用手机发短信给教授。

这个设想似乎天方夜谭。相比以前的切换监控摄像，入室盗窃的犯罪手段，这应该是闻所未闻的高科技犯罪了。然而方馥无疑是服食大量安眠药自杀，其生前卧室没有任何打斗痕迹和他人指纹。如果刚刚设想的犯罪手段被证实，那方馥究竟又是得罪了谁？

"叮"的一声，回复到了，方守仁拿着手机在她面前摇了摇——教授并不认为有此可能性，现有技术尚未可以复制人的大脑信息。相比起来，李振儒易容化装为用人，潜入豪宅的可能性更大。

"李振儒最近是不是有资金周转问题？他前妻与他来往密切吗？"诺拉转着笔，梳理思路安眠药始于两人的情感纠纷，而导致情感纠纷的因素除了金钱纠纷，还有第三者。

"目前只是他在E国的房地产公司有资金周转的问题。"卫一凡答，他眼中的方馥，常青摇钱树，对李振儒百利而无一害，理应好好利用。至于他究竟怎么利用，还要看他们找到的证据。

诺拉对李振儒的第一印象并无好感。他白净的面容带着风尘仆仆，表情却是冷漠多于悲痛。

"以笔迹鉴定报告的结果来看，李振儒绝对有资格对方馥大发脾气。方馥的幕后老板与方馥关系非同小可，他在今年2月曾亲自联络方馥。方馥做足了保密功夫，但不排除李振儒从其他渠道知道。"这是程高最新的调查结果。

皇家集团的幕后老板，吴轩云，知名度极高，却异常低调神秘。程高分析："身为海港皇家集团公司老板，吴轩云从不在公开场合露面。公司集团旗下子公司涉及的生意包括地产、金融、新闻娱乐，等等。该公司管理层方面，CEO许志扬较为公众熟悉，幕后老板少为人知。方馥与他结识很长时间，关系一直低调稳定。可以说，吴轩云是方馥必要的护身符。

"李振儒与方馥恋爱期间，方馥与吴轩云几乎没什么联络，直到今年2月。以吴轩云所赠之书以及所题之词来看，两人不是一般地亲密。就算不见面，吴轩云毕竟是方馥所在公司的幕后大老板，千丝万缕的关系。

"而且，赠书的时间前后，方馥有出入境记录。"

"李振儒与方馥肯定没有什么共同的兴趣爱好，更没翻过吴轩云送给她的书，绝对未留意两人心灵交会的方式。"方守仁忍不住以八卦的调调分析死者生前的关系，"这样看来，方馥跟李振儒的恋情是假的，用来掩饰她与吴轩云的关系。"

"他（李振儒）曾找私家侦探查方馥的这段关系，李振儒的前妻可能也知道此事。"程高预感这段秘事不容小觑。

"据方馥的经纪人称，李振儒的前妻比方馥年轻，从辈分来说是晚辈，但公开挑衅方馥时言谈举止无不讽刺，根本不懂尊重——身为娱乐圈人，看不起在娱乐圈工作的方馥。可能因为这个内幕。"

"脑膜炎发病期多长？"卫一凡突然问。

"几天到几个月，如果不及时治疗，就算是成年人也会致命。"宋琪回答，"法医认为只是初期症状，应该是距事发前一两天内感染。"

"她的私人医生表示，方馥在事发前未有感冒发烧症状向他求助。至于毛细血管的损伤，可能是自己不小心碰伤。"程高觉得家暴的可能性不大。

他继续说："李振儒前妻的挑衅并未影响他二人的恋情。方馥所服用的处方药，主要是安眠药，未见她在工作时有头痛的症状，只是有时可能因为疲劳精神不振。"

三角四角关系，嫉妒和痛苦会纠缠扭曲他们的本性。

真相似乎埋藏在一个巨大的疑团中，变幻不停，投射出一个个虚幻的影子。

宋琪建议："现在最好入手的线索是先调查李振儒与他前妻之前的关系，什么原因离婚，以及李振儒的个人财务情况。"

李振儒的父亲也是成功商人，自幼家境优渥，然而早些时候有传分家，父子兄弟不和，他要另觅财路不足为奇。方馥是很好的棋子。

"极有可能他使用暴力恐吓，方馥想跟他分手都分不了，用人全不知情。"方守仁不忿地说，又补充一句，"卧室没有摄像头。"他打了响指，尸检报告让他对二人的恋情彻底改观。

"教授肯定了李振儒当日确不在海港证据的说服力，方馥家中的安保系统的大脑信息记录只能作为参考，不能作为关键证据——不排除为数据出错，如之前出错的第一代系统。"诺拉敲着笔，审慎地做着结论。

"Patrick，他们吵架的时间是否和系统失灵的时间一致？"诺拉问。方守仁打开手中的档案夹，重新翻看当日证供，对比他们吵架时间和系统失灵的时段，除了第一次，其他时间都不吻合，看不出有什么规律。

"用人和保镖的个人生活、收入、支出、交际，没什么变化。警局其他组和M国有人在跟进。"卫一凡觉得棘手，没有线索解开电子系统再三出现情况的疑团。

"Peter，你跟进调查李振儒公司的经营情况，具体的财务进出账目数据。Patrick，明日再跟我去找埃德蒙教授，以两代安保系统做对比测试。Rick，你调查李振儒的前妻。Tony，跟进吴轩云。"诺拉决定分头行事。

海港湿地公园。

正是周末。风和日丽，仲夏的天空蔚蓝深邃，亲子活动的好天气。唐懿带着两个小孩在海港湿地公园走走停停，不停地拍照记录。孩子所在的幼儿园要求学生参观海港湿地公园，亲自制作一个简短的科学画报，探讨人类与自然的关系。

两个小孩一个是五岁的妹妹，李彤；一个是六岁的哥哥，李晓。哥哥和妹妹两人脖子上各挂着一个小型望远镜，边看边低声地交头接耳，时不时用小手捂住嘴巴，咻咻地笑着，小脸蛋上满是探险般的兴奋。他们穿过芦苇枝装饰的栈道，来到湿地公园的观鸟区。远处一群白鹭在低头觅食，偶尔有几只低空在水面盘旋，滑行伞般收起翅膀缓缓降落水面，长长的嘴点点清水，梳理着羽毛，姿态高贵而优美。还有叫不出名字的小鸟在飞舞，一声声的鸟叫似在寻找呼应，愈发显得四下安静。两个小朋友用望远镜跟着观察它们的身姿，时不时发出一声惊叹。孩子的妈妈站在他们身后，远处的白鹭，孩子的尖叫和笑声，这是她的天伦之乐。不远处一个穿着黑色衣服的保镖，静静地跟着他们。

唐懿今年二十八岁。十八岁初读大学时通过海选进入娱乐圈，作为学业之余的兼职。只拍过两部电影，担当女三号的角色。她二十岁经人介绍与李振儒认识，很快结婚，婚后育有一子一女。

快正午。9月初的太阳毫不客气地烘烤着大地，唐懿戴着墨镜，额头冒着细密的汗珠。"彤彤，"她唤了声，"吃午餐了。"女儿听到妈妈的叫唤，拖起哥哥的一只小手，又牵起保姆的一只手，三个人拉拉扯扯地走近唐懿。唐懿一把抱起女儿，往她红扑扑的脸蛋亲了一下，往公园出口走去。李彤搂着妈妈的脖子，朝着跟在后面的哥哥做鬼脸。李晓跺了跺发酸的脚，保姆忙抱了起来，快步跟上去。保镖尾随在最后。

司机在不远处等着，看到他们一行出来，拉开车门。"太太。"他态度恭敬。唐懿点点头，先上车，几个人跟着上了车，开往附近的火烈鸟主题餐厅。老板在餐厅开设了中庭花园，里面栖息着十几只火烈鸟。热带气候的园林景观，以及火烈鸟优雅的身姿，深受游客的喜爱。

唐懿预订了最靠近中庭的位置。两兄妹最先跑到中庭，趴在玻璃上观看火烈鸟，兴致盎然，全然忘记饥饿。

唐懿长相漂亮，衣着时尚，脸上一直戴着墨镜，牵着两个小孩，后面跟着保姆保镖还有司机，一进入餐厅就吸引了所有的目光。不少人一眼就认出她，开始窃窃私语。她算是个娱乐圈的人，却甚少涉足娱乐圈，出入公众场合也不畏惧闲言闲语。

"方馥死得好惨……听说她男朋友虐待过她。"餐厅远处一个角落有人议论。

"她男朋友痛失所爱，听说动用私人关系，亲自托付警局局长查清楚真相。"不远处一个中年剔着牙，闲闲地回应。

"可能是被逼自杀。她全球粉丝准备以各种舆论施压，务必严惩凶手。"舆论直接升级为他杀论，餐厅人声鼎沸。

坐在最靠近他们位置的某个听众忍不住轻咳了声，说："还是居家女人最幸福，外面风大雨大，都不用担心。只需照顾小孩天真烂漫地长大。"

唐懿默不作声地摘下墨镜。化着精致妆容的脸上看不出任何波动。服务生一样一样地把菜摆上来。唐懿等菜全部上齐，才叫两个小朋友过来吃饭。满桌子都是他们爱吃的菜，又饥又渴的小家伙欢呼了一声，埋头以风卷残云的架势很快吃得一干二净。

旁桌的观众看到她儿女饭桌表现得体，平时家中礼仪教养良好，议论的声量降低："好希望警局那班人马快点查清楚真相。对海港有建树的明星，大家都中意。不希望她走得不清不楚。"

程高坐在唐懿正对面，只隔两张桌子。他慢条斯理地切着牛排放进嘴里咀嚼，从头到尾都没看唐懿。"埋单，谢谢。"他擦了擦嘴，有意无意看了唐懿一眼，低声跟服务员说了几句，付款离去。

海港傲旋居。

回到家，唐懿没有再说话。一路上保姆低声和李晓说话，生怕吵着彤彤。小他一岁的李彤累得睡着了，保镖一直抱着她回到家。

她住的是豪华公寓，也在半山区。离婚时前夫李振儒所送，入在她名下。两个小孩已进入梦乡，家里静悄悄。下午的阳光猛烈，她站在落地式玻璃窗前，看着不远处的罗托利亚港，艘艘经过的船只在深蓝海面划出一条条白纹，宁静而忙碌；更远处的天际和水面交融，落日在水面折射出一片波光粼粼。360°的好景致。

不知过了多久，她轻声唤道："罗姨。"保姆正在厨房准备晚餐，两个小家伙玩了一个早上，估计还有一个多小时才醒来。

"来了，"罗姨在围裙上擦擦手，过来问，"太太有什么吩咐？"唐懿已经离婚，罗姨还是习惯称她为太太。她一直跟着照顾唐懿和两个小朋友的起居，性情温和。她五六十岁，海港本地人，十几年的保姆经验，极善于察言观色，即使在日常起居照顾中与街坊少有接触，还是对很多小道消息了如指掌。唐懿在李家过了几年豪门阔太生活，对似是而非的闲言闲语非常敏感，深谙个中攻击力。她天生坦率，自然而然喜欢远离他人是非，少与罗姨闲聊。大户人家请用人，只喜老实人，不喜好事之徒，罗姨深谙职业道德；且唐懿和善大方，罗姨对她可谓尽职尽责。

"我明日去T国，后天回来。你照顾好我两个子女。"唐懿吩咐完，接着打电话嘱咐司机和保镖。

午后的海风温和而不热，随着窗帘轻轻拂过她的脸庞。她出神了一会儿，走进女儿的房间。儿童房装饰成粉嫩的公主风格，女儿的脸淹没在一堆布娃娃中，随着呼吸微微起伏。李振儒很疼爱彤彤和晓晓，即使两人离婚，两兄妹也常常和李振儒电话通话来往。公园餐厅的议论声音又在耳边响起，像打在她脸上般生疼。两三年前她对方馥公开言语挑衅，颇像泼妇骂街，少了教养。

唐懿走出客厅，在上面拨了一串号码，"嘟——"的一声后，电话接通："喂，什么事？"李振儒声音有点冷。唐懿沉默了片刻，不知从何说起。"我现在在外地，有什么事等我回海港再谈，"他刚想挂机，忽而想起什么，又说，"方馥刚过世，我嘱托过警局帮忙查清楚死因，可能会有警察要求你配合调查。你知道就好，不必多虑。如果有不理智的粉丝骚扰，要向警方求助。"说完不等唐懿回答就挂了电话。他急着处理外地的事务，还有两日就是方馥的公开悼念活动。

她前夫一贯自我，不理他人感受，对于他这段时间的不利传闻，她已经选择时段看新闻，以免影响彤彤和晓晓。舆论却依然无孔不入。或许她应该心存感激，舆论似乎看在李家的分上没有对她穷追不舍。

下午3点，醒后的儿子急着组装在公园新买的玩具，女儿拿出画笔和纸张，准备制作科学画报，时不时翻看唐懿手机的湿地公园照片，小脑袋歪着冥思苦想，非常可爱。

"叮"，手机显示收到短信。彤彤好奇打开。一张京剧脸谱出现在屏幕，白脸，上面夸张倒竖着眉毛，眼睛及两腮位置全黑处理，猩红的嘴唇，上方描着又长又翘的胡子，一双黄褐色的眼睛冷冷地攫住人的心神。

她还没看过这种脸谱，眼神中的寒意令人生惧，不禁"哇"的一声哭了出来。在旁的哥哥丢下手中玩具凑过来抱住妹妹。唐懿一手夺过手机，一手抱着哥哥和妹妹，她从未收到这种短信。短信来源的号码与电脑随机发的骚扰广告一模一样。彤彤还在哭，她轻轻把手放在彤彤心口的位置拍着安抚，竭力让心跳恢复正常。晓晓虽然不害怕，但是看着唐懿脸色惊慌，跟着眼圈红了起来。罗姨在一旁不知所措，唐懿示意她叫保镖和司机上来。

不一会儿，保镖和司机已经站在玄关等待。

唐懿抱着彤彤和晓晓，又过了五分钟，松开手，示意罗姨带他们回房间。"太太。"保镖和司机从玄关进来客厅，在她旁边垂着手听吩咐。"这段时间加强警戒，不可以让任何陌生面孔接近彤彤和晓晓。"她未经历过这种紧张。她以为自己已经从豪门恩怨的表演剧中解放了出来。无处不在的钩心斗角，人与人之间无所谓真挚或虚伪，她在李家很长一段时间，活得只像在表演，无法摆脱的被定义的表演。离婚后以为终于可以透透气，前夫李振儒的新恋情却马上把她卷进另一个舞台，这一次，演对手戏的是方馥。

她已经尽力远离娱乐圈，还是收到恐吓。脸谱眼神的寒意彻骨，不知来自何方的恐吓。

"明日的T国行程，我晚餐之前通知你们。"唐懿定下心神，吩咐他们。

她一个人坐在客厅考虑良久。李振儒刚刚的话语犹在耳边。他很忙，回海港后方馥的身后事是他忙碌的重心。没有必要再打电话给他。结婚以后，唐懿已绝缘于娱乐圈，她大学时候作为兼职的触电角色，早已被人遗忘。尤其是李振儒与方馥相恋后，她连绯闻杂志也很少翻阅，极力避免这段过往被人翻出来生编捏造，令彤彤和晓晓受到影响。

两个小孩在房间里嬉闹的声音时不时传出来，彤彤咯咯地笑着，完全忘记刚刚的惊吓。

这条信息是否为方馥的粉丝所为？她曾对方馥不敬，过去几年却没人公开为难她，李振儒对她也没有横加指责。

她对方馥并无好感。她不喜欢这个可能极不干净的女人，怕影响自己的子女。他们甫一相恋，旋即引发轩然大波。人人比较唐懿与方馥。方馥被认为可能踏进婚姻的殿堂，随时威胁她和子女的地位。随着两人恋情升级，开始有人中伤唐懿的子女，唐懿忍无可忍，终于在公共场合彻底鄙视方馥。不是不干净，怎么会有这般丑恶的舆论缠着自己。

她年纪轻轻嫁入豪门，不经社会历练，即使离婚，前夫家族的光环依然耀眼，尤其是一双子女深得李家喜爱。现时偶然听到八卦她当年的婚姻，是麻雀变凤凰的现实版，难免心高气傲，就算和李振儒的婚姻未能如期望般长久，亦耻于与前夫的新恋情比较。

只是她忍无可忍的冲动行为，在旁人看来，纯属无理取闹，只为开始一台新戏，这令唐懿始料未及。

她不喜欢从早到晚生活在新闻舆论和家庭条框的双重压力下，每天遵循着可以预见的例行沉闷。纵然没有柴米油盐的烦琐，也没有不眠不夜照顾子女的煎熬，活着却像找不到自我的存在感。每一件细微的事情都讲究辈分与地位，依规矩；每一种个人偏好在人前都必须隐藏，免致麻烦。唐懿任何的抱怨情绪得不到李振儒的怜惜。他们的婚姻并没有因为个人的任何光环而像王子与公主的城堡般固若金汤。豪门之内，华服之下，全是斤斤计较的虚伪和钩心斗角。她憎恨两人吵架时李振儒摆出的那副你必须懂得感激的高高在上的姿态。

唐懿沉思良久，走入书房，打开电脑网页，点击娱乐版。关于方馥自杀事件的新闻绯闻铺天盖地，塞满了屏幕每一个角落。各种吸人眼球的标题，点击率惊人。她随意打开一篇报道，里面长篇累牍介绍方馥生平，配以电影里的角色照，以及平时狗仔队的抓拍照，洋洋洒洒，字里行间无不叹息，一代美女巨星竟以这种形式结束生命。唐懿关掉这篇，逐篇逐篇点击，无一不缅怀这一巨星生前的成就以及给海港社会带来的名誉和贡献。方馥出道二十年，与她恋过的男朋友只有三五人，除了唐懿的前任丈夫李振儒没有接受采访，其他人均主动接受采访或发文怀念，谴责逼方馥自杀的无形凶手。

这个女人似乎没有唐懿以为的潜规则丑闻被曝光，她一条一条看完。难怪湿地公园餐厅的食客如此反感她的悠然自在。

"喂，"唐懿拨通了保镖电话，"帮我订明日早上飞T国迈城的机票，后天上午返海港。预订明晚的酒店。"

射击训练场。

"Madam，李振儒前妻怀疑有人恐吓她。李振儒已经知道我们跟踪他前妻。还有，唐懿明日会去T国。"

程高一一汇报。他戴着耳机讲着电话，一边开车回警局。正值周末，警局其他人都休息了。诺拉约好几个手下晚餐后在射击训练场集合。

周末的人数比较多。他来到的时候，诺拉和另外三个人已经全副装备在练习射击。剩余的射击位置被其他周末训练的人占满了。他自行过去换了衣服，在射击场外面的跑道开始慢跑。射击场周末常常爆满，跑道上三三两两有人在锻炼，并不如上次清冷。

诺拉一行人出来的时候，程高已经跑了六圈，剩下一圈半的任务。他们没有马上跟着开始跑步，而是先完成俯卧撑。

方守仁一手撑着地面，一手负在背后，每做完一组练习，调整呼吸两分钟，换另一只手继续进行。程高完成慢跑任务来到他们身边，并不马上加入，喝水稍事休息。诺拉最先完成，放松了几分钟，接着跑步。程高看着他们一个接一个继续下一项体能训练，开始单手俯卧撑。

训练场上警局的人彼此打招呼声，脚步声，还有议论声，似乎都离他很远。他一手撑地，一手负在身后，一起一伏默数。他目光盯着地面，调整呼吸。唐懿明日独自飞T国迈城。这个女人面对恐吓，采取与应对前夫新恋情的伤害一样的措施，独自面对。

诺拉一行完成跑步任务，程高坐在跑道旁长椅上休息。他枪法如神，少一次练习问题不大。

"Patrick帮你订好了明日的机票，跟唐懿同一航班。"诺拉并不多言，同样心情不佳。唐懿不像是畏罪潜逃。

海港机场。

一辆银色轿车停在海港机场入口处。方守仁打开车门和车尾厢，拿出一个黑色的行李箱。程高从后座打开车门出来，接过行李箱，方守仁拍拍他的肩膀，说："万事小心。"程高点点头，拖着行李箱往入口走去。他身型颀长，穿着休闲短裤和T恤，脸上架着墨镜，完全看不出是警察公务出差。

方守仁一直看着他进入候机大厅，才转身开车离去。

海港警局。

诺拉把昨天实验室的数据分析，重新向卫一凡和宋琪讲解。昨天分别做了两组测试。埃德蒙教授在实验室安装了方馥住宅室内一样的第一代安保系统报警装置。为了实验结果尽量真实，他特意从市面随机购买，不排除质量瑕疵的可能。实验室被模拟成为一个密不透风的防盗空间，诺拉和方守仁分别模拟各种从外强行闯入盗窃的情形，每次系统都适时报警。然后埃德蒙教授尝试以线路接入防盗电脑系统，破解系统授权指纹密码，修改内存数据，发现没有出现"Error"字眼。也就是说，如果用人要对第一代系统动手脚，不会出现"Error"情况。这排除了他们涉嫌私下更改人脸数据引狼入室的可能。

"第二代系统的优越性已经在之前多次提过。"诺拉详细说明，"昨天埃德蒙教授首先监测扫描我与Patrick的大脑信息，设为系统默然允许，然后再次模仿各种强行入屋的情形，甚至包括戴着面具进入，系统没有报警。当然，在这之前，我们尝试以陌生人的身份进入客厅，发现身处距离系统扫描器三米处，系统马上报警。他再次以实验室电脑驳接数据线，希望破解防盗系统密码，进入数据库修改监控录像信息。教授反复试验多次，系统均显示操作者的身份信息未被确认授权，马上启动警报。属于正常运作。"

"也就是说，'System under attack'字样不知道是什么原因出现的。"诺拉觉得头大。"而且，一共出现五次，包括最后一次方馥过世前，全是方馥刚好在家的时段。除非是用人自寻死路。"方守仁做了个怪脸，他不认为除了女业主外有其他人可以更改数据。

"等等，还有一个疑点，"宋琪说，"第一代防盗系统出现第一次错误情况，当时似乎未排除有人对室外防盗系统动手脚，以虚假录像代替实时摄像的可能。"

"当时方馥发现故障，已经马上报警，警方检查了室外的围墙线路和摄像头，没有出现异常情况。室内摄像头无死角，没有入侵者的录像证据。而且，假设用人是同谋，第一次置换室外录像，嫌疑人第一次闯入的时候就应该马上下手。系统出现如此引人注目的问题，却再三铤而走险，令故障问题一次次出现，这是智商负二百的行径。"方守仁做了个切脖子的姿势。

"安保系统出现一次问题，家里就鸡飞狗跳。反反复复地出现问题，而且电子系统是女主人的靠山推荐使用，想必方馥烦恼到极点。"宋琪说。就是这一年，方馥突然服用安眠药。

"李振儒在外地有经营科技公司，但他不怎么热衷讨论这个屡出问题的系统。他知道Rick跟踪他前妻，却并不知会唐懿。"这个男人不介意虚伪。他录证供时几分情深意切，眼圈发红，口口声声，不是方馥就是前妻，临走前还拍拍自己的肩膀，似是懂得珍重，看样子，认为前妻有保姆司机保镖贴身保护已足，无须知道太多。

"李振儒当年的房地产公司已经从海港市场转到E国市场，反应不如预期。他的房地产公司几年来一直被E国当地政府调查，等到周一工作日申请查看争端中心的文件，就可以知道他的财务和仲裁结论。"卫一凡有点急不可耐，名下一家公司出现问题已经让李振儒烦不胜烦，竟然还有闲情玩大手笔赠礼家人，李振儒城府极深。

"他在本地持有多家上市公司的股票，持有额均不足以成为公司的董事局成员。在海外股市也持有多家公司的股票，涉及金额由几百万美金到几千万美金不等。至于外地股市，并没有涉足。"这个富豪出名，更多是因为其父亲，海港商界数一数二的成功人士。李振儒本人是海港公认的公子哥儿，事业上的成就与其父无法比较。

"他在外地的科技公司，做高科技产品进口的同时，专攻软件开发。进口的产品由意念感应操控玩具到平衡车，甚至是最新出现市面的飞行器等。公司市面业绩不错，主要竞争与政府合作的项目。只是近年外地影响力不及从前，竞争力不算出众，可能由于其父完全放手由其独立经营而致，至于这间公司经营的出入账目明细，我明日去外地调查。听说李振儒现在就在外地，处理公司事务。"

卫一凡顿了顿，说："方馥的私人律师前晚制作了遗产清单。几乎所有财物遗产经清点结算债务后移交加拿大的亲眷。李振儒只享有与她共同持有的静水湾97号物业的35%的所有权。李振儒要求律师将该物业处理权移交房产中介公司，代理出售。

"以上是我们查到的归于李振儒名下的公司以及其他资产的情况。至于日后他是否有父亲名下的资产继承，尚未清楚。"

"据称他同时将自己在半山区的豪宅托付给房产中介代理出售。"一凡告知这个简单的事实。

李振儒日常出入经过方馥故居，难免伤心。况生意人士讲究，伤心又晦气，可避则避。卫一凡对李振儒父亲的生意经略有所闻——极注重风水，他儿子在生意场上浸淫多年，潜移默化之下，行事作风讲究忌讳，不奇怪。只是在局外人看来，方馥头七未过，男友急于弃两人共同生活的回忆如敝屣，不只是人走茶凉的世故。

反而是方馥粉丝的反应最真实。警局外面有粉丝拉大字横幅标语，希望警方能还方馥一个公道。方馥生前少有树敌，她的离世，牵动整个娱乐圈，她的追悼会由生前所在的皇家集团公司组织，安排在两日后。

"吴轩云有什么反应?"诺拉问宋琪。

"已经电话联络吴轩云,明日九点之前有空见我,"宋琪期待跟这位神秘的娱乐大亨见面。吴轩云的集团公司掌握了整个娱乐圈及新闻舆论的大半资源,权力之大,翻手为云覆手为雨。方馥的靠山不简单。后日的追悼会由他公开露面代表公司发言。

"对了,第一代系统出现问题时方馥报警,当时将近过年,公司内部有人中伤她是为了博取公司老板的注意和同情。"宋琪打了个响指。皇家集团旗下的漂亮女明星何其多,她一人独得幕后大老板的青睐,招人忌妒不奇怪。

🔍 第四章　　　　　　＋

海港机场。

"请各位乘客注意，你乘坐的EA29347次航班准备起飞，请前往23号登机口。"

唐懿收起手机，准备登机。女儿彤彤一直缠着她讲电话，罗姨在旁边唠叨的声音让她安心。她站起来，拉着行李走向登机口。她今天穿着一身素净粉紫色连衣裙，身姿婀娜，脚上穿着休闲鞋，脸上依然架着墨镜，站在长长的人群中非常瞩目。

程高不紧不慢地往队尾上一站，仿佛一个句号。唐懿在候机的一个半小时里，聊了1小时29分钟的电话，十足二十四孝妈妈。李振儒真懂找老婆。唐懿完全没有留意到程高，他一米八的身材，略显刚毅的脸，一只背包随时出发，多了几分潇洒，引得女人频频侧目。

T国迈城。

大大小小三百多座寺庙坐落在这个只有50万人口的城市。拥拥攘攘前来祈愿的游客和僧人如织。周围的诵经声、佛号声不绝于耳，空气中弥漫着烟火气味，添了几分宁静。

唐懿作为李振儒太太第一次来迈城时，晓晓刚满月，满月酒宴席除了拜祭祖宗，还包括在T国迈城祈愿。当时唐懿满心欢喜，心心念念祈福，完全未留意跟着李振儒在佛寺殿庙里穿过一道道门，经过庭院，找到的是T国迈城帕辛寺的尊者。寺里的游客看到他们被尊者礼待，成为座上客，略感惊讶。

三年前她也来过，当时离婚的新闻在海港传得沸沸扬扬，两个子女适应单亲家庭的新生活，巨大压力之下，迈城的宁静尤显得吸引人。寺庙里的僧人见她独自前来，并不惊讶，愈加温言接待。

令人心灵宁静的地方，无论来人是贵族还是平民，愿望似乎特别容易实现。

程高深呼吸，看着唐懿走入帕辛寺。她已经换了长裤，旗袍式长衫，远远看去像一个金庸小说里走出来的女子，与周围古色古香的建筑融为一体。迈城的佛庙金碧辉煌，历史久远，精致，厚重，完美，令人过目难忘。

帕辛寺给人的感觉尤为震撼。

程高脱鞋跟了进去。

寺庙内烟火旺盛。正殿供奉着一座金身大佛，庄严肃穆。唐懿跪坐在佛前，闭目祈愿。忧虑和恐惧，在她的心头盘旋，袅袅焚烧的檀香似乎传递神灵的气息，安抚心灵。心愿一遍一遍在唐懿脑海中刻画，凝神中相信得到佛灵的指引。三三两两的游客在她身边经过，添香，喃喃祈福。程高并不信奉佛教，然而正殿内眼睛所及之处，无不庄严精美，几乎件件是传承百年的艺术品。正殿旁边的侧殿供奉着好几尊圆寂的高僧的肉身蜡像。这些高僧打坐圆寂，容貌栩栩如生，从容安详，宛如从未离世。

唐懿跪拜完毕，起身从主殿来到后院。已经是下午四五点，很多僧人在后院的石凳和树荫下看经书、画画、聊天。唐懿径自走到一位普通僧人面前，和他聊起天来。这里很多僧人都知道她和李振儒，她熟悉这位僧人，离婚后，每次前来都会找他说会儿话。

僧人四五十岁，平时除了忙碌寺庙事务，喜欢在后院看经书，有时画一两幅画，引得游客驻足观看。虽是出家之身，然而对俗世姻缘自有一番妙解，甚受欢迎。程高在后院周围慢慢踱着步，发现院里每棵大树都挂了一个牌子，上面记录一句名言。他走到最靠近他们对话的那一棵树，上面写着：努力行善而非追逐卓越，否则难免置身危险之中。

唐懿正在用英语和僧人轻声交谈。程高偶尔听到一两句话有方馥的字眼。唐懿神情凝重，僧人神态似乎安慰。他屏住呼吸，只听得唐懿断断续续地说起手机收到的未知短信以及在餐厅受到的舆论压力。僧人并不接话。唐懿想起方馥的追悼会，忽而想起，问："十几年前，我前夫的妹妹在医院自杀身亡。她出事前几日曾溺水……"她一时找不到话语，踌躇了半刻，问："师父可否告知，当年他家的亲属是否有特别的法事以度去世之人?"模糊的直觉令她有些惊惧。僧人沉默了片刻,低声安慰:"李施主平时注意修行积德,其捐赠之福泽,延及子孙,佛门多有护持,唐女士不必过虑。"当年第一次来迈城的时候,唐懿及两个子女就请了护身符,一直佩戴在身。唐懿心下稍微安定,低声说了声谢谢。

李振儒一家三兄妹。李振儒排行第二,兄长李振逸,下面还有个妹妹,听说早年夭折,去世的时候只有十几岁。唐懿入门李家几年,对这个李家当年受尽宠爱的掌上明珠略知一二。据闻去世前曾溺水,虽然得救,然而在住院期间自杀。唐懿在家族照片中见到她,从几岁到十几岁,粉嫩可人,公主气息扑面而来。她的自杀当时反响轰动。时日久后,渐渐为人淡忘。

程高只知道这一段过往。距今时间久远,公开场合不再有人提及。

两个人低声细语交谈良久。唐懿方才起身道别离去。程高见状跟着走了出去。他经过僧人身边的时候,双手不自觉地向他合十致礼。僧人弯腰向他合十,看着他尾随唐懿而去。

傍晚6点多。走出寺庙,唐懿并没有再去其他寺庙的意愿。她打算在酒店外面的饭馆吃点地道美食再回酒店。出租车七拐八拐,来到了一间ANCHAN素食店。这家店颇受迈城当地人和外籍人士欢迎。唐懿以前跟李振儒过来,寺庙会有饭食招待。离婚以后,再没有之前的待遇,依然习惯吃些素食。

程高肚肠饥饥,一路看到众多装饰得有情调的饭馆,直接就想进去解决一顿。女人真麻烦。

唐懿点了一份蔬菜炒杂,一碗T国米饭,一份冬阴功汤,一份ANCHAN特饮。程高只是随意点了几份。简单的素食,竟然美味得不可思议,差不多一会儿就被他一扫而光。

唐懿慢条斯理地喝着冬阴功汤,偶然抬眼环顾四周,看到墨镜已经摘下来的程高,愣了一下,好像在哪里见过,一时想不起来,不由得怔怔地看着他。程高正准备付款,一抬头与唐懿打了个照面,他拿起背包付款离去。

走出饭店,程高看了看手表,7点半。迈城艺术家云集。随处可见的涂鸦以及精美的手工艺品。他在离饭馆远远的地方找了个特色小摊,心不在焉地把玩小玩意儿,顺便买了些手信,直到唐懿出来打车回酒店。

他跟着回酒店。诺拉提前通知迈城警方,请求配合程高的跟踪调查,密切留意唐懿的动静。

这番大动作，李家二公子却毫无反应，更无与唐懿商量的意思，两人的电话联络言简意赅。

他看着窗外。迈城的夜，灯火辉映，映照得寺庙金碧辉煌。来往的人潮缓缓流动，比白天更为悠闲，如这座古城入睡前的呼吸，慢了下来。这座古城自然得到了美女们的青睐。古代王室的权威如今已隐入迈城的万千寺庙中，为她们的虔诚增添了一份尊贵。

在这里，一个前妻，一个正牌女友，两个女人以及与豪门有关的一切争夺要借迈城古寺的仪式感加以肯定。

唐懿的正牌竞争对手自杀，前夫被调查，她的儿女被恐吓。以李家对两个孙辈的保护程度，她却选择前往迈城，而非报警或向前夫家求助。

以她今天在迈城轻驾就熟、旁若无人的姿态，恐怕在李家的地位从未因离婚而动摇，丝毫不见当初前夫与方馥的新闻爆出，她公然大骂之的失态。

只有一丝仓皇的神情泄露了她心底的不安。

窗外灯火依旧，人潮渐渐稀疏。

他出神地看着窗外，回忆中分不清她的脸上是否带着胜利者的淡定。

海港市的风雨吹过迈城，不留痕迹，午后帕辛寺的树荫下阳光斑驳，她时而嫣然一笑，完全没觉察到被人跟踪。

程高看看手表，唐懿今晚没有搭乘航班回国。

入夜愈浓。在T国和迈城，有很多的传奇故事，有别于白天散发着檀香与玫瑰花香的温馨浪漫，这里常常为各种明星的丑闻添加上匪夷所思的情节。

他躺在床上，闭着眼睛，双手枕着后脑勺，始终未想明白唐懿急于来到迈城的原因，直至窗外天色蒙蒙亮才入睡。

次日。唐懿一早7点退房，赶8点的飞机。程高8点退房，直奔帕辛寺。这一区的值班警察告知，昨晚唐懿回房以后，再也没有出门。

寺内一如昨天般热闹。他转入后院，尝试找到昨天与唐懿对话的僧人。后院有好些僧人。有的正在全神贯注地下棋，吸引香客围观。僧人手执棋子，左右难定的凝神思考模样，令人忍不住想起某些古典武侠小说里的画面。有的正在画画，禅风十足。有的正在和游客聊天，随意自在，气氛宁静又热烈。他四处不见昨天的那个僧人，环顾中视线偶然落在另一个僧人身上。僧人坐在石凳上正在研究经书，五六十岁模样，脸上戴着眼镜。程高来到他面前，低首合十。僧人亦站起来合十，眉眼平和，用英语问："有什么可以帮到你呢，朋友？"程高低声向他表明了身份。他因为方馥案件过来调查。他并不确定僧人是否清楚方馥自杀事件。

程高轻声问："在贵寺常年捐赠的海港李氏富商，其子李振儒是否经常携眷过来祈愿？师父是否认识李振儒的现任女友方馥女士？"

僧人变色道："李先生与方女士过去时有参拜本寺，也与尊者一起进餐，焉有不知？李先生在方馥女士出事以后早已打电话和本寺联络，后日方女士在海港的悼念活动，本寺也有李先生私下安排的诵经往生法事。"

程高一时意外，半晌说不出话来。

"师父，"他在脑海里搜刮着词语，突然冒出一句，"像方馥女士的自杀过世，有什么特别的法事形式吗？"他的问题与唐懿如出一辙。

僧人回答："方馥女士一生与人为善，却以自杀方式告别凡世，她亲人及朋友相当痛心。她积善修德，我们诵经以助其业力往生人道。"僧人对此不肯多言。

这地方佛寺云集，然而，昨天唐懿提起李振儒十几年前过世的妹妹时，表情惊惧。

两人静默片刻。阳光渐渐炽热，树荫下凉爽依旧，一声两声知了，前殿的佛号声，游客低声细语，佛门檀香缭绕，祥和而宁静。

他别过僧人，直赴机场。

海港警局。

卫一凡拨通E国兰敦警察总部的电话。李振儒公司的项目在巴司，著名的风景区，公司全称安居房地产开发有限公司。兰敦警方很快回复：当地政府根据他们提交的项目计划书，几经调查，历时三年，认为李振儒的房产开发公司及其合作伙伴不具备开发资格。李振儒不服政府的行政决议，提请他公司的律师向ICSIDC（国际投资争端解决中心）提出控诉，抗议E国巴司政府不当干预外商投资。巴司政府提交了政府对巴司景区的环境保护政策报告，以及对李振儒房产项目对环境影响的评估，认为李振儒对该项目的投资金额无法达到巴司政府对环境保护等公共利益的要求。当地政府进一步提交李振儒公司的资产调查，调查显示李振儒房地产公司多年来生意额不断下降，由刚转向E国市场的三百多亿下降到三年前的十亿，并不足以支持其递交的巴司房产项目的建设。国际投资仲裁法庭上个星期驳回李振儒申诉，支持巴司政府否决不及格投资者的项目。

他授意媒体大肆宣扬他重金购买豪宅赠送女友，玩商业炒作的把戏。他的生意实力，虚虚实实，令人生疑。

程高搭乘10点的航班，将在中午1点左右返到海港。他的汇报透露李氏家族最小的妹妹，集万千宠爱于身的小公主，在十六年前自杀身亡。事件可能会给警方提供一些线索。诺拉搜索当年的新闻，只有零星几篇报道，大致意思一样：李家小公主因溺水惊吓过度，又扯出因家族阻挠而为情困扰，跳水云云，被救起后在医院治疗期间自杀。零散只有两三条新闻，诺拉一一点开阅读。

李家小公主当年的葬礼堪比方馥，诺拉看了看手表，方馥的追悼会在上午11点。

海港养和医院。

养和医院有百年的历史，是海港最著名的私立医院。当年李家小妹妹被抢救后送来医院检查及康复治疗，据说是位情窦初开的小妹妹。

接待方守仁的是院长助理。他领着方守仁来到副院长室。一路经过很多病房，豪华套房式病房、普通私家房，还有温馨可爱儿童房。病房里有病人絮絮叨叨地跟探访的亲属说话，有人开着电视和室友讨论情节，除了一股医院特有的酒精味充斥着鼻端，这里更像一家五星级酒店。

来到副院长室，助理礼貌地告别，走出办公室。副院长姓温，五六十岁模样，温文敦厚，脸上架着一副金丝眼镜。温院长一见到方守仁，马上站起来，跟他握手，示意他坐下。"你们警务处处长有打电话过来，希望得到医院方面的配合，了解李氏家族十六年前的一桩自杀案。我已经吩咐医务档案室翻查当年住院记录，等会儿他们会送过来。"

方守仁有点受宠若惊，警局顶头上司如此关照，还是第一次。"请喝茶。"温院长给他倒了杯茶。茶里是茉莉花以及叶子，几朵白色的茉莉花在热水中与叶子慢慢旋转舒展，一阵香味清新扑鼻。他缓了片刻，拿起茶杯喝了一口，香气更甚，直达心脾。

"李氏家族是我们医院的贵宾，过去五十年来有断续捐款支持我们医院的发展。当时他们家的掌上明珠跳水自杀送来我们医院，我们医院最好的专家负责救治，成功令其脱离生命危险。只不过可惜……康复期间她因家人照顾不周，感染病菌离世。"

方守仁又喝了几口，直到花茶快见底。豪门是不是特别多悲剧。

医院档案室很快派人送来了住院记录。方守仁拿起第一张，上面登记着病人姓名、出生日期、年龄、住院日期，以及医生的诊断记录。

李怡君，15岁，1989年出生。2003年7月3日因自杀溺水胸肺部有大量积水送来养和医院救治。

住院第一天医生记录

该病人送至医院前曾被施予简单的急救措施。送至医院时因胸肺部吸入大量水而处于昏迷状态，脸部青紫，双目充血，鼻孔和气管充满血性泡沫，偶有抽搐。

急诊处理：继续实施心脏复苏，安排行气管插管。送入重症监护病房进一步实行救治。

住院第二天医生记录

该病人暂无生命危险，由重症监护室转入普通病房。

常规检查：

1.血常规

2.肝肾供电解质

3.动脉血气分析

4.尿液检查

5.胸片

6.心电图

7.头部CT

Patrick继续往下看。

住院第三天医生记录

常规检查。未见淹溺导致急性肾功能衰竭、心律失常、弥散性血管内凝血、胰腺坏死、肺脓肿、肺间质纤维化。脑部有缺氧性损伤。

住院第四天医生记录

抽搐好转。持续昏迷。无发烧、蛋白尿等肾感染及肾衰等并发症出现。

常规检查：

1.心电图

2.血压

3.动脉血气和酸碱平衡

4.血电解质

5.血红蛋白和红细胞比容

6.肝肾功能和血流动力学监测

住院第五天医生记录

精神好转。昏迷时间过长导致脑损伤。

常规检查：

1.行脑电图和诱发电位评估脑功能

2.行颅脑MR或CT检查以明大脑结构损害情况

3.高压氧治疗

4.醒脑，神经营养，改善脑循环

5.针灸

6.肢体康复训练

方守仁一页一页地往下看。简单的数据以及各种心电图和CT照片，记录着当年医生与死神之间惊心动魄的较量。他仿佛听到了嘀嘀嘀的心跳记录声音。李怡君在昏迷中被转换了一个又一个病房，医院里医生们和护士们在手术台忙碌着。

温院长慢慢喝了口茶。方守仁抬头问道："当年怎么传出李怡君是在医院自杀身亡？看记录她当时的治疗效果良好……"而且，他看看出院日期，8月12日，与就医期间内自杀传闻不符。

温院长略显痛心："我十六年前只是专科医生。当时李怡君只有14岁，医院收到急诊电话十分轰动。李怡君是李家最小的妹妹，甜美乖巧，讨人欢喜，海港人几乎无人不知。她在医院的每分每秒牵动很多医生护士的心，她父母更是不眠不休日夜陪伴。看到她一天一天情况转为稳定，慢慢好转，大家心头才放下大石。

"她因溺水事件产生了脑损伤的后遗症，但是住院一个月后情况比较乐观。她父母要求她继续住院治疗，然而小姑娘性格倔强，非要回家，选择定期过来医院做康复治疗。

"她深得父母疼爱，他们自然不忍她意稍有不顺，于是办理出院手续回家。她的家人已经向学校递交申请，休学一年，以充分休养。

"没想到，"他沉默了片刻，似乎仍然不能相信，"大概三个月后，可能是潜伏症状加上感染细菌，急性脑膜炎离世。"

办公室里静悄悄，似乎有什么哽在方守仁的喉咙，说不出话，难以想象当年的李家救回小女儿的性命，却最终得而复失的痛苦。

温院长默然。当年粉嫩可爱的女孩，从死亡线上捡回了一条性命，从昏迷中醒来看到父母以及医生时虚弱的笑容，以及被母亲抱着流泪的样子，令人心疼。尽管李怡君脑部受损，保持精力时间有限，然而说话吐字清晰，可爱又伶俐，惹人怜爱。

花茶清香，茉莉花朵已经完全展开，娇嫩洁白，怡人心脾。

方守仁向温院长伸出手，握紧，脑海里还在消化刚刚的信息，微笑说："多谢温院长。资料我拿去备份，心电图的资料迟些归还你们档案室。"

他站起来和温院长告别，驾车驶离养和医院。"五星级贵族医院。"他在心里默默感慨。警局接报方馥事件以来，他似乎经常感慨。

"丁零零……"来电显示为诺拉，他接通电话："刚刚从医院出来。"诺拉说："不用回警局了，直接开车到海港世界殡仪馆。"他看看时间，10点25分。

海港世界殡仪馆。

殡仪馆聚集了十几万粉丝。他们穿着或黑色或灰色的丧服，制作了各式花圈缅怀，神情哀戚，有失声大哭者，像是送别自己最亲的人。诺拉很难理解粉丝对明星的迷恋，甚至视之为精神支柱的狂热崇拜。她对方馥好感随时日增加，然而不可否认，她个人在过去十几年了解到方馥的银幕形象，不及这几天调查的真实可爱。

方守仁停好车。诺拉、卫一凡和宋琪早已等候在会场门口。11点，四个人一起步入会场。追悼会正式开始。

这是一场盛事。殡仪馆里黑压压的一片，海港、宝湾及外地名流朋友神情肃穆。方馥生前与人为善，甚少与人生隙，圈中几乎都是好友。会场正中央摆放着方馥的遗照，音容笑貌宛如在世。一副安放她遗体的棺木放在灵位前面，等待安葬。各界人士送来的花圈摆了里三层外三层。

众人默哀三分钟。

一个四五十岁的中年男人站到正中央，开始念追悼词。他身高一米七五左右，方正的脸，戴着一副黑框眼镜，声音浑厚低沉略带一丝沙哑。方馥是皇室公司集团的骄傲。他的声音冷静平和，带着众人怀念方馥生前岁月中的所有辉煌。

诺拉他们站在人群最外的一层，静静地听着。

追悼文写得真挚感人，听者动容，时不时人群中传来一两声抽泣声，中年男人仿佛读着自己的心声，语气越发掩饰不住对死者的依恋。

方馥终年45岁，几十年的人生，精彩而又漫长，压缩成五分钟的追悼文，叹息她的早逝。

诺拉自幼父母离异，爷爷奶奶随父居住，母亲远在澳洲，还没经历过亲人的殡葬仪式。她之前进行的刑事侦查，时有涉及命案，却从未似今次这样，对死亡的受害者产生别样的牵挂之心。

追悼文念诵完毕，好几位方馥身边最亲密的人从人群中走出来，默默把手放在棺盖上面，为她扶灵，送她一程，都是各界泰斗人物。李振儒戴着墨镜赫然在其中。宋琪看到他，嘴唇不由自主地抿紧，眼神冷了几分。

方馥的一位亲属怀里抱着她的遗照，引着灵柩缓缓推出殡仪馆，来到停放的灵车后，众人停下脚步，看着灵柩被抬上车，慢慢向歌连臣角火葬场驶去。无数镜头对着灵柩，记录着这一哀伤时刻。在殡仪馆外面等候的粉丝情绪失控加剧，却又竭力自持，看着最喜欢的偶像永远淡出自己的视线，与人世永别。

葬礼完毕，众人缓缓离去。

诺拉一行人一路沉默地回到警局。他们欠方馥的粉丝和朋友一个交代。

飞机降落在海港机场。

　　程高走出机场，方守仁已经在出口处等着他。两人上了车，方守仁边启动车子，边说："我今早已经去海港养和医院查清楚李家最小明珠李怡君当年溺水事件，她当年被救起后自杀。然后赶去参加今天中午方馥的葬礼……"他还没描述葬礼的盛大，一只铜质的缩小版关二爷雕像递到他面前，只见程高掌上的关二爷栩栩如生，一手持青龙偃月刀，一手捋着美髯，双目炯炯，手工精致，令人叹服。

　　程高摘下墨镜，给欲言又止的守仁一个不用谢的表情。

　　海港警局。下午1点半。

　　程高简单吃过午餐，把从T国购买的手信分别送给同事们。诺拉收到一把小小的精致银制竖琴。诺拉几乎第一眼就喜欢上了这份小礼物，连声说谢谢。宋琪收到一只木雕小像，卫一凡下午不来警局，准备飞往申海。程高给他打过电话，送了他一只鳄鱼皮制作的精美皮夹。方馥葬礼压抑着办公室的气氛，程高这份忙中偷闲的心意，令众人惊喜不已。

　　诺拉把方馥的葬礼录像重放一遍，让程高观看。镜头重现上午沉重悲伤的场面，李振儒墨镜下的表情，冷漠似乎多于冷静，扶灵的动作略显僵硬。

　　"会场有没有粉丝恐吓他？"程高意外，唐懿坐在餐厅被人骚扰的景象历历在目。那个女人的冷静——在两个子女面前——是温柔的沉默。

　　"今日是方馥的葬礼，粉丝表现良好。不过李振儒出现的时候，还是引起一些骚动。"

　　"吴轩云似乎是第一次公开露面。"程高若有所思地盯着屏幕中男人。

　　"他与方馥不只是普通朋友。"宋琪回忆与他的对话。

　　上午7点30分。皇家集团。

　　一个全身穿着黑色丧服的助理推开办公室，"吴先生，Tony Sir求见。"

　　"请他进来。"吴轩云同样穿着黑色丧服，双手交握放在办公桌上，看着穿着黑色西服西裤的宋琪从门外走进来。

　　"Tony Sir，早晨好。"他看着走近的程高，站起来，伸出一只手。程高伸出右手，他的手温暖有力，掌心微微粗糙，握住吴轩云同样有力的右手。

　　两人同时坐下。程高开口说："我们警局为贵公司感到遗憾。感谢吴先生百忙之中抽出时间配合我们调查。"他边说边打量着吴轩云。

"我们身为市民的本分而已。"

吴轩云一身笔挺的黑色西服，方正的脸略显憔悴，黑框眼镜下的眼睛有小小红血丝。他公司自方馥过世后一直忙于筹备她的葬礼仪式，处处亲力亲为。

作为皇家集团的老板，吴轩云从未在公众媒体曝光，关于他的江湖传闻远远多于报纸新闻杂志对于其公司的报道，关于他的绯闻更是少之又少。他跟方馥之间的暧昧关系一直没有报纸杂志曝光，两人仅止于公开承认的朋友关系。没有任何人知道两人之间来往的细节。吴轩云私底下赠送方馥书本，两人共享心灵滋养的方式，颇有知己意味。

吴轩云出生于普通家庭，排行老大，下面有一个弟弟以及两个妹妹。家境普通，然而吴父生钱有道，一家大小生活未尝拮据。他很小年纪就懂得承担家庭责任，勤奋好学之余，早早学懂做各种兼职，减轻家庭负担。中学时期就曾试过与同学在学校附近租用定点报摊，在下课后边做作业边经营小生意。他小小年纪就培养行业嗅觉，对海港的潮流风向非常敏感。

大学考入A国哥伦比亚大学，当时在海港的事业已经小有名气，他在大学期间创立了一家杂志社。

他大学主修金融和新闻学，大学还未毕业，杂志社已经经营得有声有色，销量慢慢在全港各大杂志中崭露头角，吸引越来越多的人投资加入。大学毕业后，他所主办的杂志已经稳占全港杂志销量前五位，是名副其实的畅销杂志。

他征战商界，不断开拓自己的事业疆域，杂志社进入正轨之后，他收购了一家经营不善的娱乐经纪公司，把触角伸向娱乐圈，稳中取胜。直到今天，公司集团经营的范围遍及房地产、科技、餐饮等行业，令他成为海港举足轻重的商界领袖，他年仅五十四岁。

宋琪过来之前已经详细了解过吴轩云的背景。他凭一己之力，令方馥在娱乐圈顺风顺水，影响力可想而知，然而为人谈吐谦逊如此，真实低调。

"吴先生是否见过这本书？我们在方馥女士书房找到。"他从随身携带的公文包里拿出一本书，递给吴轩云。

吴轩云接过书本，眼睛似乎红了一圈，翻开有点发黄的纸张，第一页上记录着自己旧日的笔迹：致方馥……

因悲伤而破碎的记忆，如雪花般纷纷扬扬，他抓住其中一个片段，犹如昨天。

经纪公司助理伏在案前。公司要为一支广告选女主角，他从一叠厚厚的照片中抽出最上面一张，核对表格提供的个人信息。

"方秋水。"他清了清喉咙。门外一个年轻清脆的嗓音应了声，一个18岁左右的女孩走了进来。女孩标准的鹅蛋脸，未施粉黛，剔透皮肤上两条一字俏眉如画，鼻子不高但挺直，浅粉色的菱形嘴唇轻抿。

女孩一米七左右，墨黑乌亮的长发高高绑起，在办公桌前的一把椅子处站定，微微一弯腰，直起身时头发自然地甩到颈后，眉毛轻轻一扬，露齿而笑，仿佛带进一米阳光，"张先生好。"

张助理扶了扶眼镜，坐直腰，点点头，咳了两声："方小姐请坐。"他拿起桌面的一份资料，走过去递到她手上，"这是我们公司将要拍的广告——品牌故事、设计师理念。方小姐结合这支广告和海港人的消费理念，以及你自身的优势，告诉我们你可以如何凸显这支广告的主题。"

女孩接过资料，短短几分钟内浏览了所有的内容。她微微沉吟，嗓音温柔而笃定，从介绍她自己作为在校大学生开始，到特长兴趣活动的阅历，再到这间公司的广告多年以来在海港的影响力，最后说明她非常喜欢这支广告的主题，符合她的价值理念，自然而不造作的演绎不是问题。

短短十分钟的时间，女孩给经纪公司的印象已经不止平面照片的明眸皓齿，生动而又活跃。

秋水的面试相当成功。她当时只签订合同拍那一支广告。两年后才正式加盟他的公司，成为长期签约的女艺人，改名方馥。

方馥拍的第一部电影，以及他与方馥的第一次相遇，历历在目。电影庆功宴上她淡施粉黛，穿着租来的小礼服，年轻的脸笑容明亮，说话可爱得体，散发的光芒令所有或明或暗的冷箭失去准头。

吴轩云失神半晌，忘记两人什么时候互生情愫。

他喜欢阅读。闲暇时、晚睡前，随手拿起一本，小小的大脑充电时刻。无论生意多忙，一直保持着这种生活习惯。他在商场征战多年，腹背受敌的情形时有发生，敌手招数不入流之辈常见，大脑经常因为这种杀戮而被腐蚀，忘记原本生活的意义。阅读令他保持思维敏捷，时刻清醒面对挑战。

　　方馥并不知道他的嗜好。她初入娱乐圈，阅历浅得如一张白纸，轻易就被人撕碎，因而尤其谨慎勤奋，喜欢在揣摩角色的时候，借鉴读书时对名著经典角色的感受，甚至带书去片场。她一支广告后已经成名，大学剩下的两年学业期间骚扰多不胜数，然而真正踏入娱乐圈后她发现，有形无形的潜规则可谓令人有口难辩，跌落陷阱难以抽身。

　　她家境良好，家人早年移民海外，纯粹为了兴趣加入娱乐圈。总觉得自己聪慧，处处与人为善，知道需要长袖善舞的圆滑，所以能在危急时全身而退。

　　她不知道，吴轩云在看着她。

　　吴轩云手指无意识地敲着桌面，良久，终于开口："我与方馥，以前曾经恋爱。我结婚以后，她把我当成良师益友，我们一直有来往。"

　　宋琪拿着录音器的手略略抓紧，看着面前这个儒雅气质的男人，"吴先生，很遗憾。"

　　他与方馥的恋情自然而然。他母校邀请他回哥伦比亚大学做客座教授，授课一个星期。方馥刚好因为剧组安排过去A国曼哈顿出差。忙碌了一天，夜色初临，她推开剧组聚餐的约定，在市中心漫无目地游荡。

　　正是入冬季节，她头上戴着白色的线绒贝雷帽，如云的长发绾了起来。一身黑色的V领羊毛连衣裙，脖子上围着一条灰粉色拼接丝巾，丝巾下露出一条精致的项链吊坠，婀娜的身材被白色羽绒外套掩藏，脚上一双舒适的中跟鞋子，容色照人，引得路人频频驻足回首。

　　灯光如水，从一栋栋方方正正的高楼大厦的每个窗户倾泻而下，远远看去，犹如方正屏幕上闪烁的一排排数据，点亮整个城市，璀璨堪比夜空。方馥慢悠悠地左拐右转，寻找吃饭的地方。不经意看到一家咖啡店，书香可人。咖啡店三层，她找着楼梯直接上第三层，寻一个靠窗的位置，坐了下来。咖啡店以钢铁架的硬朗为主调，复古灯柔和的灯光点饰温柔，绿色藤蔓植物在栏杆上长长地缠绕，原始的木艺桌椅，温暖的沙发抱枕，令人眷恋的情调。

　　方馥喜欢阅读，觉得这处书香满溢的空间，遁于世俗尘嚣之外，泡在这里一整天都没问题。她简单就餐后随意找了本书，看了起来。

　　她沉迷书中角色和情节的样子可不止一点点迷人。吴轩云看着窗边埋头看书的方馥，心里想着。店里其他人时不时把目光瞟向她。动静相宜、赏心悦目的美人。

他缓步过去，轻轻坐在她对面。

一股男人的气息夹杂着淡淡的香水味，慢慢弥漫在她周围，把她的思绪从书本中拉了回来。"方馥。"他轻唤着，稔熟的名字在他的唇齿间如呢喃。她抬起头，正对上他的眼睛，深邃而专注，不禁一丝慌乱。"吴先生。"她嗓音带着磁性，耳根有些发热。男人盯着她看的眼神，探究，不容回避。"你是怎么找到这个地方的？"他问得似乎两人约会已久。她不自然地扯出一个笑容，涉世未深的样子让人想吻上去。

"方馥家里的报警系统是我朋友的公司提供的服务，我自己家中也在使用。报警器里面留下的证据希望对警方有帮助。"吴轩云话锋一转，直切正题。

"吴先生可否告知，方馥出事当晚，您身在何处？"宋琪问。

"国内。"他眼睛出神地看着桌上的一个笔架，两个小和尚半拖半拉地搬动毛笔。他的口气像懊恼，那天他应该在海港。

"方馥在娱乐圈多年，虽然被誉为常青树，然而对潜规则之类的暗流知之不多，又不懂防备嫉妒之心，不是报纸杂志写的长袖善舞、心细如发的大姐大。她家的安保系统，极可能被人做了手脚。"

警局。

这份回忆浪漫得不可思议，吴轩云的嗓音磁性、厚重，听者不疑有他。

诺拉打开埃德蒙教授发过来的数据，四个人重新浏览了一遍。大脑扫描是最新的科技应用，他们和教授在实验室做了有线介质实验，排除犯罪手段。教授正在进行无线介质传播干扰防盗系统实验。

真相似乎包裹在不可能之中。单单排查无线干扰防盗设备的手段，已经是令人头痛的瓶颈。

"唐懿在T国没有接触任何人吗？"方守仁眼中的豪门恩怨剧：唐懿前往异国寻觅高僧，让方馥无处超生。

"她只见了佛寺的普通僧人，提起李家早逝的女儿。"程高对唐懿印象不差。

"李怡君。"

"医院提供的资料已移交法医处，结论与档案记录一致。"当年这新闻相当轰动。据温院长助理透露，李母哭得撕心裂肺，请来法师连续做了七七四十九天法事，祈福许愿女儿往生之余，誓要让害死自己女儿的凶手血债血还。方守仁描述得绘声绘色，他来到殡仪馆之前打电话联络李怡君生前就读的私立学校，询问导致李怡君轻生的恋爱对象。然而校方告知并不知此事，况时日已久，此番说法因何而起，查无可查。

"唐懿提起李家小女儿，神态不安，提问她当年的法事。自杀者超度往生的法事是否有任何特别之处。"程高以为她会在T国捐一个牌位给方馥，以求心安。

"可能她知道一些当年的内幕，会泄露方馥案的真相，于是旁敲侧击当年的反应，以图心安。"宋琪比较两个死者的身体损伤报告，推测道。

"看不出她城府深沉，她在李家时甚少出现在上流交际圈，没有一双儿女的伯母出风头，似乎没有多少处理风浪的手腕。她在公众场合的镇定不是假装，也不似好事之徒，喜欢捏造是非。"程高几乎贴身跟踪。她和方馥多的是被好事之徒从中滋事，被对立。她在湿地公园时神态自然，在T国时更是放松，不像是装的。

似乎T国之行只是单纯的祈福。

讨论未果。

6点钟，几个人在附近饭馆解决晚餐。各人点了一碗牛腩面，一碗碗仔翅。牛腩面以猪骨和白萝卜炖的汤底，加八角、姜、咖喱、白糖、香葱为配料，精选牛腩肉，配以生菜，香气腾腾。小饭馆冷气十足，众人趁着热大啖美食，不一会儿就吃了个底朝天。诺拉点的小碗碗仔翅。她母亲不擅长厨房功夫，然而请的用人把海港大小美食都搬回家，其中少不了碗仔翅，用足料的鲨鱼翅烹调，美味非常。她小时候不懂残忍，非常喜欢。小饭馆里人声嘈杂，食客说说笑笑，她一勺一勺地吃着小时候的味道，突然怀念母亲和自己逛街的情形。

四个人吃饱喝足，正准备离去。"晚间新闻，"饭馆响起熟悉的翡翠台新闻报道，"海港恒信集团董事李翰瑞先生，在公司例行记者会上公布季度业绩后，公开支持小儿子李振儒，相信他可以凭自己实力渡过难关，相信海港警方会给他儿子的女友方馥女士的过世一个公开的说法。"电视画面出现李振儒父亲在记者会上说话。他头发已经全白，剪着时尚的寸头，面色红润，未见老态。镜头拍到现场有几个方馥女士的粉丝抗议，引起骚乱，被恒信集团保安驱逐。

李振儒的父亲李翰瑞，海港本地人。出生于第二次世界大战之后，早年父母双亡，家境清寒，中学从学校辍学后到亲戚玩具工厂打工，积累一定资源后，自己在学校附近开了家杂货铺。李振儒的发家史堪称传奇。据闻他创业之初连海港最底层人居住的房子都住过。然而短短几年间，已经由一间杂货铺扩张到几间，并且掌握亲戚玩具公司一定的股份。在绝大部分海港人还在满足于海港作为一个自由港的优势之时，他以不够强大的资金实力，与广南一带的政府官员周旋，初尝在经济开放改革的外地做生意。当时，政府调整方针，开放市场，到处一派新气象。他的生意策略非常成功。接下来的十几年间，他以最受人瞩目的青年企业家身份在海港实现华丽转身，创立自己的百货公司，并在海港上市，同时投资多种产业，事业蒸蒸日上。

"我相信我的小儿子不会后悔与方馥女士相恋，对于方馥女士的离世我们相当遗憾以及痛心。相信很多海港人跟我们一样，希望海港警方会尽快给我们一个说法。"四个人定坐在那里，看着李翰瑞再次强调，好一会儿才反应过来，准备离去。

"接着是今日恒生指数。万和升1角，恒信跌2角……"四个人头也不回，走出了饭馆。

诺拉关上车门，一路风驰电掣地回到射击练习场。

射击训练场。

射击练习室内，人数不多。四个人站成一排，上膛，瞄准，扣动扳机，"砰"！子弹如箭击中红心，一气呵成。

警务处处长到目前为止没有过问他们的案情进度。顶头上司只在今天打电话给养和医院，希望关照到访调查的警官，这份资料对他们警队非常重要。李怡君自杀那年刚好十五岁，资料照片中亭亭玉立的女孩在树荫底下站着，阳光从树叶间隙中洒下来，更显得她的肌肤如玉，嘴角边一点梨涡浅盛笑意，天真烂漫。

诺拉想不到自诩情种的李振儒有一个这么清新可爱的妹妹，年纪轻轻，为情自杀。

他从她身边经过时的眼神，仿佛在确认一个新女伴，相当冒犯女人。

枪声接连不断地想起，他们戴着耳罩，全神贯注。子弹从枪口呼啸而出，裹挟着气流，瞬间贯穿靶心。

弹匣一个又一个从手枪中跌下来，热得发烫。他们上好新的弹匣，直到三个弹匣全部被用完。四个人仿似经历一场枪战较量，淋漓畅快。

聚集的怒气很快消散，众人沉默地完成剩下的体能训练，不发一句。

御港湾。

"嘟嘟嘟……"诺拉的手机一阵震动，屏幕来电显示爸爸，她犹豫了一阵，没接电话，挂了电话。体能训练产生的乳酸在浴盐的泡浸下慢慢释放疲劳，她闭上眼睛默默数了五秒，"叮"的一声，手机收到一条信息："诺拉，我和你妈妈都有点想念你，收到回复，OK？"她没有再翻看手机，屏住呼吸沉到水面以下。灯光下，她闭着眼睛的面容在水下清晰可见，满头秀发漂浮在水面上，两分钟后，"忽"的一下从水中探出头来，湿漉漉地冲洗了头发，穿上浴袍，捡起手机，走出浴室。

从前她父亲恨不得天天给她打电话，慢慢被她教训得一个星期打一次电话，到现在，她算了算频率，好像长进了。

"诺拉。"电话接通，传来她爸爸惊喜的声音。

她按了免提，边擦头发边应了一句，"嗯。"

诺拉的爸爸丝毫不以为意，继续说，"最近怎么样？工作压力大吗？"

"还可以。"她有点烦闷。

"我听说，你最近接了个案子，有点棘手。"她爸爸直奔主题，"什么时候回家，我们好好聊聊。"他担心女儿吃不消，新闻和舆论铺天盖地，宝贝女儿查案还没试过这种压力。

"我想想，"诺拉敷衍着，突然想起埃德蒙教授的邀约，"最近有没有联系过埃德蒙叔叔？他说想跟你聚聚。"

"哇，那太好了！"诺拉的爸爸一声欢呼，原本正愁着女儿不愿意回家，"我联络他，约好时间通知你。"

"好。挂了。"她挂了电话，拿起风筒吹干头发。

刚好要找埃德蒙教授研究无线介质干扰防盗系统。她为自己搽了一层护肤水，舒缓神经。

爱玛在她脚边转来转去，时不时抬抬头看着她，有点焦躁。也许它也感受到了李家的压力开始对她生活产生影响。她捧起爱玛，鼻子对着鼻子，眼睛对着眼睛，半响，并没有意外的歌声抚慰，她无趣地放下爱玛，看着它趴在脚边，趴在地面，情绪低落。

手机"叮"的一声，卫一凡发过来一条信息，"已到申海，入住申海商务酒店。"

诺拉深呼吸了一下，不知怎的，想起程高送他的钱包。卫一凡大学主修金融，以他的敏感嗅觉，可能会有所发现。"好，万事小心。"她嘱咐。

申海。

卫一凡看着程高发过来的皮夹照片：鳄鱼皮，墨蓝色，长方形外形；里面银行卡，现金分开放存。并题小词：金融小鳄翘首期盼，望一凡君凯旋。

他金融专业毕业，考进警察局，经济犯罪方面侦查他最拿手，然而个人资金收入不能靠工资，他颇有点喜感地想象着"金融小鳄"随他的股票投资收益一天一天见涨的情形。

卫一凡环顾一下房间四周，舒适干净，性价比高，警察职业不赚钱，然而海港警察的差旅费用还是上得了台面。

还是富商有魅力，李振儒尽管不是很有钱，还是吸引了方馥这样的大明星与他相恋。桌子上放着几本李振儒的公司宣传册，制作精美，厚实的封面印着两个龙飞凤舞的烫金大字：天地。李振儒于2007年创立该公司，是这间公司的唯一老板。他另外聘请了一名总经理帮他打理日常业务。公司主要销售高科技产品，囊括市面很多新出产品，公司的主要业务是软件开发。

他过来之前已经电话联络申海江东王江高科技园区的公安局，申请配合调查李振儒的公司运作情况。自从尸检报告出来以后，警局已经申请监听李振儒电话。负责监听的伙计称，李振儒近期会安排到广南出差，与该地区一些城市的官员见面，推销他公司最新出的一款应用软件。他父亲李翰瑞可能会在场。

或许他也可以买一款意念力玩具来玩玩，只需要加多个微型摄像头，就是专业的刑侦设备。夜已深，卫一凡熄了灯，很快进入梦乡。

申海江东分局王江高科技园区派出所。

张所长今天早上接到上头指示，配合海港警察卫一凡，调查海港富商李振儒在外地的科技公司的运作情况。

他提前来到办公室，倒了杯茶，打开电脑，等待卫一凡的出现。

8点半。一辆出租车停在派出所门口。卫一凡第一次来外地查案，从未接触过外地的公安警察部门，不免担心语言交流的障碍。他普通话不大流利，仅仅会说"谢谢"。他说着不太标准的普通话，打开车门，步下车。

王江高科技园区派出所办公楼是一栋三层的建筑，矩形南北两翼，由圆形的中厅连接。派出所大门并未设任何门卫看守。卫一凡大步流星走了进去。

办公楼的中厅一楼咨询处正坐着一个穿着蓝色警服的工作人员，看着卫一凡三步并作两步地走上楼梯，来到自己面前。

"您好。"来客打着招呼，"我是海港的警察。我跟你们所长预约了见面。"卫一凡一字一字地一边说，一边出示自己的警察证和海港居民证。他字字都是第二声的典型粤式普通话令咨询处的警察莞尔。工作人员接过他的证件，仔细端详后，归还给他，"北边楼梯，张所长的办公室在二楼右转。"卫一凡道了声谢谢，自信不少，他的普通话不至于失礼。

他顺着楼梯上了二楼，映入眼帘的是一条长长的走廊，走廊空无一人，两边办公室的门打开，里面的工作人员用申海话和同事交谈的声音清晰地传了出来，偶尔有高跟鞋走动的声音。卫一凡一个一个办公室标识牌看过去，所长办公室在走廊的尽头。他不懂申海话，不知道带申海口音的普通话难不难听懂。

Q　第五章　　　　　　　　+

　　张所长喝完第二杯茶，刚放下茶杯，一个年约三十一二岁的青年人出现在办公室门口。他戴着一副无框眼镜，一头短发，时尚的空气感，长相斯文，手里提着一个公文包。他轻轻敲了敲打开的门，粤式口音的普通话说得有点慢："请问张所长在不在？"

　　张所长站了起来，"我就是。"他四五十岁，脸容严肃，身材微发福，一身黑色的警服笔挺。他快步走到卫一凡面前，伸出手，"您好，请进。"卫一凡和他握手，"我是来自海港的警察卫一凡，请多关照。"

　　张所长握着他的手，说："侦查犯罪分子是我们的职责。我们定当全力配合你们，为你们提供线索。"他的手温暖有力，言谈中没有例行公事般的客套。

　　办公室里的助理过来和卫一凡打招呼，年轻小伙子一脸笑意，忙着给他泡茶。张所长领着他在办公室的会客区坐了下来。办公室昨晚下班前接到电话通知，今天配合海港警察办案，具体案情他不清楚，等卫一凡跟他分析。

　　卫一凡把公文包打开，拿出一台手提电脑，向张所长解释他此次前来的目的：了解李振儒申海科技公司的财务状况。他详细地介绍了在海港发生的这宗命案，以及李振儒与这宗命案的密切关系。

　　张所长盯着电脑中的数据，对这宗命案中的悬疑点惊讶不已。外地的保安防盗系统从没听说过出现这种问题。他对娱乐圈的明星了解不多，但是方馥的大名在外地还是极具影响力，她是很多著名的商业品牌的广告代言人，只不过甚少与外地公司合作拍电影。

　　卫一凡似乎知道他心里的想法，说："她在海港很著名，饭局少是原因之一。"

张所长粗短的手指敲着玻璃茶几。以方馥的身价，仅是拒绝饭局，已经是天文数字的代价。她男朋友被市场和人情挤压，对方馥施以压力也未定。

"后生仔，我们现在过去李振儒公司，直接查他们的财务情况。"他说着，站起来，喊了声："小张！"张所长姓张，他助理也姓张，其他办公室经常调侃他俩出去办案："二张出去了。二张一出，谁敢争锋。"两人不以为意，反而合作得愈加亲密无间。

"小张，我和一凡出去。你留在办公室，想办法查清楚李振儒过去这一年来在外地的所有活动。"所长说着。

"他是申海天地创业科技投资公司的老板。公司地址在申海江东软件园，"卫一凡补充说，"据我们线报称，他未来几日将前往广南地区做其公司开发的软件推广。"他收起电脑站了起来。

"我们出发。"两人一齐走了出去。

卫一凡跟着他来到一楼停放的警车前。两分钟后，警车载着两人开出了派出所大门。

李振儒的公司位于王江高科技园区的伽利略路。公司占地面积1500平方米，楼高四层，相比其他跨国大企业的建筑，并不显眼。大楼外面有个小型喷水池，喷水池前面矗立着一块巨型大石，上面刻着两个红色草书大字：天地。

张所长把警车停在公司楼下。一楼的保安见到警车，一边拿起对讲机通知公司负责人，一边向二人走去。

"您好！请问什么事？"还没走近，保安问。

"你们公司负责人在不在？我们要查你们公司的财务账目明细。"张所长向他出示警察证。

"我们总经理在。这边请。"保安说着，转身带路，他对着对讲机说："小于，通知总经理，警察要求查看公司的账目。"

三个人步入大楼，保安带着二人搭乘总经理专用的电梯，电梯直升到四楼，"叮"的一声停了下来，电梯门应声而开。

四楼宽大的空间，只有两间办公室——总经理室和董事长室。中间休息接待区摆放着三张沙发，沙发旁摆放着一个传统的假山流水摆件、一个报纸架、一个杂志架，上面摆满了各式各样的报纸和科技杂志。假山上的植物翠绿得可爱，流水雾气缭绕，生趣盎然。

　　左边总经理室的门打开着。保安毕恭毕敬地对张所长说："领导，请。"

　　卫一凡和张所长步入总经理办公室。一个五六十岁、头发花白、面色红润的男人坐在办公桌后。看到保安领着张所长和卫一凡进来，马上站起来招呼他们。他身材不太高大，肚子微凸，脸上挂着客套的笑容："领导，欢迎莅临我们公司。有什么事我们可以帮到您的？"他还没走近就伸出手，似乎是认识了很久的老友，"我是总经理姜穆。"

　　张所长见惯了这种场面，他伸出手一握，沉声回答："你好。我是江东王江高科技园区派出所的警察张虎。我们派出所协助海港警察局查案，你们公司老板李振儒牵涉一件发生在海港的命案。现在要求你们公司提供这五年的财务报表。"

　　男人似乎吃了一惊，以诧异的眼光打量着卫一凡，伸出右手："您好。我们公司的老板这两天刚回海港，过几天才回来。"卫一凡伸出手握了一下，姜穆的掌心温暖，微微潮湿。

　　"李振儒先生早前已主动向海港警局提供证供协助调查。我们现在需要他的公司提供财务报表。"卫一凡的普通话缓慢而温和，没有远道而来欲证其罪的咄咄逼人。

　　姜穆定了定神，无数信息刹那间在脑海里过滤，然而并无头绪。公司经营十几年，从没有警察来公司查经营状况或背景。他展颜说："我们老板最近有点私事，分不了身……"话音未落，突然想起方馥的噩耗，心下微惊。

　　两人看他脸上变换神色，只是惊诧，并不惊慌，想来并无事先通气应对的可能。张所长缓和了口气："我们需要调查贵公司这五年来的收益情况，麻烦总经理配合。"

　　"通知财务处，准备这五年来的年度财务报表。"姜穆不再言他，转而通知保安。保安向他恭敬地点了点头，"知道了，总经理，我这就去通知他们。"说完，他快步向电梯走去。

　　姜穆目送着他的身影消失在电梯门的闭合中，转头跟卫一凡两人赔笑说："领导请坐，稍等片刻。"他做了个请的姿势，张所长和卫一凡两人在办公室的沙发上坐了下来。卫一凡现在才打量这个总经理室，沙发对面墙上挂着一幅八骏图，广阔苍穹下，骏马在一望无际的草原上奔驰，鬃毛飞扬。办公桌在靠窗边的位置，桌面上一台电脑，一个名牌，上面写着：姜穆。一盆盆栽在桌面活泼泼地生长，一叠文件夹竖在靠墙的位置整齐地排列着。办公桌后的角落里立着一个文件柜，里面放满了不同标签的文件夹。

"二位领导，请喝茶。"姜穆把两杯热气腾腾的龙井茶放到茶几上。卫一凡不太习惯"领导"的称谓。他一向自信，不需要在称谓方面找安慰。

"您先忙。我们在这里等。"张所长手指在茶几上点了点。

"领导客气。我们公司老板做生意一向循规蹈矩，乐于配合警方的任何调查。"姜穆脸上一直挂着笑，在另一张沙发上坐下，他的心跳一直没有平缓。警察的突然出现虽不至于令他手忙脚乱，但还是忐忑不安。看得出前来的公安至少是科级领导，穿着便服的海港警察似乎不太适应用普通话交流，不怎么出声。

李振儒是否知道这件事？姜穆无意识地转着掌心的手机，思量着如何告知老板。方馥自杀案件在海港引起轰动，然而警方的调查进展一直保密。身为李振儒在外地的得力助手，他对老板的私生活了解甚少。李振儒跟方馥相恋三年，方馥从未在公司酒会上出现，方馥也未参与公司的任何代言活动。

方馥出事前后，李振儒一直很忙。前几天李振儒回来公司准备软件推广业务，脸色冷静阴郁，似是极力压抑自持。姜穆周旋于各式场合，极善察言观色，悄悄嘱咐公司员工，禁止他们八卦老板的私事。

他个人只知道李振儒昨天在海港出席方馥的葬礼活动，葬礼极为轰动。姜穆一直可惜，方馥极具影响力，对公司有益无损。

李振儒从前曾向他透露，他在公司创立的最初三年，父亲李翰瑞经常陪他到处约谈生意，生意日渐有起色后李翰瑞才完全淡出公司事务。李振儒请姜穆替他打理公司业务快十年，他对公司的业务运转了如指掌，一直中规中矩，不涉嫌任何违法活动。

姜穆坐在沙发上，心思兜转，神色却慢慢安定，间中朝张所长和卫一凡笑笑，寒暄几句，再喝一口茶。卫一凡不动声色地观察着他，除了刚刚握手时候的紧张，他没有再表现出任何不安的情绪。

"嘟嘟嘟……"张所长的手机响了。他抓起手机："小张，怎么样？"

电话另一头传来小张的声音，张所长一边听一边嗯嗯地应着点头。卫一凡听不清楚小张究竟讲了什么，距离太远，速度太快。只见张所长面容一如既往的严肃，看不出端倪。

　　财务处很快送来这五年的财务报表：资产负债表、资金流量表和利润表，按年份装订成本，一共五本。张所长和卫一凡各人拿起一本，仔细地阅读数据信息。

　　卫一凡翻看的是2016年的财务报表，里面详细地列明了企业的销售额、运营利润、税前利润、存货、固定资产、流动资产、投资现金流、筹资现金流等明细账目。他又顺手拿起一本2018年的账目，两本参考对比着看。2018年的利润收益比2016年的低了3%，为全年投入的70%，资金流转周期延长25%。

　　"你们公司只有一个老板吗？"张所长漫不经心地问。天地创业科技投资公司不上市，然而资金投入周转方面似乎没有阻滞，创立人资金实力雄厚。

　　"李振儒先生是我们公司的老板，天地科技由他一手创立。"姜穆回答，他是公司的法人代表。"不好意思，我打个电话。"姜穆朝二人打了声招呼。

　　"喂，把2007年到2014年的财务报表也送过来。"他吩咐完，直接摁了电话。

　　这一举动让张所长和卫一凡始料不及。看来他们公司不怕查。

　　财务速度很快，把所有的数据全送了过来。

　　"一凡，你怎么看？"张所长逐年地翻着和卫一凡讨论。

　　"他的公司一直盈利，但是营业额逐年下降，额度在0.1个至0.3个百分点。2015年到2018年期间公司出现了几次，"他数了数，"四次资金周转期过长的情况。出现的原因是投入市场的资金，"他翻了翻页，"因为销售情况没有预期理想，成本不能及时回笼。"卫一凡讲完，两人同时看着姜穆。

　　姜穆心底捏了把汗。李振儒的公司确实没有最初创立的时候暴利，最初的资金和产品优势不再明显。科技公司在外地如雨后春笋，竞争激烈，他公司争夺的市场蛋糕分量可以说是微不足道。

　　"我们公司以经销进口智能科技产品为辅，主攻软件推广，与政府合作。尽管有时存在资金周转难的情形，然而合作伙伴还是信得过，资金周转时间长短不是问题。"姜穆斟酌着解释。

　　卫一凡追问说："每次资金周转困难时期，你们公司都有额外资金注资，每次均为过亿账面金额，帮助公司渡过困难期。"

　　姜穆喝了口茶，态度越发谦虚："我虽然为李振儒先生聘请的总经理，公司大小事务无不竭尽全力，然而公司现在经营状况没有最初创立时的业绩突出。公司主攻的市场竞争对手越来越多，与政府的合作机会越来越少。"

"那四笔注资资金来自哪里？"他问。

姜穆无来由地一阵心慌。李振儒父亲是海港赫赫有名的富商，财富实力雄厚，李振儒公司有困难时注资帮助渡过难关一点不奇怪。而且，渡过资金周转瓶颈后，公司盈利均超过当年预期。"李先生的资金来源，并没有跟公司财务交代的需要。"他口气不太肯定。

"是经由什么银行完成这一注资的？"卫一凡问。

"公司在中国银行设有账户，由瑞斯联合银行转账。"姜穆陈述着。

"我们需要你提供贵公司在中国银行的账号。"张所长盯着姜穆。

"没有问题。"姜穆说着，转身从办公桌上拿来一张纸和一支笔，在上面写了一个账号和用户名。他写完又默念确认了一次，把纸递交给张所长。张所长拿到手里，扫了一眼，跟姜穆说："多谢姜先生的配合。"卫一凡向姜穆伸出手，"多谢合作。"

从天地创业科技投资公司出来，已快11点。张所长钻入车子，发动，卫一凡坐在副驾驶座，财务报表被他放在公文包里。李振儒公司自2007年运作至今，从开始的年盈利过亿，盈利200%到500%，到最近几年，每年盈利维持在二三千万。高科技淘金潮下，天地公司没能迎头而上，越做越大，稳稳占据市场份额，降低生意投资风险。尤其最近五年前后共有四亿资金注入投资成本，而年收益依然呈下降态势。卫一凡分析着数据，十几年来，李振儒的天地公司表现得尚属可圈可点。

一趟天地公司之行，众人对李振儒的经济实力有了大概的了解。警车在马达的震鸣声中开出了软件园。已是午饭时间，他们直奔警局员工餐厅，接着再前往中国银行。

派出所的员工餐厅一向受欢迎。中午，所长和小张、卫一凡一张桌子吃饭。申海菜以红烧出名，名为申海本帮菜。酱油和糖放得多，滋味浓郁鲜美，甘润甜香，以真材实料和慢工细活取胜。一顿饭下来，八宝鸡、松江钙鱼、桂花肉……好吃到卫一凡差点忘记自己是在公务出差。张所长话不多，时不时夹些菜送到他碗里，小张在旁介绍，这一道加了什么料，那一道多了什么功夫，非常热情。他的普通话夹杂了申海口音，卫一凡听得慢，边说着谢谢边斯文地品尝地道美食。派出所其他工作人员并不认识卫一凡，不时有人扭头打量着他。卫一凡一身休闲风，被周围清一色的警服衬托得尤为突出，颇像邻家大男孩过来申海探亲戚。

四菜一汤不知不觉被他们一扫而光。

回到办公室，小张"呃"地打饱嗝。他给卫一凡倒了杯茶，然后自己喝着半凉的开水，悠然自得，让人想象不出他上午和张所长打电话时又急又快的模样。

"小张刚大学毕业不久，有点毛躁。"张虎所长有点歉意，卫一凡看起来和小张差不多年纪，但是从早上到现在表现得和他一样沉稳。小张得知海港警察查的案件和大明星方馥有关，几乎兴奋得要死。张虎装作没看见小张吃饭时几乎冒光的眼神。

"方馥这个女人不简单，自己的事业和男友的事业分得很清楚，不让娱乐圈舆论影响男友的生意。普通女明星攀上富家公子，想方设法增加自己在对方事业和家族的影响力，她却未曾陪同李振儒出现在他公司场合。"张虎转述小张的调查，方馥三年来未与李振儒在外地出双入对。

也许事实是另一番真相，谁知道呢？

"小张，这是李振儒公司在中国银行的账号，账户名、存款日期、金额全在这里。你出一份《协助查询存款通知书》和一份《调取证据通知书》，下午我们去中国银行找他们经理查这几笔资金的来源。多喝点水，说话时别打嗝，没礼貌。"张所长把账号资料给小张。小张咧咧嘴，似乎又要打嗝，忙又喝水，直到杯子见底。

"嘟嘟嘟……"卫一凡的手机响了起来，屏幕显示来电是方守仁，"喂？"他接通电话，方守仁两三分钟的时间，让他明白海港警局面对的压力。

李振儒的父亲李翰瑞昨天公开舆论施压，要警局尽快查清楚真相，还他们儿子清白。电视曝光了恒信集团也不能幸免于舆论非议，方馥粉丝公开场合对李家的骚扰。李振儒根本不关心唐懿，不理会程高跟踪她可能对子女造成的影响。

"而且，"方守仁说，"不知是不是因为你在外地查他的公司的行动走漏了风声，还是李振儒回应他父亲昨日的施压，今日的新闻媒体大肆报道他E国房地产公司的官司，曝光其公司经营不善。"

他们警方尚未掌握李振儒与方馥自杀有关的关键证据，方守仁的话令他不安，越发觉得李振儒应对女友身亡事件似是有备而为，胸有成竹般地冷静。他完全无法想象，这个男人与女友争吵，然后失意失落喝得酩酊大醉的样子。不知李家将采取什么行动，逼他们尽早结案。他查案多年，很少遇到这种情况。"我等等把他公司收到资金注资的时间给你。你们查查那几个时间海港那边李翰瑞公司是否有什么风声。"他挂掉电话，拿出账目明细本，照着上面列出的信息，把2015年到2018年的四笔注资时间发送给方守仁。

"海港那边怎么样？"张所长问。这种大案不可能没有舆论压力。查案时间越长，对李氏家族的生意影响越大，他们海港警方难以保持独立调查不受干扰。

"海港那边的同事告诉我，李振儒家族公开在电视上发表讲话，要求尽快查清楚方馥事件，以及尽快还李振儒一个清白。"压力简单明了。

张所长拍了拍他的肩膀，查案最怕这种麻烦。

很快小张把打印好的两份通知书递给张虎，他看过没问题，拿出公章在上面加盖了印章。三个人马上出发。

中国银行陆嘉咀分行。

陆嘉咀众多高楼林立，中国银行屹立其中，并不逊色。张虎把车停在附近地下停车场。从地下停车场步出，卫一凡迎面感受到申海现代化的魅力，国际金融中心的地位与海港不相上下。

走入中国银行一楼营业大堂，张所长领着他们径直找到大堂经理。大堂经理马上带着他们到VIP室。VIP室等候的人不多，一名中年男人正在和客户谈话，大堂经理过去跟他耳语了几句，男人跟客户客气了几句，然后站起来快步向张所长走来。

"领导您好。"他伸出手和张所长握了握。他胸前别着一个牌子——马伟。

"马经理您好。我们是申海江东王江高科技园区派出所的公安干警，这位是来自海港的警察。我们需要贵行配合追查一个账号的资金活动情况。"

他们出示了自己的工作证以及协助查询存款通知书。马经理丝毫不敢怠慢，忙带他们往自己的办公室走去。

马经理招呼他们三个人在待客区的沙发等候，一名年轻人很快为他们送来茶水。一会儿的工夫，马经理跟张所长说："这四笔资金全部经由瑞斯联合银行向我行转账。我行可以跟瑞斯联合银行交涉，请求瑞斯方面提供账户信息。但是瑞斯方面会要求先提供账户客户存在逃税方面的犯罪证据。"

案件进展的问题如他们所料。瑞斯联合银行以保护客户隐私而世界闻名，其《保密法》运行了几百年，直至最近几年才因配合打击全球逃税和税务欺诈而进行了修改。李振儒名下的公司只有两家，外地的天地和E国的安居。E国的安居地产已有E国政府先行调查，不存在税务及其他洗钱等非法经营问题，他们只需把焦点放在天地公司。

别过马伟，一行三人直奔江东新区税务局。

3点45分。江东新区税务局。

因为办案的关系，张虎经常要过来走一趟，对这里熟稔得很。他带着卫一凡直接去找稽查科科长。

"徐科长。"他敲着稽查科办公室的门。正在伏案写报告的徐科长抬起头，见到张虎，马上热情地过来握手。"老战友又带着小战友来看我了。"他开着玩笑，爽朗的笑声令人印象深刻。

"这位是……"徐科长话音未落，卫一凡伸出手："我是海港过来的警察卫一凡，徐科长幸会。"张虎在旁说："海港出了一宗大案，我们派出所全力协助他们查案。小伙子很不错。"徐科长双手握住卫一凡："小伙子，来，你们先请坐。"他笑容未减，和刚刚埋头冥思的样子截然不同。

张虎直入话题："我们这次来是为了查一个企业的账目。"他示意小张把调取证据通知书和天地创业科技投资公司的账目呈给徐科长。徐科长打开公司的明细，慢慢翻看起来。

"喂，"不一会儿，徐科长合上账本，拿起电话，"你喊办公室的小曾过来一下。"片刻，一个三十多岁的年轻人出现在办公室门口。徐科长把手中的公司明细本给他，嘱咐说："尽快查清楚这家公司有没有偷税漏税的情况。"小曾接过账本，点头回答："知道了，徐科长。"他跟张虎他们三个笑笑说："领导慢慢坐，我先去忙。"

"这个可能要三五天的时间。没那么快。"徐科长深知属下的办事效率，他会追踪天地投资公司自创业以来的账目。

张所长知道稽查流程，直说没问题。他和徐科长多年的合作关系，题外之话多聊了几句，卫一凡第一次见外地政府部门会客场面，只觉新鲜，小张只见过徐科长几次面，不复在自己办公室的殷勤，反而有几分腼腆。

约莫过了半盏茶的时间，张虎站起来跟徐科长道别。

"小伙子，别着急，我们一定会协助你们调查证据。"徐科长特意拍拍卫一凡的肩膀。张虎接过话："老战友，谢谢了。小伙子有我们跟着，没问题。"卫一凡笑了笑，用粤式普通话说了声多谢。

三个人打道回府。出了税务局大门，张虎问卫一凡的时间安排："一凡，接下来的时间如何安排？"他不太可能一直在申海等税务稽查的结果。

"我先联络海港同事，确认李振儒的广南行程。"离港才一天时间，似乎过了很久。

"要是我负责查这么大的案子，会焦急得吃不下饭睡不安稳，这一茬那一茬焦头烂额。"小张没多少工作经验，加上海港命案的涉案人员都是社会名流，仅仅是舆论已经压死人，何况证据难收集，顺藤摸瓜究竟有什么料被曝光，没人知道，什么都有可能。

他说话并不夸张，然而边说话边脑补自己苦恼的样子有些可爱，卫一凡不禁笑了出来。

"嘟嘟……"他的手机响起来。"喂？"电话另一端传来方守仁的声音："Peter，五日后李振儒预约安排，前往广南省首府进行软件投标。"

难怪。他挂掉电话，心情阴郁。警车很快开回了警局，停在办公楼下。快到下班时间，三三两两的警察走出来，准备回家。好几个见到他们热情地打招呼："二张，下班了！"

张虎朝他们点点头，打开车门下车，"走，去吃顿好的洗洗尘。"他边说边掏出自己的车钥匙，走向警察大楼对面的停车场。他所在的派出所跨地合作办案不多，这次是海港过来的同行，私人请他吃顿好的不为过。张虎看得出卫一凡心情已经跌到谷底，处事依然有板有眼，一起吃顿好的犒劳犒劳，放松情绪保持头脑清醒。

卫一凡犹豫了几秒，拍拍一脸期待的小张，快步走向张所长。"张所长！"他喊着。张虎正打开驾驶座车门准备上车，闻言望向他。

卫一凡一脸歉意，来到他面前，说："张所长，我海港班伙计估计这几天都会很忙，我必须马上回去。晚饭我随便解决就可以。张所长太客气，我们晚辈非常感激，下次有机会再聚。"他一口气说完，歪歪的普通话口音听起来相当诚恳。

张虎咧嘴一笑，跟徐科长一样爽朗，答道："小伙子，行！跟我一样，心里挂念的半分都等不及。咱们以后再聚！"

"这是我们办公室的电话号码、我、我的好友和我上司的号码。烦请张所长跟进申海这边的税务稽查，有结果马上通知我们。"卫一凡拿出一张纸，快速在上面写了几个号码，旁边写上名字，递给张虎。

张虎拿在手里扫了几眼，小心折好放进口袋，跟卫一凡握握手："小伙子放心。一路顺风！""小张！"他喊了声站在卫一凡身后的小助手，"过来跟一凡道别。"

卫一凡不等他走近，转身伸出手："小张，再会。"小张和他握了手，有点不舍，同行办案遇到难度，不免惺惺相惜。

卫一凡拍了拍小张的肩膀，再次道别。"走，我送你去机场！"话音未落，张虎不由分说地把卫一凡推向自己的车，塞了进去。"小张！自己回去开车慢点！"他从驾驶座车窗探出头来喊了声，发动车子开出派出所大院。

申海江东机场。

张虎把车停在机场候机大厅前。已是傍晚，华灯初上，出入候机大厅的人流不见减少，旅客们拖着大大小小的行李箱，或行色匆匆，或有说有笑，各奔目的地。

卫一凡行李简单，只随身带了一个公文包。

"小伙子，祝你一路顺风！早日破获此案是我们的心愿也是我们的职责。"张虎握着他的手，语气诚恳，"这边如果有什么线索，我们第一时间通知你们。"卫一凡感激地握着他的手："谢谢。"两人道别以后，张虎驾车离开，卫一凡直奔候机大厅。

候机大厅里人来人往，熙熙攘攘。卫一凡办理了登机手续，他订了晚上九点多的飞机。离登机的时间还有两个多小时，卫一凡已经饥肠辘辘。候机大厅有很多美食摊档，他随便买了一份比萨，一杯橙汁，找了个位置坐下来，大快朵颐。候机大厅的广播不停播报起飞航班的情况，提醒旅客及时登机。他拿出手机，发短信给方守仁：按时，9点15分的飞机。

海港机场。

飞机降落海港已经深夜。

卫一凡在飞机上小睡了一会儿，醒来的时候发现同班的大部分旅客在沉沉入睡。他翻了翻飞机上的杂志，发现关于方馥的报道。方馥生前的人生轨迹被作者事无巨细地娓娓道来，附有她年幼时以及鼎盛时期的美照。美人胚子素颜照清新自然，浅笑嫣然。娱乐圈自杀的娱乐明星，不是绯闻缠身受困于拮据境地，就是星途不畅陷于潜规则无法解脱。作者叹息方馥两者兼无，却选择黄泉不归路。

飞机广播提示旅客，因天气原因，飞机可能会延迟降落。卫一凡看着窗外，海港下雨。

卫一凡走出机场大厅，迎面见到方守仁。他身穿黑色牛仔裤和黑色笔挺的衬衫，精神抖擞，手中拿着一把深蓝色的方格雨伞，身后黑色小车在雨水的冲刷下亮锃锃。

"欢迎回来。"方守仁上前跟卫一凡来个拥抱，尽管大家心情阴郁，然而一日不见如隔三秋的错觉还是让两人相互拍肩膀时莞尔。

卫一凡家住在御景湾，与父母一起居住，妹妹在澳洲留学，常年住澳洲。轿车无声滑入雨中，方守仁专心看着前方，两人都不说话。车窗外的景物在路灯下闪闪发亮，急速后退。

卫一凡闭目休息。车窗外的路灯映照着雨水在玻璃上划过的痕迹，在他脸上留下一部分阴影。几十分钟很快就过去，御景湾在黑夜中慢慢现出轮廓。卫一凡的父母一退休，就决定搬到御景湾，离市区远，然而环境优美，非常适合居住。

小车在小区门口停了下来。

"慢慢开车。"卫一凡下车时拍拍车顶，跟车窗半开的方守仁道别。

方守仁看着他的身影消失在雨中，掉头驾车离去。他住在海港玖龙何文田半山一号。

已经是半夜，雨水淅淅沥沥。关于接送，他作为晚辈理所当然。车窗随雨刷一阵清晰一阵模糊，一遍遍，他慢慢开车，放在车头的小关二爷在半明暗中怒目直视前方。接送也可以成为成长的一部分。

次日。海港警局。

天气晴朗。方守仁打着呵欠，一手拿着一杯咖啡，另一只手拿着一份热辣加料的汉堡，香气腾腾撩得肚子接连响了几下，他先喝了一口咖啡，没什么食欲。未到上班时间，办公室门已打开，出差归来的卫一凡正坐在自己位置，手里拿着那只深蓝色鳄鱼皮夹，手感超好。

"Peter，"他的关二爷被腾挪了几个位置，还是放在车里最衬。和他一样年轻的诺拉，用一个漂亮的钥匙扣上小竖琴，带着音乐行走。昨天她父亲看见她宝贝这礼物的样子嫉妒极了，眼镜后的眼神仿佛透过带CT功能的显微镜，里里外外要让送礼的人无所遁形。他估计，这位二十四孝父亲昨天在埃德蒙教授实验室的非正式会面可以让他们的女上司在众人面前不自在一年。

"我们的案子好像有点棘手。"他喝了一口咖啡，吞下几口汉堡，叹气。不知警务处处长是否有同感，反正李家父子一前一后地打电话过来警局。

卫一凡放好钱包。张虎曾感慨，若此案放在外地，他亦未敢包票上级不会过问。海港不一样，然而除此之外的舆论干扰压力，哪里都一样。

一阵中跟鞋的声音从外面走廊响了起来。诺拉来了。卫一凡看看表，9点。诺拉走进办公室，她一身便服，修长的腿裹在深蓝色的牛仔裤里，白色长袖T恤，外面一件黑色中袖小西装外套，长袖半卷到手肘位置，一如既往地干净利落。小竖琴随着她的走动轻轻碰触金属环扣，发出"叮叮"响声。

"早晨好。"她跟卫一凡打了声招呼，脸上并无笑容。方守仁在她身后喝了口咖啡，朝卫一凡做了个切脖子的动作。

卫一凡不以为意。今日任务是前往李翰瑞公司调查，他们的待遇跟昨天他在申海的境况可能会不一样。脸难看事难办，这种旧疾不知会不会被李振儒从外地带来海港。

诺拉看看手表，9点零2分。她一般最早来到办公室是9点20分，越加班越迟，最迟不超过9点50分。今天特别早，叫醒她的不是爱玛。她老爸一早6点给她打电话，热情洋溢地堆砌了一大堆对女儿的赞美之词，诺拉听得半梦半醒，老爸冷不防问一句："所以，你几时带你男朋友过来见面？"她一下清醒，还未说话，电话那头又说："择日不如撞日，就今晚8点。半岛酒店。我跟你埃德蒙叔叔都在。"诺拉还未回答他就挂了电话。爱玛不知何时出现在房间，正望着她，尾巴摇了几下，然后趴下来。

诺拉头痛地想着老爸早上的约定，她不想恋爱，哪来的男朋友。昨天她老爸在埃德蒙教授实验室的表现，足以让她好长一段时间疑心方守仁嘴角玩味的笑容。

海港科技大学。AI智能研究工作室。
上午10点，诺拉准时带着方守仁来到工作室。埃德蒙教授已经等候。

"嗨，早晨好。"埃德蒙教授打招呼。昨天，诺拉已经打电话给教授说明来意。自上次实验以来，教授尝试以无线介质传播的方式干扰防盗系统，同样做了两组对比实验。

他直奔主题："用与方馥家中同款的两代防盗系统进行实验，以高频干扰器进行干扰，均可以令系统失灵。可能是这种干扰导致的故障，令方馥不厌其烦地关闭防盗系统重启。"

"买得到吗？"方守仁问。

埃德蒙教授正想回答，突然门口一阵敲门声，三人同时看向工作室门口。

"诺拉！"一个身型高大的中年男人站在门口，男人冲到诺拉身边一把抱住诺拉，"爸爸很想你！"他同时向埃德蒙教授伸出一只手，"好久不见，埃德蒙。"

"好久不见。"埃德蒙伸手把他的手拎了一下，装作没看见他得意的笑容，"所以，你是来找诺拉？"真神速，昨天还在宝湾，接到他电话今天就回来了。

诺拉推开老爸，皱眉："你怎么来了。"男人接着热情地握着方守仁一只手，自我介绍："你好，我是诺拉的父亲，玉锦。"他脸上的笑容跟诺拉的一模一样的阳光。方守仁还没见过这么热情的长辈，有点受宠若惊："你好，我叫方守仁。"

玉锦热情未减："你们在聊啥？"他五十岁左右，风度儒雅，语气轻快，看不出心里焦虑。五十岁左右的年龄，三十多岁的样貌，只有眼角因经常大笑出现的鱼尾纹暴露了阅历。然而无论科学杂志如何论证这种皱纹的成因，他还是固执地归咎于过度忧虑女儿的职业。诺拉刚进警校那会儿，他想尽办法让她考试不及格，又担心被女儿发现，不敢过分干扰，后来发现自己不应心虚，他女儿根本从没起疑——每次小小挫折她都当作挑战。早知他应该态度坚决，在警校的时候就彻底掐灭诺拉做警察的念头，省得日后又苦又累又危险。

埃德蒙教授咳了一声说："一般高频干扰来自工厂或通信或其他大型设施。除此之外，可能会有人自制高频干扰器，别名电子脉冲枪，只是需要近距离实施，几米以内的范围。方馥住宅与最靠近的一面外墙有五米左右的距离，不排除高频干扰的可能。"

"那么低频呢？"诺拉追问。

玉锦聪明地闭上嘴，不再打断。

埃德蒙教授瞪了他一眼："相比而言，低频一般是噪声干扰。到处有低频辐射干扰，比如手机、微波炉，等等。还有一种超低频，主要在自然界出现，现在有研究其成为武器的可能，但是未见战场使用记录。"

埃德蒙推推眼镜："暂时来说，可以得出结论，方馥家中的防盗系统在事发当日可能受到高频干扰。"

诺拉问："显示错误字样吗？"

教授看着她，摇摇头。

"高频干扰的后果是什么？"方守仁问。

教授从电脑旁拿起一张打印好的报告，递给方守仁。上面密密麻麻地列明了高频电磁对电子设备造成的影响，以及长期处在高频环境的伤害。方守仁和诺拉从上而下仔细阅读。如果方馥长期被人用高频电磁干扰，会出现头晕、胸闷、心脏受损等症状。尸检报告只提及脑膜炎，脑膜炎会导致头晕，至于其他症状，并不吻合。

玉锦眼尖，看到诺拉锁匙扣上的小竖琴，拿在手里作势欣赏，口吻却漫不经心："哪个同事送的？爸爸认不认识？"他眼里好像有小火苗在燃烧。小竖琴工艺精美，然而哪里比得上经典名牌，可是诺拉偏偏爱不释手。诺拉会不会因为办案压力大，又不懂得找家里人分忧，随便找了个男朋友？之前一点风声没收到。没经过他鉴定的男人想都不用想，他咬牙切齿。

方守仁不说话，诺拉的爸爸分明因为他上司正在查的案件倍加棘手而担忧，现在却把担忧抛到九霄云外，愤愤然要从诺拉身上扫描出藏匿的男人。

诺拉忽略他，把手伸向埃德蒙教授："谢谢教授，下次见。"她一向对爸爸的无理取闹熟视无睹。玉锦这才想起他今天前来的目的。自从知道女儿调查这个案件，风声雨声从未止息。女儿好强，自己工作的事从不在家人面前提起。他认识李翰瑞，不是好惹的角色。当年外地刚刚改革开放，他一介商人竟然可以在外地活得风生水起，名副其实的商界枭雄，作风强硬。

"女儿，明天和爸爸吃顿饭。"玉锦不舍地跟女儿挥挥手，看着她和方守仁一前一后走出工作室。

他捂住胸口，他的诺拉比上次见面时又漂亮了一些，辞职转行，安安稳稳地做个办公室女白领或者女老板再好不过。她想要什么办公室他都无条件提供资金支持。他和诺拉妈妈多年来费尽心思，软硬兼施，希望诺拉辞职。

女人如果结婚，养育小孩就成为第一重任。总之，警察这个职业不太适合女人。

诺拉接方馥案之后，她妈妈日夜担惊受怕，又不敢打电话给诺拉，几乎天天联络玉锦，指控玉锦办事不力。

埃德蒙昨天告诉他诺拉今天会来工作室，玉锦马上心急火燎地赶过来。埃德蒙或许可以帮帮他。

方守仁跟在诺拉后面，她鞋跟敲着地面，发出清脆的声音，似乎急于甩掉玉锦的追踪。方守仁加快了几步，"诺拉，"他看着她的侧面，恼怒的样子很少见，"你爸爸好像很担心你。"玉锦不可能没看新闻，李翰瑞在电视盯着摄像头说话的样子，似乎在与他们刑侦队直接对话。

警局。

高频干扰器不引人注目，便于携带，近距离才产生干扰效果。住宅外面正是半山大道，车来车往，外墙摄像头未必能拍到可疑人物或车辆停留。李振儒与方馥吵架的次数和电子仪器失灵的次数很相似。李振儒同住在半山区，相隔十几个门牌号的距离，使用高频干扰器很方便。

"仅仅干扰安保系统三五次，足以挑拨方馥和吴轩云的关系。"宋琪的意思是借刀杀人，借似有似无的故障挑拨，公众大可认为是方馥自己玩出来的电子异常。公司内部的风言风语可以杀人。

"Madam，李振儒的电话已经打通了。"方守仁一手捂着话筒，对诺拉说。

诺拉接过电话，"你好，李先生。"她的声音清冷。

"你好。"李振儒的声音从另一端传出来。

"我们的人在调查你申海天地公司的财务报表时，发现四笔来历不明的巨额注资，分别是2015年3月、2016年7月、2017年5月、2018年9月。贵公司是李先生的独资公司。李先生可否解释这四笔数额过亿的注资的资金来源？"

李振儒沉默片刻，缓慢地说："我多年前在海港的房地产公司盈利尚可，当时存了一笔资金在瑞斯联合银行，具体转账数额和时间忘记了，但是足够支撑我在外地的科技公司渡过难关。而且，我父亲也有注资。"

他缓慢的口气带着一丝迟疑，似是心不在焉。

"不好意思，Madam，我今天有公众活动要出席，如果没有其他事的话，我先挂电话了。"

"好的。"诺拉话音刚落，电话那边就传来了嘟嘟的信号声。

"Patrick，Peter，准备一下，我们今天先去李振儒父亲李翰瑞的公司。"

"他们今天上午有个公众活动要参加。上午去会不会不适合？"方守仁问。

"先去探探口风。"诺拉毫不犹豫，她与卫一凡的想法不约而同，酒徒李振儒在方馥自杀后表现异常冷静，似是早有准备。

海港恒信集团。

李翰瑞一手创立了公司集团，公司总部设在商楼林立的中环，整栋大楼高30层，恒信集团四个大字在阳光下熠熠生辉。

一楼的大门前站着两位保安。快到10点上班时间，戴着工作牌，身穿西装的男男女女急匆匆地往里走去。诺拉他们跟着人流走进大门。一楼大堂非常空旷，左边靠玻璃窗位置摆着几张休憩用的沙发，一张长条茶几。沙发后是公司的咨询前台，三个身穿制服、化着精致妆容的工作人员正在忙碌。大门正对着一排通往公司电梯处的打卡过道，旁边站着一个保安，工作人员把挂在胸前的工作牌放在感应器上，身份被读取后过道门自动打开。离过道不远处左手边好几台电梯前各自排队等着身份已验证的工作人员。

打卡过道右面是通向二楼的楼梯，一个中型的假山水池在台阶的右边。水池中嶙峋怪石突兀，石上种着姿态各异的松树，一股泉水从山顶潺潺而下，山石湿润，布满了青苔。假山底部是池水，清澈见底的池水中一群鱼快活地追逐，惹来访客投下一颗颗硬币，积在池底。

三人来到保安面前，诺拉出示自己的警察证，"我们正在调查一宗命案，怀疑命案涉及金钱纠纷，需要恒信集团配合调查。"保安对三人的到来毫不意外，检查了他们的警察证，等待等候。

"请他们几个进来。"一个声音从对讲机里清晰地传出来。

保安打开通道，"不好意思，Madam，这边请。"他待三个人通过后，跟着来到电梯门口。四个电梯，最右边的是董事长专属梯。另外三个梯口还三三两两等着几个办公室员工，第一次见警察过来公司总部，不由得侧目。

"叮"的一声，电梯在28楼停了下来。"Madam，请。"保安按住电梯，做了个请的姿势。诺拉走出电梯，环顾这个百货帝国中心的总经理办公区。办公区面积二百平方米，在寸土寸金的海港中环，可谓令人咋舌。电梯正对着一个小型待客厅。放着一张茶几，三张皮沙发，角落里摆着一盆墨绿色金钱树。办公区中间是一个小型前台，一个四五十岁的女职员正坐在后面讲电话，见到他们马上按掉电话，从柜面后出来，向诺拉走过来。

"你好，Madam。"她伸出一只手。诺拉握住她的手，"你好，我们是海港警察，需要你们公司提供财务明细配合调查。"她的手温暖柔软而有力。

"这边请。"女职员化着精致的妆容，她向保安点了下头，让保安在电梯处等着。

右边有一条走廊，走廊一边是总经理办公室，紧邻着经理办公室的是一间会议室。走廊尽头是洗手间。

女职员先行走近总经理办公室，轻轻敲了几下门，待了两秒，再推开门，向着办公室里的上司说道："总经理，他们上来了。""请他们进来。"一个低沉的嗓音说，声线中带着一丝沙哑。女职员转身向诺拉三人做了个请的姿势，退了出来。

三个人进来后，发现自己站在一个三四十平方米的办公室。一个六十岁左右的男人正坐在办公桌后，桌子前面有两张椅子。"请坐，Madam。"男人示意他们。诺拉和方守仁上前坐下来，卫一凡站在一边。

"你们好，"男人说话的样子和颜悦色，"不知道我们有什么可以帮到你？"诺拉三人对这张脸孔并不陌生，上官玉，经常在新闻上出现。

上官玉，人如其名，气质温文如玉，与李翰瑞气势完全不同。他头发已经半花白，然而剪着时尚的板寸，看不出白头发。他的办公桌上除了电脑，只有一盆如烟似雾的翠绿云竹。上官玉看着三个人，眼神并无不耐烦。对比起姜穆，上官玉内敛，更加稳重，对三个人的突然来访似乎胸有成竹。

"上官先生，"诺拉话音清脆，"我们现在正在调查李翰瑞的儿子李振儒的经济情况，他被怀疑与方馥的自杀有密切联系。"她似乎忘记警局和李翰瑞父子之间不愉快的角力，停顿了一下，露出笑容，明亮自信，"希望贵公司能提供过去五年来对李振儒在申海的天地创业科技投资公司的注资情况。"

桌面的电话突然响了起来。"不好意思。我听个电话。"他接过电话，"是，是，我等等赶过去。警局这边刚好有人过来要求配合一下调查。是，知道。董事长请放心。"他讲话的语气恭敬，同时向女助理点头示意。

上官玉的女助理手中托着一个茶托，把装茶水的杯子一一送到他们手上，几个人并不觉怠慢。

上官玉挂了电话，稍微整理了头绪，向诺拉说："天地创业科技投资公司是李振儒先生个人投资公司，并非恒信集团公司的子公司。我们恒信集团与他私人并无资金方面的来往，Madam可以查下我们公司的账目明细。我们董事长李翰瑞先生持有集团15%的股份，并不足以以他个人决定影响公司董事局的投资决定。"

诺拉怔了一下，直觉之下反应："不好意思，李振儒先生的房地产公司过去五年来公司业务不断萎缩，资金交易由十几年前的一年百几亿到现在一年最多十几亿，财务赤字严重。我们不相信李振儒先生的房地产公司有任何营业盈余可以注资他的公司。"

"不好意思，Madam。董事长李翰瑞先生没有任何资格以董事长或股份持有人的身份令公司集团作出投资他儿子李振儒公司的决定。我们无权过问李翰瑞先生处理他私人财务的行为。或者Madam可以亲自向他本人求证调查。证明资金来源的合法性对于他和他儿子的清白相当重要。"上官玉的吐字清晰，缓慢而温和，"我们等会儿在深水埔有活动，董事长也在那里。建议Madam亲自向李翰瑞先生求证。"

这逐客令听起来像是邀请。诺拉和方守仁、卫一凡站了起来，"不好意思，打扰了。"上官玉从桌子后面走出来："不客气，希望我们能帮到你们。"他的手温暖而有力，和三个人握过手，与他们一起走到门口。女助理见状，和站在电梯门口的保安示意，看着上官玉把他们送入电梯。

🔍　第六章　　　　　　　　＋

深水埔。

一辆银色的轿车缓缓停在"巨厦"附近的新闻发布会场地。一大批记者一早聚集在这里，除此之外还有这一带的住户，围观的人里三层外三层，众人的目光聚焦在一个小型搭建的新闻发布会平台上。上官玉从停好的轿车上下来，快步走向主席台。恒信集团的主要董事已经在场，包括李翰瑞、李翰瑞的大儿子李振逸、小儿子李振儒。海港房屋署署长和海港社会福利署署长受邀出席。记者不停举起相机，现场拍照的声音此起彼落。

恒信集团今年投资的一个项目，与改善棺材房的生存空间有关。

开工仪式时辰到。主持人先是一一介绍出席的嘉宾和恒信集团董事，大家一阵掌声过后，恒信董事局主席李翰瑞开始发表讲话。

李翰瑞从自身经历开始讲起，生活在极度狭隘空间的过往经历不只是一个不愉快的阴影。卫一凡和诺拉三人站在人群外围，看着台上神情激昂的李翰瑞。当年的苦难或耻辱，令他打破所有的束缚，为争夺更大的生存空间，在市场尚未足够开放的外地做生意。

恒信集团的项目由恒信旗下开发公司承建，分为两期。第一期为安置"巨厦"原住户，计划以数百个改装的集装箱作为临时安置房安置搬迁户。第二期为"巨厦"的拆除和改建。总时间预计一年零三个月。改建后的新建筑名为恒信深水埔村，一共三十七层，住房单位面积有六平方米、十平方米、十六平方米不等。大楼采用最新环保材料，太阳能供水供电功能，令每个住房单位的生活基本设施所占空间最大幅度减少，力求提供简洁舒适的生活。

　　李翰瑞的讲话赢得在场观众的热烈掌声。这个项目获得政府支持，在恒信公司董事局和立法会分别以过半数票通过，由政府提供土地建设临时安置房，恒信集团提供所有的资金支持。

　　李翰瑞做生意多年，无论公司或个人对社会均有大大小小的捐款事项，其个人亦设有基金，对捐款专项专用。深水埗的工程计划了多年，与住户的搬迁谈判进度一直缓慢，搬迁补贴金额方面众口难调。然而最近恒信集团提高了补贴金额，令谈判一下子进展飞快，很快与住户签订了协议书，工程动工得以提到日程内。集团承诺工程动工前搬迁前的住户不仅得到一笔补贴，而且几乎90%的住户签订了另一份回迁合同，这份合同承诺新建的恒信深水埗村以原每平方米租赁金额标准的90%折扣出租居住单位给回迁户。李翰瑞任公司董事局主席多年，还有两三年的时间在位，此举获得社会各界交口称赞，更有外界新闻认为是退任前为长子接掌集团作的舆论支持准备。

　　李翰瑞在台上的神态与当日电视上判若两人。周围住户的欢呼声不减，主持人接着把话筒递给房屋署署长。李氏集团这番舆论声势，之前由于李振儒牵涉案件疑云引致的商誉问题几乎马上销声匿迹。三人被淹没在掌声、欢呼声和会场扩音器的说话声中，第一次开始担忧被舆论操控案件调查。

　　李振儒站在主席台上，和恒信其他董事以及海港政府领导进行最后的合照仪式。台下人头攒动，掌声、吹口哨声阵阵。他一眼看到人群之后的诺拉三人。诺拉和方守仁戴着墨镜，三个人一身便服，完全看不出警察的模样。墨镜遮住了玉诺拉的脸，却掩不住清艳脱俗的气质。李振儒看不到她的表情，他目光在人群中漂浮，脑海里搜索对应的女明星脸孔，却找不到完全相似的气质。她的笑和方馥有点相似，容光照人，只是方馥多了风情万种的女人姿态，诺拉的清冷中糅合了些男性的潇洒，他想象她开车风驰电掣时长发飘卷的样子。方馥过世后的负面压力、警局对他的调查造成的负面舆论，似乎都在这场公众活动中烟消云散。快到正午，"巨厦"上空的蓝天朵朵白云悠然，"巨厦"下面是阳光照射不到的地方，阴凉又压抑。但这不影响李振儒的好心情。他很久没有好好呼吸新鲜空气了。

　　方守仁研究着李振儒的表情。这个男人不像过去几天般冷淡，找不到方馥过世留下的阴影。台下掌声不断，而他的眼神飘忽不定。"砰"的一声，彩纸纷纷扬扬从天而降，落在拍照的众人身上。一丝喜色从李振儒脸上掠过，似乎舒了一口气，那神态，迫不及待参加兰桂坊的庆功派对。

活动结束。

恒信集团一班老臣和政府官员在活动结束后即时离去，记者也纷纷离去。场地的观众大都是深水埗住户，他们神情兴奋地讨论，并未离场。政府和恒信集团这一合作无疑是他们的福音，他们期待这一项目可以慢慢带动其他企业在这里持续地投资慈善福利项目，一步一步改善深水埗的残、旧、穷的形象。

"李翰瑞先生！麻烦等一等。"恒信集团的车队停在"巨厦"外面。李翰瑞一行正各自准备上车，身后突然传来一个清脆的声音。他转身一看，一个戴着墨镜，身穿牛仔裤搭配黑色小西装的女子在后面跟了上来，她摘掉墨镜，李翰瑞马上认出这张清丽的脸，警局总务处长的得力助手玉诺拉，海港市民眼中的明星女督察。

"请问有什么事可以帮到你？"他不怒自威，没有那日电视上的咄咄逼人的气势，完全看不出草莽气质。女子丝毫不理会其他人的侧目，把警察证出示在李翰瑞面前，说："我们对方馥案情有新的进展，希望李翰瑞先生抽几分钟时间回答问题，请配合我们警方调查。"离李翰瑞最近的一个保镖闻言想上前挡住诺拉，李翰瑞对他摆摆手，示意他们少安毋躁。他温言回复道："我现在没有时间，你们警方所有相关的调查可以直接联络我的个人律师，他会给你们详尽的资料。不好意思，Madam，我相信我的儿子是清白的，我们希望警方尽快调查清楚事件，不要让滋事分子有机可乘，干扰我们公司的正常运作。"他说话声量不大，却警醒意味十足。"我的律师稍后会联络你。再见，Madam。"李翰瑞说完，转身坐进车里。保镖把车门关上，深灰色的奔驰启动，驶离了众人的视线。

车子一辆接着一辆离开现场，李振儒开车经过玉诺拉的时候，她正在讲电话，两个助手站在旁边，三人似乎并未因他父亲刚刚的说话而受挫。他嘴角含笑，这个女人真有意思。

诺拉听着电话，"是，请问你是……"

"你好，Madam，我是李翰瑞的私人律师。李先生让我全力配合你们警方调查，所有关于私人的或者他公司的相关信息由我全权代理回答。"

"麻烦你今天下午到警局配合我们调查。"诺拉公事化地回答。

"OK，下午两点我会到警局。"电话那边的声音公事化地告知。

挂掉电话，方守仁已经把车开到旁边，诺拉和卫一凡打开车门上车，小车飞快地往警局方向开去。

　　深水埔的这一幕，像长了翅膀的消息，瞬时间，诺拉被推上了风口浪尖。警察在公众场合问话李翰瑞，侧目者无不窃窃私语。坊间早有传闻，李家与警察不和，警察因私人恩怨盯上了李振儒。卫一凡赴外地查案当日，李翰瑞打给警务处处长的电话内容曝光后，外界哗然，视为李家与警界的对立。今日恒信集团的这番动作，很多有心之人解读为李家在舆论场上扳回一局。

　　小车平滑地驶过繁华街道。诺拉坐在后座上，沉思不语。过于轻举妄动，不能保持冷静行事是查案大忌。然而，李振儒脸上的那抹微笑激怒了诺拉。舆论可以干扰查案，舆论也可以被利用，迫使嫌疑人有所动作，让她得以从掩人耳目的蛛丝马迹中接近真相。

　　街景在窗外不停掠过，诺拉食指微微弯曲，无意识地敲着车窗。活动刚结束时李振儒脸上的雀跃，似乎毫不介意在公众面前流露情绪。

　　午餐味同嚼蜡，几个人草草解决，等待李翰瑞的律师到来。

　　下午1点50分。一个身穿黑色西服，手里提着一只公文包的中年人出现在警局。他大概一米七五左右的身高，梳着四六分的头发，架着一副金丝眼镜，脸色红润。刑侦调查办公室的门大开着，他轻敲了两下。

　　办公室里只有两个人，另外三张办公桌空着，办公室后面靠墙的位置放着一块白板，白板上用粗线黑色笔写着一些人名。两个人听到敲门声同时望向他。

　　男人扶了扶金丝镜框，问："请问哪一位是玉诺拉督察？"

　　"她在里面。"方守仁用手里的笔指指里面的办公室，门口标着"高级督察"几个字。男人向他点点头，笑笑，"多谢了。"他走近诺拉办公室，办公室门关着，从外面的磨砂玻璃只看到里面模糊的影像。中年男人敲了三下。"请进。"里面传来一个清脆的声音。

　　男人打开门，一个简单的办公室呈现在眼前，一张书桌，一台电脑，一个淡妆的年轻女子坐在电脑后面，正看着他。

　　"请坐。"女子的面容严肃。

　　"您好。我是恒信集团董事局主席李翰瑞先生的私人律师罗伟。李先生授权我全权代理其个人的法律行为。"罗伟想必知道玉诺拉，年轻，美丽，果敢，警界令人瞩目的明星。

"多谢你抽时间前来我们警局配合调查。"诺拉回答得不温不火。

"玉督察有什么问题尽管问,我一定如实回答。"

诺拉抬起头,看着罗律师,吐字清晰:"2015年至2019年,李翰瑞先生是否以个人资金资助过其子李振儒在外地的天地创业科技投资公司?我们的人和外地公安调查证实一共有四笔注资,李振儒本人亲口承认其父李翰瑞曾注资以帮助他的公司渡过周转困难期。"

罗伟清清喉咙,回答:"李翰瑞先生让我代告海港警局,他一向不插手干预两个儿子各自的生意,只在创业之初提供基本的资金支持。李翰瑞先生出于遗产分割的需要,在两个儿子的养育以及各自的资金支持方面一向很有原则。

"李振儒的天地创业科技投资公司在2007年创立,一直运作良好。在2015年开始,因公司决策以及市场竞争因素,出现资金周转困难。这是李振儒个人经商能力不足导致的问题,不在其父出资以助其创立企业的承诺范围内。

"2017年李振儒先生向其父李翰瑞先生求助,当时李翰瑞先生从私人账户划了一笔资金,转账至李振儒的瑞斯联合银行私人账户。这笔资金,李振儒先生日后需要以原额归还其父李翰瑞先生。"

罗伟的叙述不紧不慢,把事情的来龙去脉说得清清楚楚。他把随身带来的公文包打开,拿出一张纸。"这是李翰瑞名下的银行账户在2017年5月的银行流水账单。他转账给李振儒的那笔资金我已经用笔画了出来,Madam请过目。"

诺拉接过流水账单,上面密密麻麻地列明了2017年5月的存储和支出情况,每笔金额数目均过百万,对于普通收入的人群来说,李翰瑞的财富令人咂舌。5月份有连续好几天的转账用钢笔圈了出来,转账金额由一千万到二千万不等,分由八天完成这笔总额为一亿三千万的转账。

诺拉把流水拿在手里,沉吟片刻,看来李振儒还需要过来警局一趟。

"Madam,如果没有其他事情的话,我先行告退。"罗伟并不多言,起身告辞。

诺拉站起来,伸出手和他一握:"多谢罗律师配合,罗律师慢行。"她长发披肩,握手时身体微微前倾,一缕头发滑到鹅蛋脸旁,令严肃的脸多了几分柔媚。罗伟偶尔在新闻报道中见过这位女督察,英气十足,然而如此近距离接触,发现她肤如凝脂,五官精雕细琢,十分耐看,美丽并不足以形容她气质的十分之一,不禁心下感叹:这种美人胚子,且冰雪聪明,竟然愿意从事这种日晒雨淋,长年在外奔波侦查查案的苦差。

罗律师走后，诺拉跟着走出自己的办公室。外面办公室是四个手下所用，一共五张办公桌，诺拉把大部分文卷搬到外面的办公桌，平时在这里和他们几个一起讨论案情。

"我们还要请李振儒过来警局一趟。"她把手中的银行流水递给卫一凡。"Patrick，"她吩咐道，"打电话联系李振儒，要求他提供另外三次转账天地公司账户的流水以及他E国安居房地产公司这十五年来的财务报表。"

"OK。"他打了个手势。

电话那边很快就有了回复，李振儒决定在他私人律师陪同下一齐前来。时间是明日上午。

正是下午3点，诺拉看看表，莫名的一阵烦躁。程高和宋琪已经调查唐懿吴轩云两日。据程高称，唐懿目前的生活富足，每次出门，司机保姆保镖一个都没少，丝毫看不出李振儒经济拮据的迹象。而吴轩云一向低调，工作繁忙，不着声色引导舆论。

"Madam，"卫一凡看完流水单，提出新疑问，"是不是把他股票投资的情况一起查？从海港受外地股市拖累的表现看，他在股市被烤焦的可能性超过30%。如果愈跌愈买入，李振儒所需的资金支持缺口可能很大。"

"Peter，外地公安什么时候可以查清楚李振儒公司的税务情况？"诺拉问。

"明日或后日。"Peter揉揉眉心，直觉不可能有什么发现令案情有突破性进展。

"富人都喜欢瑞斯联合银行。"一旁的方守仁感慨，"方馥怎么不拍《赌城》。赌博、黑市人口贩卖、毒品、军火走私……什么钱都可以往那里存，然后开个公司光明正大地花钱。"他双手放在脑后，摊直双脚，一副仅仅调查瑞斯联合银行就可以让他扬名中外的模样。

卫一凡向上翻翻眼："国际刑警科就在隔壁，出门右转。"

"Patrick，提醒李振儒的私人律师，李振儒个人持有的股票账户我们警局一并调查。"诺拉充耳未闻。

"收到。"他收起吊儿郎当的样子，拿起手机再次致电李振儒的私人律师。

"今晚恒信有个庆功宴，就在半岛酒店。线报称是半岛嘉麟楼。"卫一凡说，预感这件案件会一个饭局接着一个饭局跟踪线索。

诺拉这才想起自己今晚也有约。她老爸在短信里留言，晚上8点Felix私人厢房。

半岛酒店。

晚上7点半。一辆小车无声停在半岛酒店门口，诺拉从车里钻出来，把车钥匙交给服务生，步入了酒店。

半岛酒店位于海港砂尖嘴，是海港顶级酒店之一，以尊贵的服务和浓厚的文化年代感吸引大批顾客。酒店特色的半岛下午茶更使众多文艺粉丝捧场。

诺拉小时候常被母亲带去附近的天文科学馆，参观完顺便过来半岛酒店，刚好下午茶时间。穿过椭圆形拱门，大堂茶座没有下午茶时段的热闹。著名的巴洛克风格吊顶下，客人疏疏落落，有的闲聊有的拍照。

诺拉走到电梯旁，按了电梯，玉锦在28层的Felix餐厅，在阳台已经预约了用餐座位。一楼嘉麟楼的门口立着一个宴客指示牌，恒信庆功宴，里面人声鼎沸。诺拉看着电梯数字跳转，五四三二一，"叮"的一声，电梯打开，她直直地走了进去。

嘉麟楼。李振儒换过一身装束，剪裁贴身的西服套装衬托出他潇洒的气质，一脸春风。晚宴还未开始，他拿着酒杯和在场的公司董事轻松聊天。警局下午来电话要求他明天过去一趟，提供安居的财务报表和股票账户的交易情况。他已要求律师陪同处理。笔墨难以形容他此时的得意，他的外地公司没有资金财务方面的违法行为，E国安居目前已停止投资，警方查不出任何证据。明日以后，方馥及关于方馥的一切可以渐渐淡出他的生活。

"李先生，"有人在他身后喊一声，李振儒转身，罗伟同样的西装革履，手里拿着一杯香槟，"我今日去警察局配合调查。目前来说，警方没有掌握不利于李先生的直接证据，李翰瑞先生希望你妥善处理明天的事宜。"李振儒一笑："多谢罗律师提醒。""李先生，"罗伟并没有走开的意思，"刚刚有人见到查你的女督察上28楼的Felix餐厅，女督察似乎家境不错，你不能掉以轻心。"玉诺拉是警界的明星，为人低调，家境一直甚少在警界宣扬。家境富裕，长相漂亮的女人选择去当警察，不是普通的女人。

"弟弟，"李振逸不知什么时候站到他身边，"听说前两年你外地公司不好混，父亲资助了一笔。"他没有穿着西装，上身白色的衬衫，松开了几颗纽扣，带着几分随意。李振逸眼睛盯着杯中金色的液体，慢慢摇着，举到嘴边喝了一口，低低地说："真是奇怪，百货行业越来越不敌电商，行业利润持续下滑，我们的父亲竟然还那么大方……"他话未说完，眼神飘过李振儒略显僵硬的脸，又轻轻叹息一声，"我那间公司扩张业务，需要吸引资金投入，父亲竟然不闻不问，可见对你宠爱有加……"未等李振儒回答，李振逸一手拿着酒杯，另一只手搭在他肩膀上，头靠近他，仿似耳语："父亲因为你死去的女友方馥粉丝扰乱，传谣伤害公司集团商誉，连累公司集团股价，已经很头痛，你千万不要连累我。不信……你留意下门口方向。"说完，他举起酒杯，碰了一下李振儒的酒杯，眼神却看向其他宾客，一口喝完杯中的液体，走开了。

李振儒看着李振逸的背影，说不出话来。他哥哥走到另一边，马上被一个公司董事拉住，很快谈笑风生。他的父亲在不远处被其他人包围，不知说着什么。他状若不经意地看向门口，一两个人在那里站着，果然有人跟拍他的一举一动。

李家一共三兄妹。自小到大，李振逸一直比他优秀。李振逸聪明勤奋，风度翩翩，从读书时代在学校就拥有大批粉丝。后来父母生下李怡君，更是吸引了家里人大部分注意力，名副其实的掌上明珠。李怡君生得粉妆玉砌，即使学习不够出色，然而琴棋书画样样皆能，在名流圈同样惹人瞩目。李振儒小时候活在哥哥的光环下，备受忽略；长大后活在妹妹的明珠效应中，早早承担保护责任，丝毫不曾享受过作为李家二公子应得到的爱护。

妹妹李怡君出生以前，即使父母在人前人后夸耀自己的哥哥，李振儒作为弟弟，还享受哥哥对他的照顾。妹妹出生以后，似乎全家的目光都围着她转了。李怡君那张苍白的脸又浮现在他脑海里，像无数次他半夜醒来一样，梦里的妹妹半浮在水里，四肢张开，僵硬，冰冷。

父母抱着她哭得撕心裂肺，令他心慌意乱，他不知道原来妹妹对家人如此重要。他竭力搜刮所有的认知，重组自己对家庭的定义。然而，幼年父亲常年在外，偶尔在家，也是用银钱奖励哥哥的学业表现。海港人的压岁钱很少，他父亲却大方，每次奖励必然过万，弥补他长年在外造成的家庭角色的缺失。

一沓沓叠得整整齐齐的钞票，在他幼小的心灵中潜移默化，渐渐代替失落。学校同学的恶意嘲笑、隔壁邻居的窃窃私语，在一张张钞票面前，变得可笑，他母亲一遍又一遍在耳边强调：他们在嫉妒你们。

然而妹妹的出生改变了一切。在这之前一年，他父亲已经不常年在广南做生意，在海港的时间越来越长，父母两人对李怡君的宠爱不再以金钱衡量。他看着从摇篮抱起妹妹的父亲，手脚笨拙，总是红光满面的脸那么自然地流露溺爱，那是在他和哥哥面前从不轻易流露的情绪。他父亲是威严的商业领袖，应该在书房忙于接听工作电话，应该一身西装革履出席开不完的会议，而不是像现在，为逗笑还是婴儿的李怡君而绞尽脑汁的普通居家男人。不仅仅是父亲，他哥哥也把注意力大部分放在妹妹身上，不再像以前那样检查他功课作业，时常用自己的奖学金送他小礼物。他看着妹妹一点一点长大，记得她一岁多时被父亲抱着，手里抓着一只毛茸茸的小灰兔，累得趴在他肩膀上安睡，粉嫩的脸胖嘟嘟得令他心生邪恶，想在她脸上多几个兔爪的抓痕。

"二公子，"有人拍了拍他的肩，他扭头一看，一个服务生正关切地看着他，"晚宴还有几分钟就开始，大公子叫你过去就座。"李振儒恍然回过神来。刚刚还三三两两聊天的宴会宾客，已经就位准备晚膳。服务生引他走向自己的哥哥，李振逸正在低头和邻座的董事成员耳语，并没有留意到已经就座的李振儒。李翰瑞和一班老臣围坐在中间的那一桌，一贯的红光满面，与人闲谈的兴致未减。

"大公子，董事长叫你过去他那边用膳。"另一个服务生过来在李振逸的耳边细声说。

"我等等就过去。"李振逸回了一句，服务生领了话，快步向李翰瑞回复。

8点。服务生一个接一个入场，把一碟碟佳肴摆到餐桌上。李振逸低声跟旁边的董事讲了声"不好意思"，站了起来，一手拿着一瓶香槟，一手拿着酒杯，向父亲走去。晚宴以中餐为主，辅以西式甜点，空气中弥漫着一股食物的香味，勾引得大家愈发饥肠辘辘，在座的宴客纷纷起筷。恒信不是第一次在半岛酒店举办宴会，这次是深水埗项目的庆功宴，宴请的全是公司内部成员。相比上午的仪式，晚宴大家言谈随意，餐桌上觥筹交错，欢声笑语不断。

李振儒望向李振逸和父亲，两人和邻座的人分别交谈，间中父子两人耳语两句，父慈子孝，外人无不艳羡。李振逸成熟稳重又风度儒雅，一直是李翰瑞的得力助手，恒信集团的最佳接掌人。晚餐顿时变得味同嚼蜡，旁边有人跟他说话，他心不在焉地敷衍，手里拿着汤匙无意识地搅拌碗中的松茸鱼翅汤，喝了一口，突然想起，自方馥出事以来，他已经很久没有回家了。家里的厨师手艺不差。

"二公子，董事长叫你晚宴后陪他一齐回去。"一个服务生不知什么时候站在他身后，弯腰低声说。方馥出事后，他一直住在半岛酒店，原来的半山别墅正托委任律师接洽房屋中介办理转手业务。

电梯停在28层，"叮"的一声，打开了门。站在电梯口旁的服务生弯腰说，"欢迎光临。"诺拉点了点头，"你好。"

"请问多少位？"服务生彬彬有礼。

"已经预订位置。"诺拉礼貌回应，眼睛搜索着玉锦。这个餐厅以太空为主题，可以让客人360°欣赏罗托利亚港的夜色。

"诺拉！"靠近窗边座位的埃德蒙教授向她招招手。诺拉喜欢这里窗边的位置，玉锦对女儿的喜好了如指掌。此刻只有埃德蒙教授一个人，她父亲不见踪影。诺拉快步走到教授身边，拉开一张椅子坐下来。Felix餐厅的椅子很有型，设计者菲利普·斯塔克把公司合伙人和亲友的头像打印在椅靠背上，每一张脸孔都跟这个餐厅有一个故事。这个天才设计师的推广手段独树一帜，把自己旗下公司的文化和餐厅的设计理念巧妙地糅合在一起，以最直接的方式吸引大家注意。就餐的客人纷至沓来，良朋益友和亲人不知不觉带着一个个故事回家。诺拉经常在用完餐后，轻松聊天时不停张望，好奇每张脸孔以及他们的故事。

"诺拉，你爸爸已经点了餐，他现在去了洗手间，等一下回来我们就可以开餐了。"埃德蒙教授是玉锦的大学好友，玉锦甚至开玩笑，埃德蒙千里迢迢从A国到海港科技大学就职，就是为了他。诺拉经常在聚餐时听玉锦津津乐道两人的好朋友过往，两人性格不同，玉锦外向，埃德蒙内敛，诺拉常常不懂，是不是女人很麻烦，不然怎么男人与男人之间的感情比男人和女人之间的感情还来得热烈深厚。诺拉妈妈离婚后选择去海外居住，二十年来有过几段恋情，但是往往无疾而终。再过十年，诺拉要求母亲回海港与自己同住，到时不知会不会再次引发她与玉锦之间的战争。玉锦离婚后和另外一个女人育有一子一女，目前居住在澳洲，和诺拉的海港生活各不相干。

窗外罗托利亚港的水面如镜，投射出海港繁华夜色，船只缓缓拖曳而过，在水面划开一道道浪花。诺拉拿起杯，喝了一口苏打水，她很少有这种闲暇欣赏美景。

"诺拉来了。"玉锦回到座位，亲热地喊了一声女儿。

"嗯。"诺拉回答得不冷不热，埃德蒙已经见怪不怪。

"我叫他们上菜。"玉锦说完，向不远处的服务生打了个响指。

　　服务生很快送上佳肴。幼羊羊架、法式炖菜、香滑薯蓉、黑鳕鱼鱼柳、青苹果沙拉、Felix提拉米苏、手指饼、炭烧地中海八爪鱼。诺拉中午没吃好，这顿晚餐吃起来尤其美味。

　　餐厅里面音乐轻轻流泻着，就餐的客人细声交谈，伴随着刀叉摩擦盘碟的声音，气氛轻松。

　　"诺拉，"玉锦放下手中的叉子，"我刚刚在洗手间听说你有宗案件的事主在半岛一楼嘉麟楼办庆功宴。"他观察着诺拉的面色。

　　"哦。"诺拉直接忽略他。

　　"玉锦，诺拉这宗案件好麻烦，那个李家有钱有势，正在一楼宴客，不要烦她。"埃德蒙在旁说。

　　玉锦瞪了他一眼，转而对女儿说："你埃德蒙叔叔的意思是，警察行业的工作，连他一个心思细腻的大男人，又有头脑又有经验，都觉得应付不来。"他叉起一块青苹果，一口咬在嘴里，半晌吞了下去。"所以说，"他总结道，"警察不好当，诺拉你还是听埃德蒙叔叔的话，早日辞职，我给你开间办公室。"

　　诺拉皱着眉听他说完，不出声。

　　埃德蒙朝他的手臂一捶，他一向斯文稳重，谦谦大学君子之风，听了玉锦这般三寸不烂之舌的功力，也不禁莞尔。

　　玉锦心下喊了声糟糕，好友没有愿意与他同声同气的迹象。玉锦自诺拉踏入警界第一天起，从未停止在任何亲友面前阻止诺拉的过强保护欲——保护妇孺惩罚犯罪的雄心壮志不适合女人。为令自己有说服力，他不得不审视诺拉自小到大的成长，是不是自己疏于照顾令她早早就萌生了自己保护自己的信念？每每念及此，他难免几分心酸。他与诺拉的母亲门当户对，只是两人因爱情火花而联合在一起的婚姻，因为各自性格强硬，不愿妥协而步向失败。诺拉从小看着他俩吵架，表现出超于同龄人的冷静。别人的女儿被父母抱着，自然而然地撒娇；他抱小诺拉，或牵着她的小手，她先抱紧她的宠物狗。他和小诺拉之间，总隔着一两只宠物。

　　诺拉吃完鳕鱼，用勺子一勺勺地吃着薯蓉，全当没听见玉锦刚刚的话。玉锦一见诺拉没在意的样子，忍不住又想劝说。

　　"我妈最近怎么样？"诺拉打断了他。托诺拉的福，玉锦每次去海外必然看望她妈妈，两人婚姻虽然失败，但在劝说诺拉方面倒显得志同道合。

"嗯……"玉锦装作想不起和前妻合谋的内容。每次诺拉妈妈都怪他，从小到大太由着女儿，报读警校的时候就应该使出浑身解数，阻止诺拉。两人看着诺拉读了警校，通过了各种理论和体能考试，进了警局，升了职，一路走来，一张小脸几度被晒黑又恢复白皙，没停止过担忧。

"多用几张面膜而已，不用太担心。"玉锦不想面对女人的唠叨，掩饰着自己同样的忧心，敷衍前妻。诺拉妈妈保养得当，看起来相当年轻，她与玉锦两颗聪明的大脑想出的方案自然不能小觑，然而两人商讨的方案在海港实施时每每不攻自破——方案需滴水石穿般日夜软施硬磨才能见效，两人都缺乏这一执行力，自然而然事倍功半，不了了之。

诺拉很少打电话给妈妈，但每逢节庆，必定送她一份心仪礼物。她工作繁忙，经常加班，节假日亦不例外，与妈妈甚少见面，唯有一点礼物表心意。她很早总结出规律，爸爸打电话，三句不离劝她辞职；妈妈打电话，次次追问她喜欢的类型。她喜欢自由自在，讨厌吵架，闲暇时一二好友相约行山或潜水，活得仿似时间对她特别眷顾，工作的压力和紧张丝毫没有随岁月在她脸上留下痕迹。

"你妈妈最近心口闷，总说自己偏头痛，神经衰弱。"玉锦想了想，诺拉妈妈忧心忡忡的模样可能是符合这些症状。

失眠困扰？诺拉想起方馥。"看过医生了吗？"她问。今晚得打个电话给她，妈妈如果孤单，可以回海港居住。

"老外很注重精神状态，她有很多朋友陪着她，你不要担心。"玉锦敷衍，养儿一百岁，长忧九十九，女儿一点都不知道。

诺拉一转移话题，玉锦马上知道她不耐烦，不喜他提工作。这次查案的事主都不好惹，仅仅两次收到来自李家的警告，玉锦已经心疼女儿。坐在对面的诺拉怎么看怎么像斯斯文文的办公室女郎，未来女老板，竟然要承受这种压力和看人脸色。玉锦心中隐隐发疼，这还不是从小被心理医生锻炼的。

"李翰瑞不是好惹的角色。"玉锦憋了半刻，不再转弯抹角。李家处理这个案件的手法，似有备而来。不知接下来他的诺拉会不会受到攻击。做生意要脸面，即使李振儒是杀人犯，他父亲也有办法帮他洗白。

诺拉愣了一下，这才研究玉锦的眼神，不知道爸爸说话用意何在。

"你不知道我们担心你，你妈妈可能会因此寝食难安，加重神经衰弱。你是她唯一的宝贝女儿。"玉锦认真地看着女儿。诺拉的脸只有淡淡的妆容，一如既往地冷淡，不置可否。"你才工作了几年，以后的职场生涯还很长，不知还要面对怎样的狠角色。我们都越来越老了，希望你辞职，换轻松的工作，结婚生小孩，享受人生。"玉锦一口气说完。诺拉没有同感，无论他把两人怎样忧虑及为人父母的深刻体会一次次在她面前重复，诺拉依然觉得职业选择是自己的自由。

埃德蒙教授旁听不下数十次，玉锦的亲情课每每说得感慨动人，收效却甚微。他觉得诺拉出色能干，玉锦表现得杞人忧天，甚至涉嫌歧视，他抗议："女性警察也可以是好妻子、好母亲。"

"可是她已经到了认真考虑自己人生伴侣的年龄。工作这么忙，她哪里懂得平衡工作和家庭。"缺乏了盟友，玉锦遣词造句尤其注重同理心。

诺拉抗拒谈恋爱。玉锦不敢审视自己的婚姻交白卷，究竟给她的人生观带来什么打击。诺拉不相信婚姻令承诺可信。她相信一个人付出，自己取悦自己，相比两个人的相处来得踏实笃定。

"小竖琴是同事送的。你喜欢的话改天我送到你办公室。"诺拉喝着苏打水，把玉锦剩余的八卦欲望堵在喉咙。

埃德蒙简直笑出声来。玉锦在各地跑生意，甚少在海港，两人见面时间少。每次见面，看到玉锦又当爹又当妈的唠叨，埃德蒙感慨，子女成年后父母再弥补年幼时家长角色的缺失，却发现关系疏远，不是送送礼物聚聚晚餐就可以完满。

玉锦原本燃烧的小火花顿时熄灭，转而失落，他昨天应该抑制一下情绪，或许可能引导诺拉来一段顺利的恋爱。真是可怜天下父母心。

一顿晚餐吃得玉锦心情忽起忽落，心思百转千回。诺拉仿若无睹，擦擦嘴，抬起手表看看，已经是9点半。

"埃德蒙叔叔，我明早警局还有事要忙，先回去。你和我爸爸慢慢聊。"她说完，接着跟玉锦说："爸爸，我先回去了。"

每次都是玉锦吃瘪。他泄气地摆摆手，刀叉拨弄着苹果沙拉，看着诺拉站起来。

"诺拉，拜拜。开车慢点。"埃德蒙向她挥挥手。

等诺拉的身影一消失在餐厅，玉锦马上向好友发脾气："诺拉是你的侄女，你怎么忍心看着她一年四处奔波和犯罪分子较量？刚刚你应该帮帮她认清楚她是女人这个事实!"

埃德蒙摇摇头:"你如果真关心诺拉,二十八年前你就应该认清楚诺拉妈妈是女人的事实,你是绅士,你们吵架时你要让着她。"

玉锦一时被哽得说不出声来。半晌,他又说:"什么案子这么难查?我诺拉还没看过这种面色。"

埃德蒙当然知道案情不能与他讨论,干脆不理他,"服务生,"他打了个手势,"再来份青苹果沙拉!"他也喜欢吃,每次都让着玉锦。

埃德蒙的老婆子女是土生土长的A国人,一向觉得玉锦的思维难以理解。他的诺拉从小接受正统西式教育,独立自主,长大后玉锦却希望她接受符合东方传统理念的生活方式,包括婚姻和职业。这南辕北辙的努力,逼得紧了,诺拉索性一辈子不结婚……想到这个可能,他拍拍玉锦的肩膀说:"玉锦,我知道你常内疚自己的婚姻给子女带来的阴影。你想想,诺拉从小跟我女儿一样独立长大。假设我女儿很崇拜警察,立志成为警察,你觉得你是否可以劝服我女儿,因为职业带来的风险过高,超出她的能力所及,她最好辞职?"这一提醒,玉锦惊了一跳,马上掏出手机打诺拉电话。

诺拉站在酒店门口,晚上9点到10点的时段,海港夜生活才开始。服务生很快为她开来小车,她坐进驾驶座,准备驶离酒店。

"嘟嘟……"手机显示来电是玉锦,她戴上耳机,接通电话。"诺拉,是不是正在开车?"玉锦问。

"嗯。"她答。

"爸爸今晚说话没有其他意思,"玉锦后悔今晚的话会伤害她自尊,"你如果觉得应付不来,记得跟爸爸讲,记得找你埃德蒙叔叔帮忙。小心开车,我挂电话了。"玉锦一口气讲完,挂掉电话。

诺拉发动车子,发动机低声轰鸣,车子迅速融入夜色中。

玉锦收起电话,顺便跟服务生打了个手势,埋单。埃德蒙侧着身向着他,觉得不可思议,这位二十四孝爸爸似乎不明白,他说的是关乎尊重个人意愿,而玉锦第一反应是保护他女儿因父母婚姻阴影而特别容易受伤的自尊。

"玉锦你不知道,"埃德蒙有点担心自己中文不够好,"越自立长大的,越自尊;越自尊,越希望他人尊重她自己的选择。"玉锦瞪了埃德蒙一眼,装作没听见。他女儿活泼漂亮又开朗，实习医生做得好好的，哪里喜欢当危险的警察。这不道德的比较，伤尽老友的心。

Felix餐厅里的客人疏疏落落，晚餐几近尾声。一两个客人站在巨大的全景玻璃窗前拍照。半岛酒店近百年历史，酒店内无处不在的历史文化吸引都市男女前来寻找失落的厚重感。无数文人墨客曾坐在窗前，看罗托利亚港船来船往，灯色繁华几经沧桑，远东的贵妇屹立如初。

结账完毕，玉锦和埃德蒙教授来到电梯门口静等。两旁有三个年轻人在那里等着，不停地聊天。"叮"的一声，电梯门打开了，五个人鱼贯走了进去。三个人继续叽叽喳喳，你一言我一句。

"好像一楼嘉麟楼今晚有恒信集团的庆祝活动。"

"听说恒信集团今日的项目已经计划了几年，今年才有实质的进展，当然会庆祝。"

"方馥的男友听说也出席了。刚过完头七。"

"有人传这宗自杀案迟迟未结，是调查他的女督察恋上了这位富家公子。"

"砰"的一声，惊了三个人一跳。玉锦一个拳头砸在电梯轿厢的侧壁，"叮"，电梯门刚好打开了。三人惊慌失措，几乎夺路而出。玉锦一脸怒色，快步走出电梯。埃德蒙紧跟在后，生怕他追上去把三个人揍一顿。怒火像电流一样控制了玉锦的全身，头脑瞬间发热，一股冲动在心底应声而起，嘉麟楼就在旁边，他想冲进去打死李振儒。埃德蒙一手勾住他手臂，半拖半拉地扯着他走出了酒店。

嘉麟楼。庆功宴已到尾声，恒信公司交出一份漂亮的商誉成绩单，宴席间欢声笑语，临近散席时众人依然兴致未减，纷纷三两合照。李振逸小酌了两杯，没有醉，脸红耳热陪李翰瑞说了一会儿，被扶着先行离去。李振儒只在敬酒时小啜了几口鸡尾酒，此刻独自一人坐着。李翰瑞扭头吩咐司机："开车过来。"司机点头离去。李振儒见状，来到父亲身边，扶李翰瑞站起来，两人慢慢走出嘉麟楼，步出半岛酒店。

司机很快驾着黑色的小车出现在酒店门口，两人上了车。晚宴前李振逸的话还在李振儒的脑海里回旋，似是警告。这种类型的谈话，自他27岁开始发展自己的生意后逐渐增多。他从小享受这个唯一大哥的关照，理所当然认为父亲和大哥应对他关怀备至，直到27岁开始独立创业后，他的同胞哥哥才让他慢慢明白，他们之间是竞争，不是合作，更不是照顾与被照顾的关系。这个认知，在他看来，比妹妹的出生更加残酷。

车子在夜色中无声行驶。车窗外，路灯下，闹市中，各色各样的行人结伴消遣。几十年前的李翰瑞，为蝇头小利而绞尽脑汁，想不到若干年后，他可以飞黄腾达至此。李翰瑞在赚得人生的第一桶金后，旋即在浅水湾购得几百平方米的独立洋房，让妻儿有个舒适温馨的家。浅水湾的别墅，成为名副其实的筑梦之家。李振儒从小在面朝大海、春暖花开的环境中长大，尤其喜欢阳光沙滩和五光十色的贝壳，父亲长期不在家的空白因此多了一些色彩斑斓的童趣。

车内充斥着一股淡淡的酒精气味，李翰瑞脸色红润，正闭着眼睛。李振儒从小已经习惯父亲沉默寡言的样子，眉目间不怒自威，平日里喋喋不休的母亲在他面前也不聒噪，难得几分温柔女人的模样。

"你跟她过去有没有因为钱的问题吵过架?"李翰瑞睁开眼睛，又闭上，没有看坐在身边的儿子。

"我们在过去一年，吵架次数多了一点。"李振儒并不直接回答。

"那个女督察今天问起你之前要我转笔账应付资金周转的事。她查你外地的公司。你公司出现资金困难的时候如果吻合和方馥吵架的内容，人家就可以说是你因为钱逼死她。"

"你这几年经商眼光不足，缺乏耐性周旋，E国的项目拖了几年，今天被媒体大肆渲染，你明日好好解释公司和个人资金的情况。"

李振儒沉默。

"我已经老了，不想再见无理取闹的粉丝捣乱会议现场的事情发生。"李翰瑞并不提方馥的名字，揉揉眉心，想必他大哥都已经让他明白事情的利益攸关，不会令自己难以向公司的董事局交代。

🔍 **第七章**   ＋

大屿湾。

清晨。天色刚亮，窗外已有鸟儿在唧啾唱着歌。李振儒翻了翻身，伸手拿起床头柜的电子闹钟，6点15分。离起床时间还有一个半小时，他全无睡意，索性闭着眼睛养神。

"女督察玉诺拉的父亲玉锦也是生意人，家境很好。她因为查你女友方馥，被人传想借机接近你，她父亲相当恼怒，尤其在知道我们向她施压两次后，玉父更加想阻止她继续做警察。她因为你负担额外压力，你和律师到警局好好配合，免得再生事端。"这是昨晚父亲对他交代的最后一件事。

幼年时李振儒认为父亲偏爱李振逸；成年后李振逸觉得父亲偏爱李振儒。李振儒有时候分不清，自己额外得到父亲的关照，是偏爱，还是父亲出于面子而为。哥哥李振逸从来没有让父亲操心。昨晚李振逸潇洒不羁的样子，似乎多年来父亲的忽视云淡风轻不足为道，他嗅不出那股带着酸腐、暗示着恶斗的嫉妒气味。反而是他的大嫂，在母亲和唐懿三者中若有若无地挑刺，不满自己丈夫和小叔子被区别对待。女人之间的相处远比男人麻烦。唐懿与他结婚几年，从一个单纯女人变成被迫害妄想症，无缘无故对他大发脾气，说话常不知顾虑，令他失去对婚姻和感情的所有期待。在他看来，他父亲威严大方，哥哥俊朗有实力，女人之间的小心机不应该波及男人，影响他们的工作事业。

律师约了10点到警察局。他又看了看时间，6点45分。窗外鸟儿还在啾啾婉啼，晨色中层山叠翠，被飘荡的薄薄雾霭笼罩，不远处海浪拍岸声阵阵，李振儒出神地听，小时候在海边挖贝壳的幸福光景，历历在目。彤彤、晓晓活泼可爱的身影闯了进来。他俩很小的时候经常手牵着手在这片海滩上玩耍，那时，唐懿一手抱着女儿，一手牵着儿子，保姆在后面帮忙提着他们挖到的各种贝壳小动物，一路有说有笑地回家。然而一踏进别墅，唐懿马上换了一副面孔，不苟言笑。他怀疑她兼职演员导致职业后遗症，并不知这种论调令女人更容易被激怒，坏情绪像涟漪般在三个女人一台戏的家庭激起矛盾。

这种莫须有的矛盾在大家庭环境极速发酵，很快，发展成两人家庭角色中的互不认同。他不懂照顾儿女，对比父亲，他在家的时间远多于父亲，在家抱抱女儿，搂搂儿子，于他而言，已经尽了父亲的角色，不明白唐懿为何失望大于期望。

"丁零零……"闹钟响了。他翻身坐起来，刷牙，洗脸。无论婚姻还是事业，他依赖父亲和律师的眼光和头脑，习惯仿如每日刷牙洗脸，只是在决定和执行力之间，他摇摇头，拒绝再想这中间存在的差距。

家里一向准备中式早餐。即使请了用人，李振儒的母亲方研还是保持勤俭持家的生活作风，每日早早起床为全家准备早餐。她与李翰瑞结识于工厂打工时候，两人早生情愫，算是青梅竹马，相濡以沫至今。虽然只是普通人家的女儿，然而嫁给李翰瑞之后，反而得益于两人门当户对的平常之家背景，没有豪门争斗之苦。丈夫从一无所有打拼到今日在海港拥有百货帝国，她一直安安分分地做好妻子和母亲的角色。然而，婚姻焉无委屈，早年丈夫在外地做生意，她一人照顾两个子女，几经风雨人情对家庭的冲击，冷暖自知，加上从小察言观色，越来越富贵的生活反而令她在两个儿子结婚以后对繁文缛节越来越介怀，这在她为小女儿举行的葬礼中可见一斑。

李振儒草草吃过早餐，喝着牛奶。方研已经六十多岁，保养得当，看起来只觉富态。家里规定吃饭时不准讲话，她等儿子喝完牛奶，开口道："振儒，今日中午回不回来吃饭？"

李振儒摇摇头，"我去看看彤彤晓晓，约了中午吃饭。"

"家里就只有我跟你父亲，清冷得很，有空带他们两个回来，爷爷奶奶很挂念。"

唐懿不在，李振儒想象不到自己一个人应付两个子女的情形。"等过段时间再说。"他搪塞，"妈，我出去了。"

"再过几天你妹妹阿君的忌日，你回来陪妈妈去看她。"方研叮嘱着儿子，半字不提方馥。

李振儒顿了顿，有些僵硬，方馥的事一忙，差点忘记妹妹李怡君的忌日。

家里只有客厅照片墙挂着李怡君的照片，从婴儿到少女。他父亲以前常常抱着彤彤晓晓，一张一张地指认，说，这是你们的姑姑，现在已经去了另一个地方。唐懿有时候也会带着子女看。李怡君自杀的疑云，一直是浅水湾别墅区住户闲言闲语的话题，当年父母悲痛的脸容，比父母溺爱她的景象更不真实。他和李振逸与母亲相依为命在家多年，从没想象父母如掌心明珠般地宠爱一个妹妹。同一个家庭，出生年月不同，不同的境遇。年少的他想不明白，母亲常常教他们提防他人的嫉妒，为何他们的妹妹不需要提醒：你这样招人嫉妒。

为此，每每看到妹妹张扬的笑容在父母面前肆意撒娇，他难免磨着牙想给她一些教训。

"哦，我后天要去外地出差，回来就会陪你去。"他不再看母亲，"我出去上班了。"他拿着外套走出家门，别墅区幽静，他启动车子的声音特别清晰，一阵轰鸣后，沿山坡道开了出去。

车子一路驰骋进入市区，来到恒信集团大楼前。一个穿着西服的男人，提着公文包，正在路边等待。李振儒把车开到他身边，摇下车窗，招呼道："高律师，上车。"高律师高朗是他以前安居房地产开发公司的律师，他把房产事业转向外国市场后，高朗转为他的私人律师。高朗是出了名的办事效率高，昨天下午接到警方的电话后，一个晚上的时间已经将所有资料准备齐全。警方只告知根据尸检报告，方馥的死因有疑点，需要李振儒提供更详尽的经济收支情况。

待高朗上了车，李振儒打转方向盘，向警察局的方向开去。他脸容一向冷淡，淡褐色的瞳孔，没有笑容时常常给人冷漠的感觉。他想不到警方能掌握什么对自己不利的证据。他申海的天地公司被调查了好几天，外地公安只能从偷税漏税方面着手调查。姜穆应付这种场面不会有问题。昨晚和那个女督察一起出现在半岛酒店的还有参与此案调查的海港科技大学的教授。在半岛酒店电梯发生的一幕，已不胫而走，今早有人传是Felix餐厅有方馥的粉丝不满办案进展过慢，以及警方和涉案人员李振儒不忌讳场所，来往甚密而故意挑衅。李振儒很少看警讯，但是对于她的名气略知一二，她那张标致的脸不需要具备多少实力出名。和这样的实力美女传绯闻还是第一次。他手指敲着方向盘，昨晚哥哥和父亲对他的忠告或警告，似乎有点过虑了。一个单身待嫁的女人而已。

海港警局。

车子很快驶进警局。两人停好车后，一起步入警察大楼。来电通知是口供室，他上次过来录口供，就是在这里。

一阵敲门声引起办公室的注意，一个警员站在门边。诺拉抬起头，是其他科的伙计，她的目光询问：什么事？

"Madam，方馥的男友李振儒已经来到楼下。还有，同事有事要知会您——昨晚你离开半岛酒店后，你爸爸差点在半岛酒店跟人起冲突。"

诺拉皱了皱眉，说："多谢。"她看了看手表，决定晚上再打电话问玉锦。

李振儒敲了敲打开的办公室门。

"请进。"一个熟悉的女声说。诺拉和卫一凡都在里面等着。

李振儒看向玉诺拉。对方端坐桌子后面，桌面一张纸，手里一支笔，手指下意识地转着笔。这是李振儒头一回光明正大地盯着她看。

"Madam，早晨好。"李振儒和高朗伸出手，分别和诺拉与卫一凡握手。诺拉轻轻一握，马上松开，李振儒的手柔软、微湿，像女人一般滑腻。诺拉别过脸，掩饰内心的不适。

"李先生你们好，我叫Peter。"卫一凡礼貌地和他们握手。

"李先生，我们警方需要你们提供安居公司过去十五年来的财务数据以及2015年3月、2016年5月、2018年9月三次对天地科技创业投资公司的转账流水。"卫一凡单刀直入。

高朗打开随身携带的公文包，拿出几份资料，分别递给诺拉和卫一凡，卫一凡拿起其中一份——安居财务报表——细细浏览起来。

房地产市场在过去几十年，无论在海港还是外地，一直蓬勃发展，是著名的富豪大亨速成行业，暴利程度可想而知。

安居的前身是富安居房地产有限公司，由李翰瑞一手创立，先后承建了恒信集团的玖龙百货商城、时代百货中心，以及多间好运来酒店。期后，李翰瑞把富安居改名为安居房地产公司，让二儿子李振儒接手，成为李振儒个人名下的私人公司，负责公司的运作。李翰瑞的决定令当时很多港人大跌眼镜——他的另一个儿子，李振逸，大学毕业之后与同学创立公司，正被同行围猎，艰难突围中，规模和年收益无法与之比较。

卫一凡一页一页翻看安居的财务收益。安居在富安居一系列的工程之后，又陆陆续续承建了几个海港的项目，在外地也有一些项目，年收益与之前相比持平略降。然而公司没有上市，仅以公司名下持有的物业向银行申请贷款，融资有限，能力有限，成长过于缓慢，直到2008年金融危机，出现资金周转期过长，公司负债率超过60%，短期还债能力几乎为零。

李振儒看着慢慢皱起眉头的卫一凡，据姜穆的描述，应该就是他去申海查自己的天地公司。警方只是走漏了风声，已足以令他的商业信誉受损，不过，他的坏心情缓和了一点，他天地公司虽然实力不是超强，然而还是经得起考验。

富安居房地产公司由父亲交由他接手时，公司并没有地皮储备，只有之前承建项目积累下的一笔资金以及承建大项目的资历。公司改名安居，主要承建中小项目，并开始在外地寻找合作项目。与其说接手这家公司，还不如说是重新创业。当年他大哥经常与父亲争吵，不复少年言听计从的孝顺，他母亲夹在中间，经常以泪洗面。父亲对于他事业的偏帮，大哥对父亲的不满，以至于后来安居公司转战E国市场被解读为避开李振逸的锋芒。

诺拉审阅瑞斯联合银行账户转账天地公司的流水，共计三亿五千万。这个账户具体的存款金额以及金额来源，无从得知。公司在外地没有税务问题，申海警方没有资格申请调查这个账号的资金活动情况。

她拿起另一份资料——李振儒的股票账户交易情况。李振儒在海港和A国分别持有十几个股票交易账号。李振儒只提供了五年内股票的总盈亏情况。这几年海港股市受外地股市多次股灾拖累，持续震荡，他的海港股票账户五年来均出现亏损情况，总亏损过亿，不断减持。A国持有的股票有盈余，盈余超过数百万美金，并持续增持，与海港情况刚好相反。

"你减持港股的总额，并不足以支持增持美股的交易，李先生可否解释增持美股的资金来源？"诺拉手里的笔轻敲着桌面，盯着他的眼睛。

"我们天地公司在外地的业绩不错，虽然有时出现资金周转方面的问题，但不影响公司的长期收益。无论是安居还是天地，均为本人私人独资公司，我可以自由决定公司收益的处置，包括股份投资。"李振儒的回答无懈可击。

　　"我们的刑侦小组在分析方馥女士的智能防盗系统的时候，认为方馥女士在过去一年来极可能遭受高频干扰器的辐射干扰，令电子系统出现异象。"玉诺拉突然转换话题，"而且，"她顿了顿，"方馥女士的尸检报告显示直接致命原因为大剂量服用安眠药，除此之外，身体器官有高频辐射伤害的迹象症状。"

　　李振儒心跳加速了几拍，眼神扫过坐在自己对面的美女督察，只见她神态严肃，正紧紧盯着自己。他向来漠然的脸上露出惊异的神色，眼神却有些茫然，似乎完全不能理解她的话。

　　诺拉缓了一口气，说："李先生在过去一年来是方馥身边亲密朋友中与方馥发生冲突最多的一位，李先生是使用高频干扰器报复方馥女士的嫌疑人之一。"她停了一下，看着李振儒的反应。

　　李振儒调了一下呼吸，露出一个不自然的微笑。她接着往下说："天地公司是高科技公司，李先生可以轻而易举地得到或掌握这种类型的干扰器，对方馥女士进行干扰。"

　　李振儒沉默，旁边的高朗从公文包里拿出两份天地公司的业务简介，分别递给诺拉和卫一凡，代他回答："李振儒先生公司的业务范围主要是软件开发，以及高科技产品的市场销售。"

　　卫一凡翻着这份熟悉的简介，对律师的解释不置可否。

　　高朗接着说："高频电波一般由电话信号或大型机器产生，与李振儒先生的公司业务风马牛不相及；再者，公司一向从事合法生意，不会从事高频干扰器的购买或制造业务。李振儒先生本人在方馥女士过世当日身在E国，距离遥远，当日方馥家中出现的电子设备异象与他无关。"

　　"然而过去一年除了事发当日，还有好几次仪器失灵事件。李振儒先生的别墅与方馥女士的别墅距离甚短，如果干扰的话，并不容易引起他人注意。"卫一凡慢慢解释警方的疑点。

　　"这类对电子设备仪器产生影响的高频干扰器甚至可以自己动手制作。"卫一凡补充，"李先生是否对过去一年多以来和方馥女士吵架的原因有所隐瞒？"

　　口供室安静得连根针掉到地面的声音都能听见。高朗对李振儒的感情问题知之甚少，打破沉默，说："我委托人有权对隐私保留沉默。"

　　"我以为，在我第一次过来警局配合调查的时候已经诠释清楚我与方馥之间的磨合。"李振儒脸色冷了几分，慢慢地说，"如果有哪里说得不够清楚，我可以补充。"

"你知道，"诺拉的声音冷冷了几度，"以时间长度和贵公司发展的速度及规模来看，李先生并不算是特别成功的商人，您的财力在支持这些年来贵公司以及您家庭个人支出方面并不特别有说服力。李先生一共经营两家公司和持有大量股票，目前来看，两家公司独立经营，天地公司有资金周转困难的风险，而安居公司目前处于无力开发新楼盘的困顿状态。加上李先生在股市的投资损益情况，李先生在资金方面，可能面临我们不知道的压力。

"方馥女士一向被誉为娱乐圈常青树，集资能力向来引人注目。李先生在与其相恋三年长的时间内，竟然没有借助她的影响力为自己公司谋求更好的发展，以李先生转手半山109号豪宅的速度来看，不可思议。令人不得不怀疑这一年来你们之间的争吵与利益纠纷有关，李先生有使用不正当手段胁迫方馥女士的嫌疑。"

诺拉慢慢分析警方的调查结论。她的眼神在李振儒和高朗之间游移，不再盯着李振儒。她一向不喜欢这个男人的目光，以为女人应该理所当然享受他的注视。

李振儒一时语塞。

"我们警方要求立即搜查李先生在静水湾的半山豪宅。"卫一凡拿出搜查令，放在二人面前。

高朗和李振儒对警方这一要求显然措手不及。

"李振儒先生，请问你现在的居住场所是否为静水湾109号？"卫一凡问。

"我女朋友方馥过世后，我静水湾109号的别墅已交由中介转售。我目前住在半岛酒店，所有私人物品还留在住宅，尚未处置。"李振儒回答。

也就是说，他还没有搬家。

"我们警方现在请李振儒先生配合，前往静水湾109号别墅进行搜查。至于李先生暂时落脚的半岛酒店，请李先生提供房号，我们另有同事过去调查。"他神情严肃。

"1902。"李振儒报出酒店的房号。

"现在烦请李先生及高朗先生移步。"卫一凡说，把手中的资料全部整理好放进公文包里。

"李先生，要不要通知李翰瑞先生？"高朗踌躇着问，他不确定李振儒先生是否能处理舆论问题。

李振儒坐在椅子上，没有马上动身的意思，沉默片刻，说："你马上告知我父亲，我担心方馥的粉丝会到他公司捣乱。"他脸色冷漠，不失风度地向玉诺拉做了个手势。"玉督察，请。"

"Madam，Patrick已经在楼下做好了准备，可以出发了。"卫一凡看看手表，方守仁应该等半小时了。

玉诺拉不发一言，向李振儒做了个请的姿势。"多谢李先生配合。"手心出汗的男人不太讨人喜欢，不知道其他人有没有同感。

李振儒看着前面的女性背影，不可否认，这个女人是道亮丽的风景。女督察非常年轻，身姿婀娜。目前的情形尚属首次，年轻女性不是以女朋友的身份出现在自己家中。他阴沉的脸上扯出一抹笑，开始报复性地期待，传闻中的男女主角接下来究竟会发生什么暧昧，或许是一场好戏——谁不知道，著名恒信集团主席、社会慈善家李翰瑞的二公子是报纸杂志标题里的黄金单身汉。

黄金单身汉记起中午约了前妻和两个子女吃饭。

"喂。"他边走边拿出手机，拨通了唐懿的号码，"喂，我今日中午没有空，不过去吃饭了。"他心里面有些挂念两个可爱的小家伙。离婚后他们定期见面，只是最近事务太多，他差点忘记儿女绕膝的幸福。这两天将赴外地出差，他也算是为事业奔波劳碌的成功商人，不是纨绔子弟。

傲旋居。

唐懿放下电话，李振儒刚刚的声线有点冷，直接告诉她下午有事忙，聚餐要改期。今天周六，她有些惘然若失，不知是不是借口。他们共同的儿女还小，她很在意定期的亲子见面聚会，加上最近这几天关于李振儒的负面新闻不断，先是她前家公李翰瑞在电视上公开施压警方，希望尽快结案，还李家名誉清白；而后在李翰瑞出席恒信集团深水埗项目时，警方当众要求李翰瑞配合调查，李翰瑞的私人律师亲自到警局配合调查。她只关注官方信息，留意李家集团的股价升跌，至于绯闻网站以及街坊传得如何沸沸扬扬，只当不存在。

她不允许罗姨和坚叔在自己面前谈论前夫最近的负面新闻。

她以为李振儒会趁今天吃饭交代清楚，以免她担忧。

然而这通临时改期的电话加重了她的忧虑。

她去T国时以为事情应该很快有个了结。这几天的公开舆论却完全颠覆了她的初始印象，李振儒和她过去生活的一点一滴地在她脑海中反复出现，她无法相信，极重名誉和地位的前夫，骄傲如斯，会沦落成为犯罪嫌疑人。前者印象与后者作为可能的事实，个中差距令她如坐针毡，这么久以来，她一直依赖从前对他的印象，过着优渥的生活，心无旁骛地照顾子女。

"妈妈，爸爸几时过来？"彤彤蹦跳着过来，抱着妈妈撒娇。她乌溜溜的眼睛眨了眨，显然期待和爸爸聚餐的时光。尽管超级喜欢妈妈，然而被爸爸抱着拆礼物的开心还是无可代替。晓晓手里把玩着积木拆卸的小把手，装作没有在听，欣赏刚完工的小动物园。小小男子汉的意识在他心里萌芽成长，潜意识里喜欢亲近爸爸，尽管妈妈无可代替。

罗姨在旁边收拾一些出去时备用的衣服和围裙，放进妈咪包里面。

"嗯……"她语气带着歉意，握着她的手温柔地说："爸爸本来答应了，但是中午有很重要的事情要忙。他托付妈妈带你们去吃喝玩乐。"她半带玩笑地解释，抱着彤彤，贴着她的脸亲了一下，又捏了一下她的脸，接着问："你们想吃什么？妈妈必定不负所托。"

"我们想吃寿司，我们带妈妈出去吃饭。"彤彤抱紧妈妈，唐懿笑了起来，低落的心顿时轻快不少。

落地窗外面，艳阳下，深蓝海面宁静温柔。

千两寿司。

一行四人在餐厅落座。保姆细心提醒彤彤系好餐巾，哥哥拿着餐牌，勾选自己喜欢的菜款，彤彤偶尔附在他耳边窃窃私语，两个人时不时一阵嬉笑。

唐懿已经习惯了周围的目光。即使已经离婚，然而顶着豪门公子前妻的光环，出入带着保姆司机保镖，加上年轻漂亮，就算作为全职妈妈出现在公众场合，唐懿也引人注目。

服务生很快端菜上桌，两兄妹只要吃得开心，爸爸缺席聚餐的不愉快马上被抛到九霄云外。

"那个女警察听说好漂亮，上过电视。"寿司店灯光昏暗，有食客在闲聊。唐懿马上竖起耳朵倾听。

"不知李家究竟哪里得罪了她，她父亲差点在公众场合动手打人。"

保持正常生活似乎比方馥在时更难。

看不出谈论的几个人什么来历，并不在意他人的目光。

"有人见到那个女警官出入李振儒入住的半岛酒店，两人之间的暧昧不是空穴来风。"

彤彤和晓晓拿着雪糕筒鱼子酱，你一口我一口，并未留意有人提自己父亲的名字。唐懿不自觉夹起一颗海胆寿司，开始用餐。海胆冰得鲜嫩，芥末呛鼻，她几乎一口吞下，感觉凉意从喉咙慢慢滑落。

程高坐在角落里，喝一口麦香茶。他已经跟踪了两天唐懿。上头要他看着唐懿，查清楚唐懿是否暗中对付过方馥。唐懿的名气、财富均无法与方馥比较，然而娱乐圈的招数不需要成本就能产生逼迫骚扰效果。

这两天唐懿和子女一起时依然有说有笑，神态自若。反而是她身边的罗姨，越来越警觉，公开场合越来越谨慎，就连对两个小孩说话也是欲言又止，四处张望。

程高今天穿着黑色短袖罩衫，深色牛仔裤，脚上一双运动鞋。他只点了几样，三文鱼寿司、脆青瓜，以及海藻。唐懿在公众场合从不谈论他人是非，不是长舌妇，她细心照顾两个子女，心无旁骛，与当年跳着脚与方馥对峙的情形，判若两人。

显然她无心在餐厅逗留过长时间，没多久付款准备离去。一行四人向门口走去。短短几步路，也惹来店内食客的一番注目礼。罗姨留意到在角落里的年轻男子，寸头，面目英俊，正低头咬着一块青瓜。

罗姨抱着彤彤，把她送上保姆车，唐懿牵着儿子跟着上。众人在车内坐定，系好安全带。

"太太，我们可能被警察跟踪了。"罗姨附身到唐懿耳边悄悄说。坚叔专注地开着车，从后视镜那里瞟了一眼。保镖一贯地沉默，唐懿愣了愣，心扑通扑通地狂跳起来，难道李振儒临时改约与此有关？

"你怎么知道？"唐懿反问，手脚一阵发凉。李振儒为何对此只字不提。彤彤晓晓在玩随身携带的小魔方和拼接芭比娃娃，两个小朋友看电视还只会区分好人和坏人。如果他们知道警察叔叔跟踪自己，会不会害怕，是否因此仇恨他们的父亲。

李振儒与方馥在一起，她从未担忧过前夫再生子女的问题。街坊常常谈论她，与前夫共育的男孩是定心丸，她闻之总是笑笑，女儿抱着父亲撒娇的样子，没人会怀疑，两个子女都是李家的心头肉。正因如此，流言开始攻击她的子女时，她尤其仇恨方馥，认定她嫉妒。

T国之行的不安悄悄蔓延。李家小公主多年前的自杀给李家蒙上一层阴云，她一直费解，如此集万千宠爱于一身的掌上明珠，活泼开朗，怎会选择结束自己生命的方式离开所有爱她的人。和方馥一般的决绝。

"街坊有议论。"罗姨如实回答，唐懿不淡定的样子，让罗姨后悔，没有早点跟她商量。这两天早上买菜时街坊已经传得沸沸扬扬，传言警方已经跟踪留意唐懿。

海港皇家集团。

吴轩云慢条斯理地切开一小段杧果班戟，用勺子把它送进嘴里，杧果的芳香配着奶油，班戟皮柔韧度恰到好处。这是方馥以前最爱吃的一道甜品。她拍过很多饮料和美食广告，很受欢迎。她品尝美食的样子，让人忍不住也想跟着试试，看看是不是这般美味。他舌尖搅拌着美味，慢慢咀嚼，直至全部消灭干净，才心满意足地放下叉子和勺子，拿起餐巾擦干净嘴。

中午没有回家吃饭，吴轩云跟太太打了个电话，说有点事忙，在公司解决。他拿起一杯水，站到办公室的落地窗前，边喝边看地面街道人来人往，车水马龙。办公室很安静，偌大的办公室，桌面上残留着他刚刚吃完的午餐，微微的空调电流声，冷气阻隔室外窒息的高温。他这几天都忙，平时不那么重要的事务突然变得非常重要，必须亲自处理。

或许他中午应该请人吃饭，分享午餐。方馥以前拍戏忙碌，经常让用人准备好特别"快餐"，让助理经纪人带来拍戏现场，和剧组工作人员分享。从精心准备的自制寿司到沙拉再到甜品——好心情从美食开始。她所在的剧组很少有人不喜欢她。她极重生活质量，精神和皮肤状态一团糟是她最鄙弃的生活方式。

助手中午发来一条信息，那个女督察拿了搜查令，搜查李振儒静水湾109号的半山豪宅。吴轩云前几天让人放出风声——这套豪宅风水不旺财，招官司。方馥刚刚过世，其男朋友曾经轰动一时的大手笔，就以火速转手收场，很多喜欢她的人恨他恨得牙痒痒。李振儒的豪宅就该保持无人问津的样子，好好讽刺他当初的虚情假意。

警方调查，风水舆论，他的豪宅估计要在房地产市场凉好长一段时间。

吴轩云手里的杯子空着，依然入神地看着熙熙攘攘的马路。他与方馥相恋四年分手，保持私下来往。两人之间不再像恋人般亲密，却比普通朋友倾心，这种藕断丝连的联系一直持续到李振儒出现。李振儒轰动式地追求方馥，一时之间抢占各大娱乐头条。彼时吴轩云被家长父母逼婚已久，已进入商谈婚礼细节阶段，两人似乎要各自展开自己的人生。

直到今年2月份两人重新碰面，已经时隔两年。他与方馥恋情最深时，公司只知道这位老板对她另眼相看。吴轩云结婚后，他的太太成为众人趋之若鹜的奉承对象，针对方馥的明讽暗刺慢慢多起来。方馥家中的防盗系统出现故障、即时报警处理，被认为小题大做、借题发挥，为重新引起吴轩云的注意。

小事件在世情冷暖中发酵，可方馥知道，吴轩云还在看着她。她已年过四十，在新人辈出的娱乐圈保持接拍的广告和电影剧本的质量，引无数人嫉妒。然与彼时不同，有些人情冷暖，不再在自己能力处理之内，在他能力庇护之外。

然而她低估了吴轩云对事件的重视。至于两人是怎么重新联系的，吴轩云的记忆选择了模糊。

再见面，两人只字不提各自境况，2月份的雅典比海港寒冷。他们刚在一起，也是冬天。雅典的夜空深蓝浩瀚，寒风呼啸，街灯暖黄，久远的神话，默默向世人诉说几千年风霜。世上没有一个城市如雅典。在街道漫步兜转，一景一物如翻阅历史，战争的伤痕在步转景移间穿越了平行空间，连一根破败的柱子也随时成为文明的祭奠。和平如此珍贵，成为雅典城众多标签中的唯一城市象征。两人相恋时，曾全世界旅行，吴轩云几乎在喜欢的城市都有投资物业，雅典城是他的最爱。

短短的四天三夜，他们的足迹遍布雅典的每个角落，仿佛恋爱未曾停止。两人装束极低调，看不出牌子的毛衣外套，戴着墨镜，路经人群喧哗，只是紧握彼此，相视一笑。方馥还是那个方馥，明眸皓齿，一副墨镜挡住顾盼生辉。然而方馥不再如从前的方馥，两人漫步街头景点，路人偶然大笑，小孩快活打闹，常令她失神片刻。

吴轩云和她交往时，几乎把所有自己喜欢看的书送她一本，时不时讨论。他喜欢哲学，不分东方西方的理论。她倾向于佛学的滋养，这种倾向在两人不联系的两年里越来越明显。他着迷于雅典的历史遗迹，无声的文明征程，常常有感而发。每每此时，她会发呆，双眼无意识地看着他，偶尔手指抚摸手腕上的红珊瑚佛珠手链，敷衍他的感慨。

"是不是李振儒对你不好？"他状若不在意地问，知道他们开始吵架，"为什么不分手？"李振儒配不上方馥。

她摇摇头。他不跟她说婚姻，她也不和他讨论恋情。

他婚后一如既往地低调。婚后幸福或不幸福，她所在的经纪公司里没有人私下议论，他不想曝光，没人爆料。

或许因为如此，她也想隐瞒自己的一些事情，不用他知道。只是有时不够自信。她看着他旁征博引，侃侃而谈，脸上成功企业家的自信尤其迷人。她以前遇到事情，第一个想到吴轩云，这种依赖早已超越爱情。

吴轩云烦躁地扯开领带，又倒了一杯水。

方馥并没有那么喜欢李振儒。吴轩云修长的手指捏着杯身，一口喝干水。她总是笑得开朗，她最喜欢的是他，就算她和李振儒吵架一万次，他也不相信方馥会抑郁——一个对李振儒没有寄望没有期待的女人，怎么会失望伤心。

警方最新的证据怀疑李振儒以高频干扰器对方馥进行骚扰，以达到胁迫目的。

方馥因为这个畜生受了多长时间苦，为何选择独自承受，怎么不报警……他心中有无数念头。不知什么时候，方馥已像亲人般存在，他忽略了这个事实很久。这中间的两年，或许他对她再多一点点关切，主动问她为何争吵，或许她不会对他欲言又止，抑郁成疾。

🔍　第八章　　　　　＋

"Hello。"宋琪接通电话，口气有点百无聊赖。

"你知道我们诺拉的爸爸?"电话那头的方守仁声音听起来有点兴奋。

"不。"宋琪摇摇头，她好像独来独往。

"你知道一个叫'幸运'的珠宝牌子吗?"他说话速度很快。

"听说过。"宋琪点点头，他女友很喜欢这个牌子的首饰，设计独特，大批女性顾客。

"你知不知道，这是我们玉警官家的珠宝牌子?!"方守仁兴奋又极力压低嗓音，透露着这个天大的消息。

"所以?"宋琪记得女友在店中精挑细选、恋恋不舍的样子，不知道这个牌子是否正在赠送熟人大礼包，让方守仁忍不住上班中途插播广告。

"我们现在正准备搜查李振儒私人住宅，"方守仁继续压低声音，"她爸爸，'幸运'珠宝的执行总裁，昨晚在半岛酒店差点跟人打架，今日中午又跟踪我们警方的行动……"他绘声绘色，还未讲完停了下来，突然挂了电话，故意在高潮部分戛然而止。

玩什么? 这两天舆论攻击警队办案不专业，处事拖沓，正是风声紧的时候，方守仁还不知死活，办事中途打电话爆料。

宋琪调查吴轩云的速度并不快，剥茧抽丝。

吴轩云知悉方馥报警后第一时间打电话联络好友。当时安保公司马上着手调查，然而排查不到原因。方馥当时并没有马上更换系统，直到今年5月份吴轩云好友的公司推出了新一代的安保系统，才让人上门更换，给足吴轩云面子。

这其中是否存在做戏的成分，只有局中人才知道，此举相当于向外界传递一个信息——故障事件不影响吴轩云、安保公司老板以及方馥三人的关系。

吴轩云绝对值得方馥演一出戏。

宋琪分神勾勒了吴轩云的商界企业家形象。吴轩云五十多岁，正值壮年。他剪着短碎发，目光深邃，笑的时候有几条法令纹，平添几分男人成熟的魅力。一米七八的身型，常年白色衬衫、深色西裤和西装。几乎从不在公众活动中露面。仅仅是外形条件，他已足够竞选海港先生，吸引女人的芳心，何况他从普通海港人家一步步成长为商界的精英领袖，全凭个人本事和实力。女人趋之若鹜。

宋琪不自觉松了松身上的套头衫，热，方守仁肯定认为吴轩云和方馥之间的浪漫爱情是真的，是真爱无疑。

他追踪方馥签约吴轩云的经纪公司以来的出入境记录，前后二十年。从方馥第一部电影上映，最初的五年公私出行时间频密巧合，中间断断续续很长时间，最近五年几乎为零。直到最新的一次巧合在今年2月，与在方馥故居中查获的赠书记录时间一致。两人几乎同一天离港，吴轩云出差到罗马一个星期，方馥则为最新的写真集外出取景，目的地维也纳。吴轩云不愧为媒体大亨，这段恋情没有一丝风声透露。

皇家集团。

"吴先生，调查李振儒的女督察父亲玉锦，跟踪今天他们搜查李振儒私人住宅的行动。"吴轩云的助手推门而入，"可能与近日有不利于她的传闻有关。"李家公开影响警方办案，全港皆知，他们官方解释是方馥的粉丝捣乱李家的生意，影响他们信誉，他们只是要尽快讨一个公道。

好像他儿子很有声誉，吴轩云哂然。

"调查您的宋琪一直追查您跟方女士的过往。方女士的粉丝与公司活动密切联系，可能也会成为追查对象。"李翰瑞借着几个扰乱的粉丝对恒信集团声誉的影响警告警方。几个散粉而已，反应过度。

方馥的粉丝一向理智，方馥虽然选择娱乐圈，然而性格偏内向，不太喜欢喧哗的场合，更不会纵容粉丝生事。她与李振儒拍拖以来，与好友相聚倾诉的时间愈少，开心不开心，没人分担。她自杀，是对他最直接的报复，无声的指责。

他婚后没有所谓的幸福或不幸福。他与太太被人介绍相识。吴父希望他娶一个老实人家的安分女人，安稳做他的妻子，平淡生活，不需要很漂亮，性情要温和。于是他认识了宋雅。

宋雅，海港本地人，家境一般，小家碧玉般清秀，从澳洲留学归来，从事教书育人工作。吴父相当满意这位媳妇人选。他们第一次见面，吴轩云只觉得她温柔善良——和方馥面对时间长了，看其他女人有黯然失色的错觉。

他不喜欢相亲，被母亲逼着的滋味不怎么符合他成功男人的形象。这份姻缘并没有豪门剧中的情节——男女双方门当户对，强强联合，却符合吴父吴母眼中传统的婚恋观念。

两人认识半年后很快结婚。双方父母对他们婚姻的寄望远大于当事人。吴轩云在商场屹立一方，却坚持家庭生活独立于工作之外，花时间陪伴父母，体贴孝顺，吴母逢人必夸耀。只是他一直未婚，吴母每每见到邻居或朋友牵孙儿相聚，总触动心头担忧，二老多年使出浑身解数，不停托人物色儿媳对象，务必让儿子早日能够传宗接代。

二人均知道吴轩云工作繁忙，几乎没有时间谈恋爱，自大学以来，他只谈了两三次恋爱，均未能开花结果，无疾而终。吴母心急火燎，悄悄让人去公司打探，得知儿子喜欢的类型是公司的女明星方馥，而且两人可能一直私下维持着情人的关系，吴父吴母对此一直不动声色。

新婚太太并未为吴轩云的生活带来多少改变。吴家父母为弥补他们二人世界相处的不足，经常邀请宋雅陪同逛街，一起晚餐。这位吴家儿媳妇，从开始的不起眼，到和吴轩云出双入对，再成为吴家的媳妇，很快稳固了在公司的舆论地位，把方馥挤出了公司员工关注的焦点，成为众人羡慕的对象。

方馥因此受到的冷言冷语慢慢多起来。她低调处理自己与李振儒的恋情，尽力避免吸引闲言闲语。李振儒亦算名门之后，然而凭借父荫与以个人实力征战商场的云泥之别，足以令他对她这段旧情怒火中烧。

吴轩云心里一阵反感。

这个男人和方馥刚在一起已经查清楚她这段旧情，却装作不知道不在意，和她继续相恋。他在E国的公司多年前已经营不济，在本地并没有事业，急需方馥的影响力增加实力，利字当头，却在初识方馥之时假装大手笔以示真心，令人反感。

仅仅是调查他外地的公司，李家已经不淡定如此，他不相信一直查下去，李家还有多少实力拿得出深水埔恒信村这样的项目转移话题。李翰瑞偏爱小儿子多年，未免护子心切，连与警方多年的人情关系也拿出台面，公开谈判。

他只需增加李振儒生活的不愉快，他与警方必然增加摩擦，暴露破绽。

半山区。

山道蜿蜒，前后几辆车不疾不徐盘旋而上，一簇簇杜鹃花在山道两旁热烈开放，无惧骄阳。下午一两点，阳光猛烈炙热，暴晒令人头晕眼花，这时分，知了的声音似乎力竭声嘶，刺透耳膜。

李振儒把车停在109号门牌的别墅边。109号的铁门紧闭，栏栅式铁门后的木门闭合得不见缝隙，窥不到一丝内庭。木门上贴着一张告示：别墅转售，有意者咨询房产中介商。

李振儒和高律师下了车，他已经有一段时间没回来，家里所有的物品原封不动，等待他处置。正午时分，四下不见人影。这一区的庭院外墙看起来差不多，杜鹃花、蔷薇花一团团红色粉色簇拥着在墙头张扬，开车或步行经过，一花一墙一景，幽幽花香山道弥漫，满足小资情怀，吸引一拨拨的游客前来观赏。

高温烘烤着两人，李振儒不一会儿就汗流浃背。他脱下外套，扯下领带，卷起衣袖。高律师同样热得脱下外套，两人把外套扔在车上，等警方前来。高律师环顾着四周，山道偶尔有风吹过，不解炙热。这个时间，无论是住户还是游客都躲在空调下享受午餐，见不到任何身影活动的踪迹。

李振儒对半山区的小资情怀无感。方馥喜欢杜鹃花，可惜无论花语典故还是字眼声义，他均不喜欢。他住了十年的109号，请顶级风水师过来研究园林布局——遵守"门庭前喜种双枣，四畔有竹木青翠则财进"的风水理论——冬暖夏凉，舒适宜人，投资眼光可谓独到。尽管从外墙看来，墙头只见围着带刺的钢丝圈，沉闷，不如邻居精心经营打造的后花园。若非方馥离世，他不会选择转手。

阳光晃得眼睛赤痛，李振儒眯了眯眼。方馥头七刚过去两日，他刚刚驾车经过97号，铁门贴着警方的封条。花开依旧，只是过去与方馥相处的光景遥远得似乎隔了几个世纪。

方守仁把车慢慢停在李振儒的车后面，三人从车上下来。李振儒走到铁门前，输入密码和指纹，"啪"的一声，铁门应声而开。两道门均采用智能密码，他用同样方式解锁木门，和高律师一齐推开门。

"Madam，可以进来了。"他向玉诺拉做了个请的姿势。

内庭好阴凉。从外看进去，一条石径蜿蜒通向别墅，两边是绿色的草坪，一丛丛的佛肚竹看似四散错落在草坪上，竹身或青或橙，竹叶青翠，被山风吹得飒飒作响，阵阵凉意扑面而来。

三人正准备拾级而上。

"诺拉！"突然一个熟悉的声音在身后响起。诺拉吃惊停下脚步，皱着眉回头一看，只见玉锦把车泊在路边，还未熄车，把头伸出车窗外朝她喊了一声。他一身休闲服，此刻顾不上风度，急急忙忙下了车，跑到诺拉面前。

"我正在办事。"诺拉冷着脸说，私人恩怨下班收工再慢慢了解，他竟然半路杀到。

"你们好，"玉锦无视诺拉，从裤兜里拿出名片，分别给了方守仁和卫一凡一张，"我们又见面了。"他朝方守仁咧嘴而笑。

"涉嫌妨碍警察办案。"诺拉不耐烦地抬起手表。

"一分钟时间。"玉锦一边说一边从另一边裤兜里拿出一条宝石手链，全黑色，粒粒圆润光滑。他一把把它套在诺拉抬起的手腕上，"黑碧玺。驱邪。"说完转身就走，"下次请你们吃饭。"他头也不回走向自己的车子，上了车，很快启动往后倒了一段山路，转头离去。

李振儒站在门口，看着黑色的奥迪A8轰鸣而去。那男人看起来已经过了毛头小伙子般轻率的年纪，和李振逸不差上下，玉督察的父亲。他抬眼，大门屋檐遮去一半晴空，他与玉督察之间的绯闻，越来越有趣。

不等轰鸣声绝耳，诺拉转身踏上台阶。她入行几年，数度在抓捕嫌疑犯时经历枪战，身手骄人，从未贪生怕死，反而玉锦和妈妈紧张过度，两人长年累月牢骚，她次次都敷衍而过。这次搜查行动与以前比较，只是考考逻辑眼力，完全无安全系数的忧虑。玉锦竟然跟踪，让大家看她的笑话。

天热得诺拉鼻尖冒出汗珠，戴在手腕上的黑碧玺传来一阵阵凉意。身后的两个伙计似乎不明白她的心思，方守仁一脸自然地拿出手机戴上耳机，卫一凡拿出橡胶手套，两人跟在她后面——头一回见这么豪华舒适的虎穴龙潭。

风吹落竹叶，铺满内庭小径。李振儒和高律师一前一后地带着他们，安静的庭院回响起他们的鞋跟踏着石板的声音。方守仁跟在最后，四周环顾，这个花园似乎在设计上不费心思。他转入旁边草坪中一丛佛肚竹，绕着观察了一圈，大概二人高的佛肚竹，竹肚节节攀升，青翠的竹叶和橙色的竹身相映衬，几分耐看——主人注重植物的寓意多于庭院整体的园艺设计——他又绕着其他几丛看了看，没什么特别。

"Patrick！"卫一凡喊，他两步一跳回到石径，三步并两步跟到卫一凡面前。

"什么发现？"卫一凡似笑非笑，方守仁朝他做了个鬼脸，不回答。

"Peter。"诺拉在别墅里喊他们。

李振儒的别墅是传统中式设计，双层，此刻已灯火通明。

诺拉双手戴着橡胶手套，站在门口。看到卫一凡和方守仁，她示意卫一凡去二楼。"Patrick，你负责照相。"她吩咐助手。李振儒和高朗律师站在客厅门口，他双手抱着臂，目光随着他们的身影。一段时间没回来，家中一阵缺乏空气流通的气味，不太舒适。

李振儒家的风格偏向中式现代设计。室内的家具全以昂贵红木为原料，设计不拘传统雕刻的厚重风格，以简洁现代的轻盈为主。客厅中央一张红木茶几，茶几上放置着一件精美的原石象牙雕饰摆件。茶几下垫着华丽的地毯，几张小矮凳——也是红木打造——散在周围。整个客厅摆放着不少昂贵收藏品，或中式或西式，看不到绿色植物的踪影，只有在客厅通向餐厅的过道以及通向二楼的梯口插着栩栩如生的假花。

餐厅里红木椭圆餐桌和椅子，以及一个电冰箱。厨房非常干净，没有放着油盐的瓶瓶罐罐，诺拉怀疑消毒碗柜里的餐具均为全新。

一楼没有吧台，酒柜里只有几瓶有些年份的酒。他在方馥家中喝酒。

这个家电子产品少得可怜。电视机都没有。

诺拉看向门口位置，电子安保系统正闪着蓝色的信号灯，不同于方馥家的设备系统。李振儒刚好看向她，两人对望，李振儒褐色的眼珠子，浅浅的似乎盛不住任何情感，诺拉忍不住心底一阵翻滚。李振儒白色衬衫、黑色西裤，皮鞋油光锃亮，典型生意场造型，他双手抱臂，面对她的直视似乎拘谨，别过眼睛看向其他角落。诺拉跟着他的目光，发现大门斜向角落处放着一对金元宝。

一个年轻的高科技公司老总，竟然不热衷于高科技产品的使用，诺拉觉得不可思议。这个男人看似心里忐忑，然而从她突然当面宣告搜查他的住所以及半岛酒店的临时落脚点到现在，并无任何慌乱之意。客厅的大理石地板布满崭新的脚印，久未有人踏足；红木家具上，一层薄薄的灰尘清晰可见，客厅维持着主人离开时的原貌。

诺拉忍住泄气，目光慢慢转悠，一件一件审视。客厅安静得连根针跌在地面都听得出来，只有方守仁不停按住快门拍照的声音。

李振儒不愧为生意人，到处是风水摆件。面向窗的位置放着一只金蟾，她拿在手里，仔细端详——铜质，头上有一颗红宝石，嘴里衔着一枚铜钱——"叮"的一声，铜钱掉了下来，在地上转了几个圈后停下来。方守仁转身，和她一样愕然对望。诺拉捡了起来，放在掌心，只见上面写着：洪武通宝。这钱币看起来有些历史，有别于普通固定在貔貅嘴部的铜币，诺拉对古币一窍不通，看不出哪个朝代。"Patrick。"她喊他过来，把古币放到他面前拍照。"嗯哼。"站在门口的李振儒不自然地低声清了清喉咙，眼神里却多了得意。

他不开风水公司可惜了。方守仁摆正相机，认真地给这枚古币来了几张正反面全身照。

客厅里风水学问的讲究程度令人叹为观止。一个小时过去了，诺拉不时用余光瞥一眼李振儒，他脸上已有几分神采奕奕的喜悦。"Shit!"方守仁忍不住嘀咕了声——没什么发现——三人倒像是专程过来为他公证财物的。

"我去二楼。"诺拉对方守仁说，朝楼梯方向走去。

二楼三个房间。主卧室的门紧闭着，诺拉伸手扭了一下把手，锁住了。主卧室隔壁是衣帽间，诺拉看了看，只有两边两排衣柜，一排排挂着清一色男性服饰，下面放着男款鞋靴。诺拉走进去，运动鞋，波鞋，拖鞋，款式简单，全男款。没有任何女人踏足过的痕迹。

衣帽间对面是书房，卫一凡正在里面，仔细翻阅一本书。

见到诺拉进来，卫一凡合上书，诺拉目光搜索着书柜的藏书。"Madam，李振儒的主卧还未搜查。"卫一凡低头继续浏览，向诺拉汇报。

"嗯。"诺拉漫不经心，一排排地浏览书名。书柜里放着金庸的全套小说，精装版本；各式各样的名人生意经；最底下的一排叠放着军事杂志。

她抽出一本金庸的小说，全新页面，边缘纸质些微发黄。诺拉翻了翻，又抽出另一本，依然没有什么发现，看来是购买收藏。

底部的杂志看起来有四五十本，她拿起一本，日期是1999年6月。这叠杂志几乎本本被翻得有些残旧，但是保存完整，里面介绍的是美军最新研究的武器和战斗机。这是目前在李振儒家中唯一与高科技有关的信息——二十年前的军事科技杂志。

这个男人崇尚武力。

诺拉在手机按下一串数字，电话接通，"喂，有没有什么发现？"电话那头简短地汇报了几句，诺拉应着，很快挂了电话。

在半岛酒店的警员报告，他的随身证件全部一式一份，真实有效。

"Patrick，"诺拉对着耳机吩咐，"你叫李先生上到二楼，我们要搜查他的卧室。"她吩咐助手。

书房的玻璃窗向东，窗前一张书桌。书桌上摆放着一个切开一半的天然水晶原石。原石黝黑的表皮，凹陷的造型，里面密密麻麻的水晶石柱，凝气聚财。

挂在另一面墙的画为书房添上几分脱离俗尘的意境，诺拉踱近细看，远山层层叠叠，雾霭缭绕，一条大江在山间由上而下蜿蜒奔流，偶尔形成倾泻的瀑布，至近处的平原地带变得缓慢，在最近处聚成深潭。山水画颇有几分仙风道骨的意味，画笔描绘的细节传神，吸引诺拉更往前一步观看，右上角"宝潭聚财"四个蝇头小字赫然闯入眼中，她不禁哑然失笑——李振儒对风水学的研究真是令人大开眼界。

李振儒在玄关处来回踱着，女督察上楼了，二楼的主卧在他离开的时候被锁住，毫无意外的话，他应该会被要求上去开门。果然，一会儿，那个年轻人放下手中的相机，径直向他走来。"李先生，"他年轻的脸笑容可掬，"我们上司请你上去为主卧室开门。"李振儒点点头，向楼梯走去。

楼梯积着尘，李振儒一步一步踏上去。他的私生活并不很精彩，然而，他恶意地笑了笑，这一两个小时的逗留，可以做很多事情。

走廊传来一阵脚步声，李振儒上来了。卫一凡放下书，和诺拉一起走出书房。李振儒站在自己房间门口，掏出一串锁匙，打开了房门。"Madam，请。"他做了个请的姿势，几分皮笑肉不笑的样子。

诺拉和卫一凡朝他点点头，走进主人房。两人站在门口位置，愣了一会儿。主人房面积没有方馥的卧室大。深蓝色的墙壁，白色的床，配套的白色床头柜，一面深灰色的布料遮盖着床。白色百叶窗,窗台上放置几个玻璃杯蜡烛,床尾的墙壁挂着一幅油画——梵·高的《星空》。

房间一览无余。

两人沉默片刻,卫一凡首先走到床头柜前,拉开抽屉,里面放着一串五帝钱。他拿出相机,拍了下来。诺拉轻轻托起那幅画,戴着橡胶手套的手轻轻拂过画框,检查画后是否暗藏玄机——空空如也。她把画挂了回去,接着走到窗前,拿起玻璃杯仔细端详蜡烛。黑色的烛芯,蜡有热熔后又凝结的现象,未凑近鼻子,一阵薰衣草的清香扑鼻而来。同样的睡眠困扰问题,健康生活主义者方馥选了安眠药,而喜好喝酒的李振儒选择薰衣草蜡烛……这画风过于怪异,她甩甩头。卫一凡打开便携式手电筒,扫了一遍床底,久未清洁的床底一阵灰尘的味道,空空如也。房间里连避孕套也没有。

"可以了,李先生。"诺拉面无表情,和卫一凡一前一后往外走,前后不过十分钟。李振儒看着女督察经过自己身边,她身上没有香水味,她嗅着自己的香水蜡烛时神态有些迷人,不知是否勾起了她任何浪漫记忆——紫色薰衣草是很多浪漫王子灰姑娘剧的必备神器。

方守仁在一楼,正站在楼梯扶手边仔细研究假花,看到两人一脸严肃地走下楼梯,耸了耸肩解释:"以为是金枝玉叶。"跟在背后的李振儒僵着脸,一言不发。

"李先生,我们在住宅周围看看。"诺拉看了看手表,最多一个小时。

"随便。"他耸耸肩。

已是下午快3点,室外庭院只种着两棵树,除此之外,是一丛丛佛肚竹四散周围。树荫下,山风阵阵。三人踏着草坪,一脚深一脚浅地绕着别墅查看了一周。一个,两个,三个,诺拉默数着,安全摄像头并不多,比方馥家的少了好几个。

这个花园几乎不用怎么打理,只需适时修剪草皮。三人毫无所获。李振儒和高律师站在别墅外,看着他们的身影穿过竹林,有些得意。山风吹拂,竹叶飒飒,他的院子和别墅只需请钟点工来打理,省时省钱。

"李先生,我们的搜查行动已经结束,谢谢李先生的配合。如果有新的进展需要李先生的配合,我们会电话通知李先生。"诺拉站在离台阶不远处,仰着脸跟李振儒说话。她的头发像平时一样高高绑起,风吹起一两缕发丝,被她自然地捋到耳后,神态不卑不亢。

李振儒咧嘴笑了笑，说，"我们随时配合。"他身型挺拔，看着女督察带着两个助手不急不缓地走出大门。一阵车子启动的声音响起，很快绝尘而去。

"Shit!"车子一发动，方守仁忍不住爆一句粗口。车子往后加速倒车，到转角处掉了头，他一脚踩下油门，小车轰鸣而去。

"李振儒外地的生意怎么样？"诺拉问卫一凡，她背靠座椅，闭上眼睛养神。

"申海市的公安还没有打电话联络，应该就在这两日。"卫一凡回答。他从外地回来只有两三天，却觉得已经拖了很长时间。他看看表，似乎有一个世纪没有接触过食物了。

"嗯。"诺拉应着。李振儒无论在女友方馥家中逗留多晚，即使烂醉如泥，也会回到自己的别墅过夜。他家冷冷清清，找不到上一段婚姻的痕迹，与唐懿撇得一干二净。也许摆下的风水阵有创伤修复作用，比女友的温柔乡见效快，他每晚需浸淫一番。

李振儒那双注视的眼睛，令人浑身不自在，他的样子倒是斯斯文文，不见铜臭味。

"你们饿不饿？我们先去吃点东西。"诺拉现在才发觉饿得有些厉害。

方守仁随手从驾驶副座上拿起一袋巧克力，递给他们，"先吃这个撑一会儿。"他在后视镜中看了一眼自己的上司，二十八岁，和自己同样年轻。他入行两年，诺拉一年前被升为高级督察，调他到她身边做助手，跟着她一年多的时间，对诺拉的家庭背景一无所知。中午玉锦突然半路杀出来，在李振儒面前显摆家世，这突如其来的小高潮令他兴奋得在竹林里绕了几个圈爆料，谁知接下来的室内搜查让他大失所望。

卫一凡从来没见过玉锦。海港有钱人很多，上流交际圈相互之间有来往很正常，但看样子玉锦和李振儒相互不认识。他的申海之行，李家已经声明将采取法律行动对抗，质疑警方。今次的入屋搜查，他们将采取怎样的措施施压，令众人不安。

小饭馆。

下午三四点的饭馆人不是很多，饭菜很快就上桌，他们很快扫光餐桌的碗碟。这时一男一女推门进来，女孩二十四五岁的年纪，衣着时尚，男孩与她岁数相差无几，两人在离他们几张桌子的地方坐下来。男孩忙着给女孩倒水点菜，女孩低头刷手机。

"咦，"她把手机放到男友面前，"方馥案又有新绯闻了。"

女孩男友拿过手机，一看标题，说："哇，好性急，现在的女人真是好主动。这个女的好像在哪里见过。"他语气夸张，目光蓦然对上诺拉的眼睛，一下子噤了声，下意识地扯扯女友，往诺拉这边努了努嘴，两人低头窃窃私语。不一会儿店员过来上了菜，他们不再讨论，低头进餐，直到诺拉三人起身离去。

出了饭馆，方守仁掏出手机，搜查方馥，结果让他着实吃了一惊。

三人上了车。方守仁把手机递给诺拉，"Madam，你看看。"

诺拉接过手机，方守仁从后视镜中看着上司。只见她一眼看到文章的标题，先是愣了愣，神态不变，脸却红了起来。他在脑海里搜索了一会儿字眼，讽刺道："李振儒家里一副风水庙的样子，不沾情色，想不到这么会玩暧昧舆论。"

卫一凡接过诺拉递过来的手机，看完，沉默片刻，问："我们警方是否需要开记者招待会？这种小道消息上不了台面，影响不了警方行动，但会贬损Madam的颜面。"

诺拉避而不答，说："通知另外两位，今晚有训练任务。"她压抑又愤怒，似来自另一个时空，从来没有人在舆论方面玩花招，影响情绪，干扰自己办案。她一向训练有素，即使拔枪面对歹徒，头脑也冷静清醒。她竟然要以身经百战的冷静应对这种不入流的闲言闲语。"卑鄙！"诺拉在心里骂了句，一股冲动在体内流转，恨不得撕碎李振儒那张女人脸。

方守仁不见了刚刚飙车的冲动，"哦"了一声，慢慢行驶。他瞄了一眼上司，活色生香的绯闻报道可能会把上司的父亲玉锦气疯。他入行两年，第一次见到警察牵涉桃色新闻。对方以他上司为单身女人的事实入手，肆意编造，极尽无耻下流之能事，把女督察描绘成急于结识富家公子的拜金女郎，攻击她的私生活。文章在海港某社交平台上匿名发表，借轰动全海港的超级女明星自杀案，迎合很多人的低级趣味，成功地吸引数十万人在评论区灌水，企图转移大众的焦点。

卫一凡身上的电话铃声响了起来，他摁下接听键，"张所长你好，"他突然改用普通话，前面开车的方守仁竖起了耳朵。

"是的，我们仍然在搜查相关证据。"卫一凡一边点头一边回应，通话大概持续了十几分钟，卫一凡的神态慢慢凝重——显然张所长并无所获。"好，谢谢张所长几天以来的调查，我会继续追查他在外地的生意来往。"说罢，他挂了电话。

"怎么样？"诺拉问。

"申海方面说李振儒的天地公司并没有税务方面的问题，不过张所长支持我们接着查下去，李振儒在外地的投资牵涉政府部门，可以从这方面入手，如果他有腐败行为，那么方馥的死可能与此有关。"卫一凡说。

"李振儒什么时候过去外地？"诺拉问，"有线报了吗？"

"今明两日。我随时可以出发。"说走就走的出差对于男人来说，再简单不过。

警局。

车外的景物飞快地后退，转眼，小车转过街角，缓缓驶进了警局。

一下车，方守仁马上掏出手机通知宋琪，"Tony，"他挠挠耳后，无趣地说，"今晚同样时间，练枪法。"说完他挂了电话，接着通知程高。

诺拉和卫一凡已经先行走入警局，周围偶尔经过他身边的同行跟他打招呼："Patrick！"他点点头，觉得今天中午和宋琪说话不妥，又拿起手机，继续打他电话："喂……"电话那边的宋琪有点不耐烦，以为他准备八卦后续，方守仁压低了声音，说："你今晚千万不要在大家面前提起今日中午的事。到时见，拜拜。"

"丁零零……"诺拉的电话响了起来，她拿起手机，是玉锦。

"喂。"她声音带着点谨慎，听不出不开心，中午对他发的脾气消失得无影无踪。

"诺拉，我送给你的黑碧玺好看不好看？"玉锦恢复了一贯的热情。

诺拉抬起手腕，手链感觉冰凉，沁入人心，办公室灯光下，粒粒晶莹透明，闪闪发出金光。

"好看。"诺拉语气简洁。

"那个李振儒不是好人，"玉锦也不转弯抹角，"你多提防点。"他口气在转瞬间变差，敢撩老子的女儿。

"我知道。"诺拉说不出什么话。

"我听风水先生说，他做生意很重风水忌讳，时辰方位什么的讲究到极点。他家的院子里只有竹林，有人告诉我，整个别墅宜男不宜女，女人进去没什么好事情。"玉锦压抑着怒火，继续说："我这段时间都在海港，你不是特别忙的话多跟老爸吃饭。今晚有空吗？"

诺拉摇摇头，说："今晚有训练。"

"好，那改天。"玉锦说完，第一次没等诺拉挂机就先挂了电话。

宜男不宜女？诺拉摇摇头，她对风水一窍不通，李振儒家的竹林错落有致，方守仁倒是在其中穿行了一遍。

射击训练场。

方守仁和卫一凡戴好护耳，把子弹入膛，瞄准，射击。

射击室里只有他和卫一凡两人，宋琪迟到，还在外面的场地热身。程高回复说今晚唐懿有活动，他不参加训练。和他们一齐到来的诺拉突然改变主意，决定多跑几圈，再练习射击。

方守仁一枪又一枪地射击，靶心很快成为蜂窝状，他枪法一向不差。他和卫一凡并没有交谈，两人闷声练枪——第一次见到女人脾气出现在上司身上，大家都不知如何开解，方守仁心里阿弥陀佛了一声，李振儒真会找碴儿，可惜用错了对象，普通女人可能为他牺牲贵公子形象传出绯闻而感动。

诺拉开始跑第五圈的时候宋琪加入进来。他穿着黑色的罩衫、黑色的短裤、一双运动鞋，这两天不回警局，穿得相当悠闲。

偌大的跑步场地上只有寥寥几人。诺拉见到他，只是点点头，并不言语。下午接听完方守仁电话，他点开海港房屋中介的App，浏览房屋出售信息，看到李振儒的别墅赫然在售。网页上一整版全面介绍这栋豪宅的各种优势。然而该App的评论区却出现了一批水军，千军万马的气势，指名道姓攻击李振儒的豪宅为凶宅，招惹官司。这些恶意评论全部来自匿名提交，与之前App用户的使用评论完全不沾边，似是有备而来。宋琪一条一条翻看，每条攻击角度一样，内容一样，只是不同账号登录。不知谁人指挥的水军。

这种舆论攻击处于法律灰色地带，不符合道德，只能责令该款App软件的负责人删除。宋琪联络一家房屋中介的电话，假装顾客投诉，房屋中介方面回应说无能为力，已经出现了几日时间，删除了又大量出现，无法禁绝。

他们警方只是查案，李家不好惹，诺拉的爸爸不好惹，吴轩云不好惹，方馥的粉丝不好惹，各方角力，增加他们查案的难度。线报称吴轩云今晚跟往常一样，没有其他社交夜生活，直接回家。即使功名成就的今日，吴轩云依然过着严谨自律的生活，低调得不可思议。男人有钱就学坏，这条定律似乎不适用在他身上。

宋琪并不知道诺拉的绯闻，看到她一圈又一圈地跑，似乎没有停歇下来的打算。他还有一圈完成任务，心下有些踌躇，脚步放慢了下来，不知道是否等她。他第一次见到上司失常，不知道是否与压力有关。方守仁下午特意打电话给他，不能提起今天中午和他通话的内容。

诺拉没有留意宋琪的犹豫，下午的怒火像慢火，越跑越烧。一想到下午看到的绯闻，她就像吞了一只苍蝇一般恶心，似乎要竭力抑制浑身颤抖才能跑下去。"美女督察申请入屋调查，富豪男主情难自禁。"标题在她心头一直挥之不去，更有八卦下续开始扒她的情史，意欲八卦所谓的床上功夫。

她一圈又一圈地绕着，直到脚掌和小腿传来酸痛，才慢慢停了下来，继续踱步了一圈，才进入射击室。

方守仁、卫一凡、宋琪已经在里面，她戴上护耳，看看手表，还有半小时的练习时间射击室就要关门。

"砰！"一枪命中靶心。还是射击痛快淋漓。

方守仁和卫一凡不约而同地停了下来。两人来到观摩室，坐在诺拉身处的射击位后面，一边喝水一边看她练枪。诺拉的枪法名不虚传。她单手拿枪，正反手轮流练，手臂伸得笔直，一枪接一枪，枪枪命中靶心。方守仁计算了一下她瞄准的时间，平均保持五秒的时间换手以及瞄准，每次瞄准不超过三秒。从后面看都看得到她面无表情，眼眨也不眨的射击状态。

两人瞪着眼看了半小时，完全看不出她发挥失常。

御港湾。

从训练场回来，已经是晚上10点。诺拉洗浴完毕，擦着自己的头发。放在梳妆台上的手机一阵震动，她拿起手机一看，是爸爸。

"喂。"她完全忘记答应了联络爸爸。

玉锦一改常态，在电话那头沉默片刻，过了几分钟，才艰难地挤出一句话："你是不是很久没打电话给你妈了？"

诺拉点头，说："大概有半个月了。"她常年查案，公事繁忙，常常疏于联系亲人，玉锦常常提醒。

"你妈的头痛好像没怎么好转，你有空打她电话，免得她胡思乱想加剧病情。"玉锦说话也不含糊，免得诺拉敷衍。

"好。"她承诺一般有效。

"那我挂电话了，改日约你和埃德蒙叔叔吃饭。"玉锦讲完，挂了电话。他准备逼埃德蒙站在自己这边，她女儿面对的可是世界上最穷凶极恶的匪徒，企图用绯闻绑架案件的调查。

诺拉发呆，这才想起父母最记挂的是她的终身大事。她妈妈每次跟她通电话，除了聊她的未来男友，就是抱怨自己头痛。玉锦每次通电话，不是游说她辞职就是商讨怎么支持她创业。

她妈妈不像玉锦，说话句句埋伏，只想她辞职。不过诺拉不知道，爸爸玉锦的话大部分来自妈妈的授意。

她看看时间，现在那边是下午4点左右，她妈妈大概已经下班。诺拉决定打个电话给她报个平安。

E国兰敦大学。

俞敏坐在医疗办公室里，翻看一本最新出版的关于生物心理学的书。她身穿白色大褂，脸上几乎看不出化妆。偌大的办公室只剩下她一个人，她翻看完今日的阅读任务，伸了个懒腰，踱到窗边位置。巨大的窗玻璃给整个房间带来充足的光线，下午的阳光温柔不刺眼，斜斜探照周围的景物，绿油油的草坪镀上了一层金色，乍一看去，分不清是早晨还是下午。她看了看手表，已经超过下班时间30分钟。

俞敏脱下白色大褂，收拾包包，准备离开办公室。她刚关上办公室的门，"嗡嗡嗡……"，包里传来一阵手机振动的声音，她掏出手机，来电显示"诺拉"，她心头一阵狂喜，故作镇定地清了清喉咙，接通电话："喂，诺拉。"

"嗯……"诺拉在电话那头犹豫了一下，问："妈妈下班了吗？"

"妈妈正前往停车场，约了人吃晚饭。"俞敏撩了一下长发，几乎有点风情万种的味道。小时候粗心大意的妈妈，早已消失得无影无踪。二十多年来，没有婚姻脸红脖子粗的吵架，俞敏活得滋滋润润，全身上下散发着女人气息。

"嗯……"诺拉犹豫，脑海里出现妈妈拨了拨长发，半带抱怨的可怜表情，"最近身体怎么样，头痛吗？"

俞敏按了按太阳穴，果然开始抱怨："没什么起色，医疗室的同事开的处方可能见效太慢，没办法，E国的天气太潮湿了。"

没等诺拉回答，俞敏抢先问了一句："你爸说你有男朋友了。什么时候和他一起过来E国看看妈妈？"

"嗯……"诺拉有点头痛，搓了搓眉头，带着倦意："没有，可能是爸爸误会了。有的话第一时间通知妈妈。"

"哦……"俞敏掩饰着内心小小的失望。她一手拿着手机，一手掏出车钥匙，打开车门，坐进驾驶室，发动了车子。

诺拉听到车子发动的声音，说："妈妈，你先去晚餐，我下次再打电话给你。拜拜。"说完，她挂掉电话，长舒一口气，生怕妈妈来一番迂回曲折的技巧问话，审查她24小时生活圈，直到套出可能藏匿的对象。

"没关系。"妈妈自言自语了一句，也是，那个富家公子够她女儿烦了。尽管中伤诺拉的帖子只存在了一小时旋即被删除，还是令玉锦暴跳如雷。

○ 第九章   +

半岛酒店。

"嘟嘟嘟……"放在床上的手机响起来。李振儒正在洗手间淋浴，听不见手机的铃声。手机持续响了一段时间，停了下来，手机屏幕显示4点，正是半岛酒店下午茶的时间。

温水从李振儒头顶洒下来，李振儒用双手抹开覆盖着眼睛的泡沫，仰着头，任水淋洒在自己的脸部。玉锦，"幸运"珠宝执行总裁，大型珠宝连锁企业的老板，家族式管理，低调，公司并没有上市。玉督察和他一样，含着金汤匙出生。热水哗哗在他身上流淌，不知过了多久，他扭停了水，披上浴巾走出洗手间。

手机再次固执地响起来，是唐懿，李振儒坐在床边，头发滴着水，他拿起手机："喂。"

中午李振儒打电话跟她推了饭约，下午就传出警察搜查李振儒豪宅的消息，她心急火燎地打来电话，急着跟他见面。

"你现在在哪里？有没有空？我带彤彤和晓晓过来见你。"唐懿的口吻不容他拒绝。

"你等等，我先接另外一个电话。"李振儒说着，接听另一个同时打来的电话，"喂，嗯，好。"电话那头挂了机。

"你现在过来，我在半岛酒店，下午有空。7点要回家吃饭。"他说完，等唐懿在那头应了一声，挂了电话。

4点半的半岛酒店，过来享受下午茶的人络绎不绝，一楼大堂坐满了人。李振儒先行点了几份点心，他中午的时候预约了4点半左右的下午茶。周遭不停有吃客投来好奇的眼光，窃窃私语着，认出正是最近是非缠身的方馥案涉案人士，李家二公子李振儒。他自杀的明星女友，转售的半山109号，暂住的半岛酒店1902号，加上新鲜出炉的警方搜查以及半真半假的美女督察绯闻，在舆论圈一浪接一浪，冲击着海港人的三观。

他一身名牌西装，边喝茶边看着手腕上的卡地亚手表，目光淡漠，扫过周围的人群，似乎毫不关己。窃窃私语便少了些，逐渐若有若无。

半小时后，唐懿的身影出现在大堂门口，左右牵着一双子女。她的目光在大堂里搜寻，旁边的服务生礼貌地问："女士，请问有没有预留茶位？"

唐懿点了点头，礼貌地说："李振儒先生预订的茶位。"

"这里。"李振儒挥手打了声招呼，见并没有引起唐懿的注意，于是起身向大堂门口走去。

"妈妈，爸爸在这边。"彤彤扯了扯妈妈的手。

唐懿扭头一看，李振儒一身西服，风度翩翩，还未走近就向彤彤晓晓半蹲下来张开了手臂。他满脸笑容，丝毫看不出被警方搜查的烦恼。她怔了怔，两个小朋友已经松开她的手向李振儒跑去。李振儒一手抱着一个，站起来亲了亲他们的脸蛋，又把晓晓放了下来，一手抱着彤彤，一手牵着晓晓，向茶座走去。晓晓一边走一边回头跟妈妈招手，"妈妈快来！"彤彤抱着李振儒的脖子，催促唐懿，自然憨厚。

这一幕引起的骚动不小，不少人哗然，李家二公子这一波正能量，无声指控着网络舆论的无耻攻击。只见前妻唐懿一脸戒备，将信将疑地看着前夫，似乎不能相信处于舆论风眼的李振儒。

四个人坐下来，服务生很快送来点心、热茶。两个大人没怎么说话，彤彤晓晓熟练地为红茶加奶加糖，拿起提子小松饼，津津有味地吃了起来。刚刚这一家子在过道引起的骚动还在继续，邻座纷纷侧目，小孩的父亲牵涉的命案太轰动，小家伙们品尝美味的样子却天真可爱。

"他俩最近表现怎样？"李振儒看一眼唐懿，喝了一口茶，又亲了一下女儿，旁若无人。

"还好。"唐懿回答，周遭人声鼎沸，快淹没她的声音，夹杂着方馥字眼。有爸爸陪伴的两个小家伙开心不已，并未留意自己成为众人目光的焦点。彤彤时不时搂一下他的脖子，晓晓吃完一块提子松饼，又拿起一块杧果蛋挞放到唐懿的碟子上。

食物香甜的熟悉气味引诱着唐懿的味蕾，她脸上的表情却并未因此而松懈，乖巧的子女却让李振儒的眼神多了几分温度，在旁人看来一家人其乐融融，似乎风声雨声让这个家庭联系得更紧密。邻座有人愤愤离去，也有人目光转为艳羡。

唐懿敏感地看着他们离去的身影，低气压让她如坐针毡，比任何一次她独自带小孩出现在公共场合更甚。她脑海里掠过无数条问题，每一条都急欲找到答案。坐在对面的李振儒吃着点心，时不时搂一搂子女，怡然自得。唐懿突然觉得心口好像着了火，一秒的时间，火势以迅雷不及掩耳之势席卷全身，让胸口闷得透不过气来，她竭力抑制着颤抖，喝了一口茶，轻轻按揉太阳穴。

"我明天去外地。"李振儒没有觉察她的异常，说："你照顾好彤彤晓晓。"唐懿点点头，半晌，终于忍不住："最近恒信股价好像振荡有些大。"

她说话音量不大，却引得半岛茶座内过半食客竖起耳朵。她还是像以前一样，鲁莽，不能忍耐。李振儒嘴角的笑容未消失，喝了一口茶，说："公司集团最近有项目，可能有外围影响。你照顾好彤彤晓晓，其他不该你管的不要忧心。"他声音轻柔，一边说一边轻拍着两兄妹。

"方馥的事情呢？"她有些固执，音量并没有加大，旁观者马上明白她一直身处局外。李振儒完全抿紧了嘴唇，片刻，才慢慢说："我当时在E国，不清楚。你多虑了。"这熟悉的口气让唐懿闭上了嘴。过去那段失败的婚姻，不乏他这种高高在上的姿态对话。

彤彤晓晓好奇地看着两人之间的沉默，两人低头耳语了一阵，便挪来唐懿身边，一人贴着一边，亲了唐懿一下。茶座桌子并不大，两人伸着手拿起杯子继续喝茶吃点心，彤彤自然而然地把一块烟熏三文鱼三明治放到唐懿的碟子上，又亲了一下唐懿。

李振儒对两兄妹的反应似已习惯为常。周围的人声似乎安静了下来，李振儒觉得背后似乎有目光在自己身上打算挖出个洞来。他不自然地喝了口茶，清清喉咙说："我等会儿要回老宅，你们今晚在不在这里吃饭？我帮你预订28楼的晚餐，入我房间账单。"见唐懿不应，他推开座椅，过来彤彤身边，抱着她说："彤彤乖，爸爸现在没有空，你跟妈妈慢慢吃，今晚去28楼吃晚餐，爸爸下次再陪你。"彤彤听他说完，无声地做了个拜拜的手势。李振儒又绕到晓晓身边，拍拍他的肩膀，没有跟唐懿说再见，转身离去。

　　唐懿坐在那里，动也不动。身后的李振儒边走边跟旁边一个服务生打招呼："入我房间账单。"唐懿没有回头，火苗在听到他漫不经心地安排晚餐时拔高了好几寸，简直七窍生烟——金钱在这位前夫眼中依然万能，可以买到任何东西，包括幸福。

　　两个子女已经吃得半饱，正捧着茶慢慢地喝，晓晓时不时瞟向妈妈一眼，研究她的脸。唐懿察觉到他探究的目光，脸色缓和了下来，拍拍他肩膀，低头附到他俩耳边："爸爸有事要忙先走一步。"两人听话地点点头，彤彤做了个再见的手势，表示自己已经有礼貌地道别，唐懿吻了吻一下彤彤的额头。周遭并没有投来异样的目光，她的听觉变得尤其敏感，却再没听到关于前夫的议论。

　　晓晓从唐懿随身带的包里拿出积木，又拿出一本童话书递给彤彤，两人年龄不过十岁左右，稚气的脸，偶尔老声老气地相互说教，并没有在意爸爸的提前离去，唐懿内心的怒火很快熄灭了。显然半岛茶座并不是适合谈论事情的地方，李振儒避而不答本来无可厚非，只是他令亲人子女承受重压，却自在地享受着她一手守护的家庭温暖，理所当然得令人恼火。

　　"咔嚓。"不知谁在拍照，唐懿警觉地看向声音的来源。一个陌生男人迅速地收起手机，似乎只是对刚刚的一幕好奇。他神色自若，坐正身体，又喝了口茶，留意到唐懿一直注视的目光，低声和坐在对面的女伴说了几句话，两人收拾随身物品，起身埋单离去。唐懿的目光跟随两人，他们耳鬓厮磨着离去，不像跟踪。

　　警方跟踪调查她的消息想必已长了翅膀。未知的真相，四面八方而来的嘲讽，她竭力维持正常生活的同时，愤怒于清白无辜却被卷入事件而不自知，更不能自证，公开场合的露面，成为她对抗传闻的重要手段。

　　唐懿拿出手机翻了翻通讯录，她自结婚以后，一直很少联系家人，离婚以后，联系更少。婚姻中的摩擦争吵，不停在男方女方各自家庭之间刻画出一条界线，渐渐分明。唐懿一个个地看着通讯录里家人的名字，以前，她常被要求站队夫家，久而久之，和自己的家人越来越疏远。

　　"我们约舅舅出来，今晚一起晚餐。"唐懿亲了亲两人，告诉他们。两人只见过舅舅几次面，点点头，没有雀跃。

　　半岛酒店Felix餐厅。

程高很少来半岛——贵，就一个字。此时正是晚上7点，时间还早，A国酒吧只有他一个人。程高坐在吧台边上，手里拿着一杯单一麦芽威士忌小酌着。冷冽的酒裹着香气和浓郁的风味从喉咙滑下，留下一阵热辣。他摇着酒杯，冰块碰着酒杯，发出叮叮的声音，眼前的罗托利亚港和玖龙的璀璨繁星一览无余，悦目赏心。酒吧旁边是餐厅，几乎满座，他独自喝酒，不在意偶尔投来的好奇目光。

唐懿和彤彤晓晓坐在靠窗的位置，等唐沐。她出生于普通家庭，父母一共养育了三兄妹，她排行第二，哥哥唐沐，弟弟唐骏。随着唐沐唐骏先后结婚，父母忙于照顾他们子女的时间越来越长，加上李家朱门和唐家木门之间礼仪风俗讲究的分歧，唐懿与家人的联系越来越少。

7点45分，周围的食客已经就餐，两个小家伙在下午茶时间吃了不少点心，还不饿，拿着唐懿的手机拍照。唐懿看着椅子上的面孔，无意识地转着一个锁匙圈。距离上一次见面，她两个子女又长高了一些。她大概有多久没有见过唐沐了？他和弟弟父母是否受新闻传言影响？

8点。唐沐准时出现在Felix餐厅。他身穿黑色西服、白色衬衫，完全是职场精英的形象。他一眼便看到坐在窗边的妹妹，以及两个正趴在巨大观景窗前的外甥和外甥女。唐懿见到他，抬手打招呼，提醒两个子女回座。

"Hi，晓晓。"晓晓与舅父邻座，唐沐把手放在他脑后，和久未见面的晓晓来个碰鼻礼。

"舅舅好。"晓晓彤彤一起回答。"彤彤又可爱了很多。"他笑着，弯腰用手碰碰彤彤的脸颊，坐了下来。

唐懿看着唐沐，他的短发稍微处理过，看起来精神焕发。

"哥，"她打了声招呼，"先点餐。"

唐沐点点头，打开餐牌。Felix餐厅的食谱他已经熟稔于心，很快就点好餐，交给服务生。

陆续有客人来酒吧喝酒，三两好友碰杯低语，程高喝了一口酒，他只能喝一杯，程高突然有种借酒消愁的错觉。跟踪了唐懿几天，这是她第一次联系家人。警方中午搜查李家，下午他就高调约前妻半岛下午茶，诺拉他们可能被气得不轻。唐沐身份清白，职场精英，兄妹两人几年来很少见面。看样子，可能唐懿开始紧张了。

她不在娱乐圈。过去三年，她除了与方馥正面冲突过一次，再无冒犯。一次足矣。方馥的经纪人说不清，究竟是舆论在两个女人之间挑拨是非，生出两人的仇怨；还是唐懿嫉妒，先入为主，伤害方馥。

三个女人一台戏。唐懿的子女小小年纪，在公众场合表现得天真无邪，得体识礼，即使如此，旁人如果有心曲解，便怎么看怎么是唐懿刻意做作带子女唱戏，哪里愿意花费一点半点时间了解两个女人的恩怨事实。

她今日当面质问李振儒，大抵与当年当面与方馥冲突的情形相去不远。方馥自杀，让她们之间唯一的一次冲突升级为谋杀的可能动机或导火线，恐怕唐懿的肠子已经悔青了。

"哥，"唐懿切着鹅肝，问，"妈咪最近怎样？"

"还好。他们都非常关心晓晓彤彤，叫你有空多带他俩回去。"唐沐说完，朝彤彤做了个鬼脸，捏捏她脸蛋，说："外婆很想念彤彤，彤彤有空多陪妈妈去看外婆。"

两个小家伙点点头，稚声稚气，"我们也很想念外婆。"

"孩子的爸爸，"唐沐看着他俩，小心翼翼地说，"最近还好吧？"

唐懿顿了顿，放下刀叉，拿起杯子喝了口水，又放下，不知如何回答。

两个小孩好奇地看着唐懿，晓晓接过话题说，"舅舅，妈妈和爸爸和我们喝下午茶。"唐沐摸了摸他的头，有些宽心，说："晓晓好乖，舅舅跟你们爸爸妈妈一样疼你们。"

晚餐的剩余时间在两个成年人之间的沉默中逝去，唐沐偶尔会问一下两个小孩的功课和学校生活，不再提李振儒，然而即使只有刀叉和餐盘的碰触声，她还是觉得安慰。

一家人很快吃完晚餐，准备离去。唐懿拿出手机，拨通电话，"喂，坚叔，麻烦在一楼等我们。"她收起手机，留意到唐沐在看着自己，显然刚刚的对话他也听到了。

"小懿，如果有什么麻烦，记得打电话回家。爸爸妈妈都担心你。"他看着自己的妹妹，眼神有点担忧。这段时间，关于李家的新闻闹得沸沸扬扬，他们的妈妈爸爸已经烦得不想带孙子女去散步。

"嗯。"她点点头，眼眶突然有点湿润，转头向两个小孩说，"晓晓彤彤，我们回去了。"

一行四人来到电梯前，服务生为他们按了电梯。唐懿抱着彤彤，让她跟服务生说了声谢谢。一个青年人站在后面，和他们一起等着电梯。

"叮。"电梯门应声而开，几个人走了进去。唐懿无意看了一眼青年人，比唐沐高一些，年龄不相上下，一副休闲装束。她似乎在哪里见过这个青年人，却想不起来。

坚叔在一楼，等着他们出来。"坚叔！"两个小孩一见到他就兴奋地喊了声，抢先向他跑去。唐懿朝自己大哥笑笑，有些尴尬。唐沐拍拍她的肩，说："爸爸妈妈很记挂他们，有时间就打电话给他们。"他并不看好妹妹的这段婚姻，然而妹妹还是不顾他的反对嫁给了李振儒。

程高从他们身边走过，并不担心唐懿认出自己。这个女人的社交圈简单得如清水一般。这段时间可能为了避风头，都不肯和朋友碰面，和家人来往也稀疏。半岛酒店不乏名流出入，唐懿清清静静地坐在家人身边用餐，一副心无旁骛的样子，旁人完全无法想象出她与方馥之间的明争暗斗。

大屿湾。

"弟弟，"李振逸喝了一口红酒，考虑着如何跟他商量，"今日是怎么回事？"

"他们认为我涉嫌用高频科技骚扰方馥，逼她自杀。"李振儒轻描淡写地说着，自杀两字听起来几乎如呢喃，想着下午他们在家里一无所获的受挫模样，挺令人愉快。

李振逸皱皱眉，不满地说："方馥自杀才过去不到十天，她的粉丝群庞大，继续闹事会影响公司的股价。"他对方馥算不上好感，然而弟弟满不在乎的口气却令他不安。

"他们找不到证据，而且，舆论未必全站在警方这边。"他在李振逸面前很少有这种自信，娱乐圈式的绯闻传播让他有几分可以掌控舆论的安全感。而且，恒信集团的项目有政府支持。

"爸爸让我们吃完晚饭过去书房，他有事跟我们商量。"李翰瑞有事要跟他们宣布，确切地说，他们有事要跟李振儒说。

书房内，李翰瑞正坐在茶几旁喝茶，茶几上放着一副围棋盘，儿子在家的时候，他偶尔会和他们来几局。

李翰瑞把黑白两子各放到两个儿子面前。

李振儒从小不喜欢围棋，加上耐性不足，开局不久，已露败象。

"振儒，你这粒白子放错位置了。"李翰瑞忍不住提醒。

李振逸捻起一粒黑子，停在半空，等父亲把话说完。

"你做事急躁，缺乏己见，即使屡屡犯错还是不能磨炼自己清晰的思维。"李翰瑞的训语如同他过去评论这个儿子的房地产生意。

李振儒集中精神，把黑白两边的布子情况观察了一遍，依然看不出这一步错在哪里。

"你爸爸已经老了，这几年百货生意的盈利不比以前，面对新的竞争对手常常觉得有心无力，爸爸和公司的董事局开过会，大家同意是时候让你哥李振逸接掌恒信集团了。"李翰瑞说得不紧不慢，说完拿起紫砂杯喝了一口茶，并没有看向小儿子。

李振儒没有作声，神情不变，捏着白子的两指却微微颤抖了一下。他不知道恒信董事局什么时候做的决定。李翰瑞在棋局旁端坐着，威严不减。从侧面看过去，他爸爸的头发已经全白，然而养生得宜，脸色红润，岁月并没有在他脸上留下多少沧桑。普洱茶的清香袅袅缭绕，杯中茶色清亮，入口甘醇，这是他从外地带回来孝敬父母的顶级普洱，李翰瑞非常喜欢。李翰瑞十几年来几乎把恒信之外的精力全放在支持小儿子的事业上，公开场合提到家人，总随口一句"我早年常年在外地，现在有时间多陪陪儿子"，他生意场上作风果敢，论及子女却语气温和，似乎亏欠的感觉，李振儒自然满心欢喜，加上哥哥李振逸极少在弟弟和爸爸面前提起自己的生意，他理所当然地把自己当成爸爸的重心。

书房一时沉默。

"弟弟，爸爸让我跟你商量件事，"李振逸搓了搓眉心，接过话说，"恒信的百货生意几年来被电商冲击，营业额逐年下降。我们恒信有意开发一个虚拟的百货平台，多一个渠道链接商场和客户。"他说完，停了片刻，等着李振儒反应。

也就是说，从今日开始，他哥哥李振逸将正式成为家里和公司瞩目的焦点。

李振儒酝酿了半晌，还是不出声。他一向喜欢爸爸和哥哥，然而一股熟悉的情绪慢慢在胸口集结，少年李振儒每每看着爸爸疼爱妹妹李怡君，总有这种酸意在心口滴溜溜地转，挥之不走，不受控制。一股恼怒从心底升起，他深呼吸了一下，还是不知说什么。他一直知道，大哥为人处世让爸爸很放心，让他接掌集团于情于理名正言顺，然而祝贺二字似乎哽在喉咙，让他作声不得。

"我明日要去外地出差，如果大哥有什么要帮忙的尽管出声。"李振儒竭力以得体的语气说出来，他的事业全部是爸爸出资支持，创业过程无惊无险，反观李振逸，就算暗里咬紧牙关苦撑，也是一副云淡风轻的模样，没有向爸爸寻求帮助。他这个弟弟似乎已失去嫉妒的资本。

"正好，你回外地的时候让公司筹备一下，先写份详尽的计划书，恒信准备和你公司合作。"李振逸释然道，他自己的公司同样专注于高科技开发，然而他和爸爸均决定使用弟弟的公司团队，只等董事局通过计划书。

这个提议始料未及，李振儒刚刚的泛酸情绪还来不及消化，提议带来的新的公司前景已在喜悦中形成了大概的蓝图。

"对了，房屋中介有没有打过电话给你？我们这边有朋友讲你的别墅不知道出了什么问题，有人在房屋中介的软件平台上攻击。看情况，一时半刻都转手不了。"李振逸这番话说得平淡无波，说完不紧不慢喝一口茶，神态和庆功宴上对弟弟漫不经心的提醒如出一辙，"还有唐懿，最近好像舆论对她都不怎么和善。"

海港国际机场。

李振儒一身黑色西服，匆匆登上飞往申海的飞机。飞机很快准点起飞。窗外白云朵朵，李振儒闭着眼睛养神。李振逸昨晚说的话反复在他耳边响起，兄弟俩从小到大相处的情景在脑海里一一掠过，五味杂陈的滋味还在心头，他一向不擅长厘清自己的思维，只是知道，广南之行，势在必得。"你在广南要万事小心。"这是临行前李翰瑞对他的叮嘱。

海港皇家集团。

"吴先生，这是昨天警方去搜查李振儒别墅的报告。"助手把一份文件放在办公桌上。吴轩云推推眼镜，说："我等等再看。"

助手向他鞠躬后转身走出办公室。

吴轩云把手上的文件看完，在文件下方签了名，放在一边。他伸手在额角按揉了一下，拿起刚刚那份报告，浏览了起来。

文件中提及的字眼马上引起他的注意,"高频骚扰?"他马上按了助手的通话键,"喂,你立即联系麻省理工实验室的教授,最好查清楚是否存在高频骚扰的案例。"

他放下电话,接着浏览剩下的内容,有些什么在脑中掠过,他一下没抓住,手却不由自主地再次摁通电话。"喂,"他手指捻着眉心,过了好一会儿才说,"顺便问问,有没有低频可以造成干扰。"

隔空干扰,陷方馥于两难境地,遭人耻笑,手段相当高明。难怪李振儒总是一副自信自得的神态,淡定得似乎方馥从未存在过。

仇恨像毒液一样,从心脏的某个角落分泌,随着跳动,跟着血管流经他的百骸,一阵痉挛让他握紧了拳头。不然,李振儒还有什么方法伤害方馥,安保系统、三个保镖、四个用人,全部听命于吴轩云。方馥不用知道。

昨晚恒信集团传出风声,李振逸将接掌集团,李振儒不参与公司运作,依然独立经营自己的企业。李振儒十几年来被自己父亲扶持,生意却没有像他父亲期望般越做越大,亏他在公众场合还一副沾沾自喜的模样,官司缠身还敢传女督察和他的绯闻。李振逸接掌他父亲的事业,李翰瑞必然全力支持大儿子,吴轩云几乎可以预见,不久的将来,失去优越感的李振儒很快就会原形毕露。

昨天他与前妻半岛亲密聚会的照片被放在桌面,李振儒浅色的眼珠带笑望着两个子女,无视对面唐懿的怒气。吴轩云的手不自觉握成拳,把照片搓成一团,扔进垃圾桶。他第一眼见到李振儒就没有什么好感,然而当时,他与方馥各自有归宿,他并没有往深处探究这位刚离婚的富家公子。

"吴先生。"助手敲门进来。

"怎么样?"吴轩云背靠着座椅,转向了身后的落地大玻璃窗。

助手不以为意,继续汇报:"A国方面传回消息,高频使用在民用设施使用过程中对居民造成影响的多见,然而政府在通过企业方案时已经小心考虑在内。军用方面,与高频相关联的武器为电磁脉冲弹。日常生活中,以自制的简易电子脉冲枪干扰电子设备的运作,不足为奇。"

吴轩云在椅子后面,没有任何反应。助手继续说了下去:"至于低频的武器,最典型的是次声武器,低于20赫兹的次声波,使其与人体发生共振,导致变形,甚至破裂,从而造成损伤以致死亡的高科技武器。次声武器是全球军事研发的新领域,但是还未见战场上有次声武器使用的记录。"

昨天女督察带人搜查李振儒的豪宅，应该是搜寻类似电子脉冲枪的设备。

吴轩云在椅子后面做了个摆手姿势，助手却并没有离开。过了片刻，椅子后面传来吴轩云的声音："传出消息，就说李振儒的前妻近期准备出去工作，有可能是娱乐圈的差事。"

几年前，唐懿因为莫须有的中伤与方馥公开冲突，不惜得罪吴轩云，为前夫长脸。吴轩云很想看看，这位和前夫同样看不起方馥的女人，有怎样的本事，应付声色场合。

海港警局。

"Madam，"方守仁拿着一杯拿铁来到诺拉旁边，说："Tony报告说吴轩云已经联络A国方面查高频和低频的伤害案例。还有，有人在某款房屋中介App上攻击李振儒的豪宅，查不到是谁在幕后指使。"

"可能是吴轩云?"诺拉直觉这个男人会采取报复手段。

"还有，李翰瑞准备让长子李振逸接掌恒信集团，现在在筹备，估计几天后就会召开新闻发布会。今日李振儒已出发去广南。"他喝了一口杯中的拿铁，李家今年很多戏，李振逸撑场，可能李家股价更稳说不定，他难免嘲讽。

"卫一凡呢?"诺拉问。上次申海之行，警方一无所获，还有打草惊蛇之虞。李家一开始施压，始于舆论对股价的影响，警方一次次行动而无所获，李家派人散播谣言中伤以报复自己，不是那么难明白。

"李振儒此行的目的地是广南阳城。陪他同行的还有总经理姜穆和另外两名天地公司的高级技术开发工程师。他到时要约见的政府官员是阳城市教育局局长虞夏。卫一凡已经出发，直奔阳城。估计李振儒在今天下午左右到达阳城，约了今晚的饭局。"

"联系阳城方面的公安局，海港警方请求他们配合调查。"诺拉吩咐道。方守仁正准备打电话，诺拉又问："李振儒什么项目接触政府官员查清楚了吗?"

"听说他们公司开发了一款面向学校教育系统的软件，正式向政府官员推介，这是申海公安发过来的消息。"方守仁边说边按电话号码，广南话不难沟通。张虎真不错，卫一凡申海之行不是无功而返。

"真不怕别人传贿赂官员。"诺拉想起社交媒体上传的绯闻，不禁莞尔，她们警方才有实力用官方新闻让公众谈论"是非",昨晚的郁结此时终于完全消散。

傲旋居。

"太太。"罗姨把手放在围裙上搓了搓,来到唐懿旁边。

"什么事,他们呢?"唐懿问。

"在房间里写作业。"罗姨照顾小孩处处照应周到,几乎不用唐懿担忧提醒。

罗姨犹豫着,不知应该怎样把今早的传闻描述给女主人。

"怎么了?"唐懿放下手中的育儿书,罗姨欲言又止的模样和上次在保姆车里说话时一模一样,唐懿不禁打了个寒战。昨晚和唐睿见面回来,打了一通电话给许久没见面的父母,两人闪烁其词的模样让唐懿心下歉疚。方馥一案影响过大,尽管她已经想方设法远离流言是非,暂时保住宁静的生活,然而各种八卦想必也对父母的生活造成了骚扰。这种惶恐不安的忧虑,悄悄地蚕食她的平和心态,潜意识里不断质疑前夫李振儒不在场证据的可靠性。未知的未来仿佛突然危机四伏,让赤手空拳以对的唐懿多了焦躁。

"今早菜市有人传李先生的豪宅由于他请的风水先生摆阵不当,导致人财两失,不仅女友自杀,在外地和E国的生意也不太顺畅……"罗姨一面说,一面观察唐懿的脸色,半关心半试探着传言的真假。

唐懿昨日刚和李振儒见面,李振儒对李家的生意相当有信心。刚刚那番传闻实属无稽,比攻击她克夫,导致前夫生意遭受损失更可笑。

"他们太八卦了吧。我昨天才跟李振儒见面,大家都安好,没什么变化。而且,恒信的股价也没见因为方馥的案件而跌势不止。"对于李家的经济实力,唐懿有十足的信心。

"还有不知怎么传出的风声,说太太准备出去工作,很快就有通告出来。"罗姨小心地选着字眼。

唐懿一直在家,没有约见任何经纪谈工作。"谁说的?"唐懿皱眉问,隐隐觉得不安。

"不知道。我今早买菜的时候有两个师奶站在旁边,一个问对方是否看过昨晚的娱乐新闻,另一个就提起唐懿,也就是太太您,接了一个E国红茶的广告……"罗姨想起唐懿和两个子女昨天在半岛酒店消磨了大半天时间,说话声音越来越小,有些为难。

记忆中那张脸谱画得并不复杂，只是细长的眼睛，黄色的眼珠，黑色的瞳孔，清澈中透着彻骨的寒意，像要把唐懿的灵魂吸附进去。恐惧悄然攥住她的心神，她闭了闭眼睛，直觉告诉她，这只是开始。她已经离婚，很少和家人朋友联系，没有任何实力雄厚的靠山，未来像黑暗中矗立的巨大阴影，看不清轮廓，她孤零零地仰望着，无知又恐惧。

广南阳城。

阳城的夜晚华灯璀璨，工作了一天的饮食男女如潮水般涌向各式各样的餐饮娱乐场所，大道上人来车往川流不息，熙熙攘攘。南方的夜微凉，带一点季节性的干燥。

8点半。好酒好菜研发工作室，阳城美食节鼎鼎有名的精细私房菜餐厅。

李振儒提前预订了房间，一行五人提前来到，等候虞局长。李振儒为此行做了充分的准备，除了姜穆陪同，还有公司的两个高级技术工程师，以及一名贴身助理。他们的广南行程比较满，今晚约见虞局长，明日参加广南省中小学校园教育助学软件的竞标。天地公司推出的竞标软件名为助学星，与其他十多家公司竞争。

"小崔，虞世伯快到了，你到楼下接他们。"李振儒看看手表，吩咐助理崔白。

"是。"助理向他微一鞠躬，打开房门出去。李翰瑞以前在广南做生意时结识了在教育系统的虞夏，当时只是阳城某中学的一个老师。

这份交情一直到现在，虞夏有时出差到海港，李翰瑞会私下约他吃饭，双方一直保持好朋友的关系。李家的长子李振逸和二儿子李振儒也因为父亲的关系和他熟络，称之为虞世伯。此次投标，由广南省教育厅主办，委托第三方代理机构招标竞标，由公证处公证竞投活动。虞夏作为阳城市教育局局长并不参与这个项目的任何事项。

尽管作为乙方的李振儒和作为甲方的省教育厅不存在任何利益攸关的避嫌风险，然而虞夏作为阳城市教育局局长，与教育领域密不可分，李振儒此举被有心人认为以借私人聚旧之名，行贿赂之实。

李振儒的天地公司十几年来开发了不少软件，除面向普通市场，更注重和官方的合作。此次推出的助学星软件，之前已经和申海的小学合作成功，因而李振儒无惧于流言，在竞标活动前夕邀请相熟的世伯聚会，了解市场情况。

门被打开了，崔白侧身做了个请的姿势，说："虞局里面请。"

身后的虞局长一身便服，朝他点了一下头，走进了房间。

"虞世伯，好久不见。"李振儒一边向他伸出右手，一边用左手拍拍他的肩膀。"世侄，好久不见。"虞局长双手握住他的右手，热情而有力。

一只仿蜻蜓微型飞行器悄无声息地飞到了窗边，细长的身上安装了针孔摄像头，悄然地记录着厢房里发生的一切。

李振儒领着虞局长坐了下来。虞局长环顾了一下房间，欧式装修风格，以质朴的原始感打造低调的奢华，情不自禁地赞叹："这里环境不错，世侄品位不错。"他五十多岁，脸色红润，小腹微凸，头顶有些早秃，说话语气随和，穿着便服根本看不出是官场人物。

房间里另外四个人还站在旁边，虞局长朝他们打招呼，"别光站着，你们也坐。"四个人闻言依次找了位置坐下来。

"虞世伯过奖了。"李振儒亲自为他倒了一杯普洱茶。

"你爸爸最近还好吧？他今年好像也七十了。"虞局长看着他小心翼翼地注满杯，食指轻轻在茶杯前点了点，口气透着关心。李翰瑞凭本事在赚取盈利的同时免于与自己来往之人被陷害，虞夏相当感激。如今李翰瑞作为一名成功的商业领袖活跃于名流社交界，身份地位不可同日而言，对过去结下的缘分却越发珍惜，虞夏更是欣赏。

"还好。跟您一样，还是经常喝普洱茶。最近他准备退休了。"李振儒恭敬地回答。

"你看，转眼你也儿女双全了，你爸爸到了这个年龄功成身退，颐养天年，真是让人嫉妒。"虞局长闻了闻茶的清香，喝了一口，半带玩笑地羡慕。

"虞叔见笑了。顾阿姨近来还好吗？"李振儒得体地回之一笑，不再是一副冷漠高傲的神态。

"她一直就是那个样，什么大事小事都关她事，事事上心，她儿子喊她多点运动，别那么唠叨。"虞局长说起老伴，几十年不变的拉家常口气，老夫老妻吵吵闹闹的日子和李振儒的父母相差无几。在座的几个人笑了起来，不自觉地放松了些。

"对了，这几位是你的朋友？怎么不介绍介绍给虞叔叔。"虞局长岔开了话题。

"我们公司几个人一起过来。这位是总经理姜穆，这两位分别是高级技术工程师许文和韩俊。这位是我们的助理崔白。"李振儒一一介绍，几个人应声走过来，虞夏忙不迭站起来，和他们握手，"哎哟，都是青年才俊，大有可为。"他一边握手一边赞叹，轻松而客气，四个人和他打着招呼，房间气氛活跃了起来。

"你看，你的得力助手个个生龙活虎的，你反而消瘦憔悴。你女朋友的案件传得沸沸扬扬，我跟你顾阿姨都看了她的追悼仪式，都为你难过。"虞夏虽然甚少看娱乐新闻，但是方馥名气太大，这件案子闹得沸沸扬扬，他老伴和其他朋友常常在他面前谈论。

"这段时间长辈们都为我烦忧记挂，虞叔有心了。"李振儒细心地为虞局长再添满茶水。这是方馥出事以来李振儒的第一位熟人朋友问起。近十多天以来，方馥似乎是他家的一个禁忌，李翰瑞和李振逸只提醒他留神方馥的粉丝，只字不提方馥的自杀。

"申海那边有人告诉我们，你在申海的天地公司也因此被调查，这事闹得真大。"虞局长拿着骨瓷茶杯放到唇边，精细的雕花茶杯冒出轻烟，沁人心脾。关于这件案子的各种说法甚嚣尘上，李振儒的天地公司此前被查，明日要参加竞标，正是敏感时期，虞夏焉能不知？如果处理不当，必然招人话柄，为各自惹来麻烦。

虞夏话里有话，李振儒哪里听不明白——聚旧只是聚旧，无他，叔伯世侄之间说说烦心事而已。他掌心有些冒汗，紧张起来。

"海港警方正在查。申海警方应海港警方的要求查我们的税收。天地公司自建立以来，一直依法运营，没有任何违法行为。虞世伯不用记挂忧虑。"他解释，向他保证，"警方并没有为难我们公司，我们天地公司负责开发的软件一向迎合客户需要，比较受学校欢迎。像这次参与广南省教育厅举办的招标项目，有申海小学试用三年的成功经验，这也是我们明天竞标的信心来源。"他为虞夏续了一杯茶，向崔助理使了个眼色，示意他去交代服务生上菜。

"嗯。"虞夏喝了一口茶，没有再提。他过来之前，阳城市公安局已经有人知会他，海港警方在密切留意李振儒在外地的活动。他老婆在他出门之前不停唠叨，既担心老伴惹上麻烦，又不好推却老交情。

服务生很快过来上菜。先上暖胃汤，接着是香草煎鱼、海港九肚鱼、脆皮婆参、牛油果官燕……好酒好菜的佳肴以精致出名，每道菜式以精确到秒的科学方式烹调，精心炮制出食物的精华成分，小小的分量，却充分勾引味蕾，令人食指大动。

虞夏平时出席各种会议活动，天南地北的山珍海味，品尝得七七八八，难免滋腻，加上有些场合喝酒应酬，时间长了，胃有些小毛病，日常餐饮极注重清淡，熟悉的朋友宴客都会特别关照他。

李振儒第一次以自己身份宴请长辈，察言观色自然不在话下。在好酒好菜，只供应套餐，所有客人上桌的菜式一模一样，虞夏看着满桌子的荤菜，微微皱了下眉。李振儒见状，朝崔白打了个手势，待崔白附到他耳边，李振儒低声吩咐道，"叫服务生准备燕窝粥。"小崔点头快步走出了厢房。

"虞叔，先品尝这里的暖胃汤，这里的食物出名精细，不会对胃造成负担。"李振儒殷勤地向虞夏推荐。虞夏拿起热毛巾擦了擦手，笑说："平时就你顾阿姨唠叨我这胃，没想到世侄也上心。"他拿起汤匙尝了一口，直说好喝。"你们也动筷吧，大家都是朋友，不必拘谨。"他招呼着说。

崔白很快回来，在李振儒耳边耳语了几句："厨房那边说好酒好菜除套餐外没有其他菜单。"

"好吧。"李振儒拍拍他的手臂，示意他去就餐。

"虞叔如果觉得这里的菜不合口味，下次我们换个地方聚。"李振儒看着虞局一口一口地喝着汤水，精致的小碗很快见了底，贴心地说。

"唔，世侄不用太客气，"虞夏擦了擦嘴，"这汤很好喝。下次让你顾阿姨做几味家常菜，不用在外用餐这么麻烦。"暖胃汤味汁香浓而不腻，虞夏不禁感慨，以前跟李翰瑞聚旧，餐前饭后，缅怀当年的话题没完没了，李振儒即使在座也很少插话。没想到只有世侄跟自己的场合，聊得还不错，挺上心的小伙子。

晚餐在众人的交谈中度过。窗外的仿蜻蜓微型飞行器一动也不动，完全隐匿在夜色中。

晚上10点左右，一行人离开了好酒好菜。虞夏在一楼跟李振儒他们道了别，坐上出租车离去。

李振儒朝他挥挥手，目送他离去。一行人并没有引起饭店其他人的瞩目。干燥的夜风吹在他脸上，阵阵凉意，夏天已过，初秋时节，虞夏在饭局中没有讨论明日的竞投会，没有做出任何表示。

看来他真的不喜欢麻烦，暖胃汤之后，只吃了牛油果燕窝。

次日，早上8点。阳城珠江国际纺织城，广南省教育厅中小学教育平台软件招标投标会。

李振儒早早带着公司的几个随行人员来到会场，会场设在珠江国际纺织城六楼，竞投会将在9点钟开始。李振儒一贯的眼神冷漠，只是眼下的青黑眼圈显得人不够精神。昨晚回到下榻酒店后，他们几个人并没有早早休息，而是研究今日中标的概率。

尽管他公司有与官方合作的成功经验，然而与来时不同，昨晚一顿饭局，令李振儒的信心打了折扣——整个晚上，虞夏的焦点似乎放在与方馥有关的调查上，这似乎暗示他的公司的资质名誉存在着某种程度的损毁。李振儒对此始料不及，他不知道外地这边对这件案子关注度这么高，似乎已经无人不知，无人不晓。大家对他公司先入为主的想法令他担忧。

8点半，其他竞投公司团队已经陆续进场，各自在会场安排的位置就座，可以容纳七百人的场地，很快就满座。李振儒的团队坐在中间偏后的位置，他打量着四周，与会的对手们个个西装革履，每个人坐的椅子后面贴着各自公司的名称。有来自京海的科技公司，有来自申海的公司，实力非同凡响，可以预见竞争非常激烈。李振儒看着他们交头接耳谈笑风生的样子，他不禁手心捏了把汗。

9点整。主办方宣布竞投会开始。公证人在开标仪式前宣读公证书，李振儒紧张地看着工作人员把所有参加竞投的投标书一一拆开，宣布每份投标书的报价及必要内容。最先被开标的是来自阳城的一家科技公司。

只听见工作人员大声念出来：

"阳城智高电子科技公司，投标总报价，二千三百万元整，交付使用期100天，报价完毕。"

李振儒凝神地听着，手指无意识地旋转着手机，手机黑色的屏幕像镜子般映照出他的脸，脸容冷漠，目光清冷。他们天地公司报出的价格并没有多少优势，然而公司实力略胜一筹，并且马上可以交付使用，高下立现。

工作人员一家一家公司开标唱标，直到二十多家竞投公司的报价及技术方案全部公之于众。底下的各方公司团队在开标过程中一直窃窃私语，讨论和对比别人公司的投标书。

姜穆和两个高级技术工程师听着工作人员公布的竞争情况，忍不住讨论。"老板，"唱标仪式临近尾声的时候，姜穆探头过来跟李振儒说，"有五六家公司报价比我们天地有明显优势，而且竞争实力一流。"他言下之意，天地公司夺标并非十拿九稳。以眼前竞争的激烈情形看，他公司随时会因为警方的调查而被质疑竞标资格。

那位卫一凡听从美丽女督察的命令，从海港过来申海。两次针对他个人的调查，看似无功而返，然而做生意的都知道，天地公司和他的颜面损伤了不止一点两点。

全部唱标完毕。主办方要求各公司负责人上去签名。李振儒上去签了名回来就座。他全身名牌，西服的贴身剪裁显得他身型越发挺拔，众多眼睛好奇盯着他的身影。李振儒嘴角紧抿着，眼神扫过一片黑压压的人头，心下猜测，不知道是否有警察混在其中，暗暗观察他的举动。如果他们跟踪他的话——他回忆了一遍昨晚在好酒好菜的情形，上菜的服务生、厨房……似乎没有什么异常。没有异议的自杀，不在场证据，多次调查无果，李振儒想不到警方还有任何侦查他的理由。

接下来是评标时间。秒针嘀嗒嘀嗒地过去，评标的过程缓慢而漫长。专家一边看投标书一边埋首电脑撰写评标报告书，再交给工作人员。

不知不觉，中午1点，李振儒的肚子唱起了空城计，他拿起一瓶矿泉水，一口气喝了一大半，暂时缓解了空腹感，然而一股前所未有的焦虑依然让他紧张不安。掌中的手机保持着关机状态，他无意识地旋转着，虞局、父亲、李振逸的面孔在面前不断浮现，也许，他应该在竞标会开始前打个电话给他们。就要公布中标人，场中评估的专家们已经全部把评标报告交由招标方，他手心捏着汗，看着招标方严肃地阅读和比较，心快要跳出了胸腔。

旁边的姜穆坐直了身子，紧张地盯着会场中央的电子屏幕。

会场中央的超大电子屏幕打出了这次竞投结果：京海天圆地方科技公司，在场的公证人紧接着宣布了这一结果公正有效，结果将会公示三天，其后招标方与中标公司商谈合同事宜。现场响起了掌声和欢呼声，中标的公司成员开心地相拥庆贺。

李振儒站了起来，姜穆拍拍他的肩膀，另外两名工程师和助理站在他身后，他们眼睛有些湿润，毕竟为此准备了很长时间。

"走吧。"李振儒说了一声，几个人随着其他散去的人群涌向电梯出口。

走出珠江国际纺织城，外面阳光猛烈而刺眼，李振儒眨眨眼，眼睛因为疲劳而干疼，秋天的天气干燥得李振儒的嗓子和肚子都在冒火，他似乎哪里都不好了。

🔍 第十章 ＋

海港警局。

"Madam，这是Peter传回来的资料。"方守仁把一段录像发送到诺拉的电脑，诺拉打开画面，开始播放李振儒和虞夏见面聚会的录像。

隐形飞行器潜伏的角度正对着教育局局长虞夏，画面像素清晰，把房间里面所有人物的一举一动、对话清清楚楚地录了下来。

饭局中虞局长态度随和，轻轻松松地拉着家常，随意把握话题的印象令人深刻。李振儒倾心聆听，相当殷勤。

她和方守仁对望了一看，有点吃惊，没想到一向冷漠的李振儒还有如此谦逊的一面。他说话谈吐与平时完全判若两人。

"看起来比他在半岛酒店的家庭茶点聚会，更像一家人。"镜头中的李振儒坐在虞夏旁边，斜对着镜头，笑得和善又得体。诺拉忍不住嘲讽。

"怎么对我们海港这边的官这般不待见？"方守仁愤愤地说，方馥一出事，警局顶头上司就收到李家的"温馨指示"，敦促他们办事迅速点。

"今天上午的竞投会结果怎么样？"诺拉问，她忙着把录像中的说话部分剪切出来，准备放慢速度多听一遍。方守仁看了看手表，10点半，"没那么快，听说要当场宣布中标结果，耗时比较长。"

电脑屏幕上的李振儒皮笑肉不笑，人模人样，肯定是公司实力不足才想走后门开绿灯，只是竟然高傲到临竞投会前夕约饭局还觉得理所当然，不知避嫌。

"李振儒在谈话过程中只提了一次天地公司，而且，看样子，虞夏的反应不符合李振儒的预期。"诺拉摁停，倒播了一遍，视频中李振儒显然对虞夏谈论公司的调查有些敏感，但对自己公司还是相当自信。

"他公司过去十几年来，主要负责软件开发，尤其面向政府的项目开发。公司其他高科技业务所占市场一直稳定。和政府的成功合作经验令他们自觉有把握不少。"高科技公司老板讲话阴阳怪气。

"看他家里摆设的方位阵势，不知阳城之行是不是请人看了时辰，选了吉日吉时才特意请的饭局。"诺拉挑了挑眉，讽刺地说。方守仁第一次听到高冷的上司语出嘲讽，她脸上的表情消失得太快，瞬间恢复了平时冷淡的模样。方守仁跟着诺拉时间长了，总有一种错觉，那张二十多岁的年轻面容下，是四十几岁的资历。她平淡无波、不动声色的说话方式掩饰了年轻人可能有的轻率缺点，冷静而理智。方守仁颔首应和，突然想爆笑，李振儒真是活得不耐烦了，居然对他们的女上司采取绯闻策略。

他转而烦恼，李振儒公司如果不中标，回港后他们侦查小组会面对什么压力。视频播放得清清楚楚，他公司因为海港警方的调查而声誉受损，极可能影响招标方的评估。

"叮"，两人手机同时响了一声，收到卫一凡发过来的照片。两人打开文件，李振儒站在阳城珠江国际纺织城门口，眯着眼睛抬头的样子占满了手机屏幕。照片下面一行字写着："李振儒的天地公司在广南省教育厅举办的竞投会中没有胜出，中标公司为京海天圆地方科技公司。另，我已经搭乘高铁回港。"

海港皇家集团。

"吴先生，这是李振儒此次参与的阳城竞投会的中标情况。"助手恭敬地把文件放在吴轩云的办公桌。

"好，"吴轩云抬起头，把手上的文件合上，"你等等。"他拿起刚刚那份报告书，打开仔细浏览。果然，事情如他所料般发展。李振儒心比天高，又自认为有关系背景，他的天地公司急于借此次竞投会摆脱警方调查的不良影响，遭遇此挫折，不知回港后会采取怎样特别的行动。暂且拭目以待。吴轩云哂然一笑，他在外地有不少生意，李振儒无论是软硬实力，根本不是对手，必败无疑，他等着看李振儒会采取怎样的报复手段。

"广告商那边协商得怎么样？"他问，方馥明眸皓齿的模样在面前挥之不去。如果她还在，这个广告简直是为她贴身定做。

"他们已签了安然，贸贸然跟他们提更换广告女主角，恐怕违约事宜很难谈拢。"助手毫不隐瞒。

"嗯……"吴轩云手指在眉心搓了搓，"跟他们分析换角的必要，钱不是问题。"唐懿不是明星，然而他的经纪公司可以把这个二十七八岁的豪门前妻打造出超级巨星的效应。

助手没有回答，显然有些为难。

吴轩云按下通话键，"喂，叫韩助理过来。"他放下电话，又跟站在面前的助手吩咐了一句："说服到他们愿意换角为止。你先出去吧。"

韩助理敲了两下打开的办公室门，径直走到吴轩云面前："吴先生，有什么吩咐吗?"她二十五岁，身材高挑，长得不漂亮但是耐看，吴轩云的得力助手之一。

"你联络唐懿五年前入行做兼职时的经纪人，让她联系唐懿，问她是否有意向拍一支广告。这是唐懿的资料。"他说完，把台面的另一份文件拿起来，韩助理恭敬地接过。

"知道。"韩助手一向办事干净利落。

"嘟嘟嘟……"唐懿放在茶几上的手机响了起来，她正在房间收拾彤彤晓晓的衣服，明日是传统节假日，她想带他们出去旅行，顺便好好计划一下自己的未来。今年过节唐懿不想回父母家，也不想联络朋友，免得为他们带来压力。

四五岁的童装看起来很小，各种款式各种可爱的图案，穿在身上尤其天真烂漫。她把衣服叠成一摞，放进旁边的行李箱。她似乎已经为子女活了很长时间，她站在衣柜前，有些发呆，目光四下游移。角落那些不合穿的婴儿服已经有些时日，她还没有处理。

唐懿拿起最上面的一件连体服，浅蓝色，胸口一个小小的金色头发小天使。晓晓穿着它躺在婴儿车里蹬着腿，乌黑的眼珠紧紧盯着她，一双小手兴奋挥舞，要妈妈抱的样子，唐懿记得清清楚楚。一眨眼，他已经是个有些小心机的小小男子汉，越来越需要一个有说服力的妈妈。

她扶着额，有点赤痛，可能因为最近失眠。妈妈如果提不起精神，子女也会怠慢功课，养成坏习惯。

昨晚终于忍不住搜索了有关方馥的新闻，列出的词条一大串，其中不乏李振儒与高级女督察的绯闻。李振儒的豪宅被警方搜查的新闻赫然在列，唐懿有些恐慌，她握着鼠标的手有些颤抖，心跳加速，点击了新闻链接。

文章的配图很明显被处理过。漂亮的女督察看着有些眼熟，她站在李振儒半山区的住宅前，李振儒在身后看着她，文章洋洋洒洒，语气暧昧，暗示女警官和李振儒有私情。

"嘟嘟嘟……"客厅传来一阵手机电话铃声，她从发呆中回过神来，边看手表边走出房间。下午3点20分，她要去幼儿园接彤彤晓晓回来。

手机在茶几上震动，屏幕一闪一闪，唐懿拿起手机，未知来电。会不会是恐吓电话？

"喂，"她接通电话，不安地猜测着对方来历。

"喂，是不是唐懿？我是夏以涵，好久没联络了。"电话那端传来一个熟悉的声音。

夏以涵？她脑海里出现一副面孔，那是她大学期间负责和她洽谈兼职拍戏的娱乐公司经纪人，已经有五年没有联系。夏以涵比她年长几岁，处事细心体贴，李振儒和她传出恋情时，面对恶意舆论攻击，夏以涵给过她善意的支持，是她的圈内朋友。

"嗯，好久不见。"唐懿有些犹豫，揣测着以涵的来电意图。时日敏感，她是圈外人，与圈内人来往恐怕招来更多流言蜚语，对晓晓彤彤不利。

夏以涵似乎未留意到她口气的异常，轻快地说："最近怎么样？有空出来喝一杯？"

"还好，只不过忙着带子女，他们都在幼儿园，参加很多兴趣班，我都快吃不消了。"坚叔负责接送他们，省去唐懿很多工夫，然而很多时候唐懿还是亲力亲为，还有回到家一大堆功课等着监护人监督签名。

"家里有人帮忙吗？不然两个子女也忙得够呛的。"夏以涵也是妈妈，拉起家常一点也不见外。

"有司机保镖接送，但有时妈妈要亲自陪同。"她口气有些无奈，她的光阴被一个个兴趣班切割，不知不觉间时光飞逝。

"有没有打算再出来做一些工作？你知道，你以前的表现出色，短短时间，已经令大家印象深刻。"夏以涵语速有些快，语气热烈。

　　唐懿顿了一下，她以为夏以涵联络自己，是因为最近满城风雨的方馥案件，没想到是工作联系，一下子愣住，没有出声。

　　"没关系，"夏以涵继续说，没有给她思考的时间，"最近有个广告商，看中你的气质和形象，想办法拜托我联系你。这支广告内容健康，符合你现在的境况，我等会儿把具体内容用短信发给你，你好好考虑，过了节日再联络你。"夏以涵的邀请有些吸引力，唐懿还未做好将来的职业领域的计划，暂且了解也无妨，嗯了一声，"多谢夏姐提携，我需要些时日考虑。祝夏姐节日快乐。"

　　"节日快乐，到时再联络你了。拜拜。"夏以涵说话干脆，等唐懿也道了别，双方挂机结束了通话。

　　3点40分，她看看手表，打电话给坚叔，"喂，坚叔，回来接我过去。"这个时间两个小朋友在学小提琴，还有35分钟下课，兴趣中心离家很近。她摁掉电话，拨通保镖手机："喂，帮我订三张明日上午去杭城的机票。我要带他们两个去旅行。"

　　阳深港高铁。

　　子弹列车正在高速前进，窗外的景物飞速后退。下午3点的车次，窗外的斜阳依然热度不减，窗玻璃被晒得滚烫。卫一凡拿起座位上的咖啡喝了一口，放回桌上，纸杯中的液体有些摇晃。卫一凡对此行的高铁体验尚满意。

　　他把另一只掌上微型飞行器放到阳光下，仿生蜻蜓的透明双翼折射出彩色虹光，小小的机器头上没有复眼，黑色的腹部中藏着一个小小的针孔摄像头。这只微型飞行器是太阳能蓄电池，只需要暴露在阳光下两个小时，就可以飞行一万米，两千米内数据同步有效传输，真是个造型可爱的侦察机，卫一凡心里赞叹着。相比起飞行器，巴掌大的遥控器有些巨型，然而还是相当便于携带。这只仿生小蜻蜓伴了他们三年，出色完成过多次行动任务，总令大家爱不释手。

　　他坐的位置逆着光，熬夜的眼睛下青黑的眼圈和眼纹清清楚楚。他把仿生小蜻蜓放在桌面上，把手机里储存的竞拍会录像发送到方守仁的手机。

　　即使失败，李振儒依然是高高在上的模样。

　　下午4点。海港警局。

　　"Madam，Rick要申请去外地。"方守仁递来一份报告给诺拉。

诺拉粗略浏览了大概内容,他申请出差之江坞镇,原因是唐懿要带子女去坞镇旅行。

"对了,Tony传来消息,吴轩云有意接触唐懿,可能是想请她拍广告。"

"消息可靠吗?"诺拉一边签名一边皱着眉头问。这两个人之前的圈子一直各自不沾边,除了他们都认识方馥。

"消息确实,也有电话联络的录音证据。据称他公司有支广告,双方已经敲定女主角人选,吴轩云旗下的经纪公司签约前临时要求换角。具体明天才能达成一致协商。"吴轩云的助手办事得力,迹象如此明显依然说话滴水不漏,直言改约只与公司的利益相关。

宋琪跟踪了吴轩云几天,汇报称他十分自律低调,除了与工作有关的必要场合,其他应酬场合一律让公司CEO露面。

"可能跟我们搜查李振儒住宅的消息走漏有关。吴轩云以此坐实李振儒的杀人动机,伺机报复。"方守仁眼里看来报复再自然不过。

吴轩云出席方馥葬礼当日的神态,诺拉他们几个看得清清楚楚。痛苦越深,仇恨越真。

"他站在珠江国际纺织城外的样子……"诺拉若有所思,神态冷静,内心阴狠。吴轩云怎可能不知道。

"叮……"两人的手机同时收到短信。

玉锦发来短信,给诺拉一个大大的笑脸:"亲爱的,今晚陪老爸晚餐?"

方守仁收到了卫一凡今天的录像,他把手机数据线和电脑连接,下载到电脑中。今日的会议记录长达好几个小时,看来两人又要加班了。

"今晚没空,改期。"诺拉简短地回复几个字眼。

海港皇家集团。

"吴先生。"助手敲了两声门,推开走了进去。

吴轩云的座椅转向了窗边,没有回答。

"唐懿决定明日去外地,目的地是之江坞镇,早上飞杭城的机票。夏以涵打了包票,这个假期可以把事情办好。"

"嗯。"吴轩云在椅子上应了一声,还是一动不动。

"还有，广告方要求赔偿违约金，重新约谈唐懿，商量广告事宜。现在是赔偿数额方面和我们谈不拢。"

"他们的要求是多少？"吴轩云转了过来，对这个进度颇为满意。

"三倍广告费用赔偿。"助手如实汇报。

"两倍，外加皇家集团旗下所有产品以及活动八折优惠，赠送商家的员工。安排原合约的女明星赴饭局洽谈。"吴轩云的口气斩钉截铁，"告诉他们，我们承诺广告在原来约定的时间开拍。"

"是。"助手领命而去。

晚上8点。已经过了警局餐厅的供餐时间。

诺拉和方守仁随便在警局附近的茶餐厅果腹。

晚上8点的餐馆人满为患，很多玩了一天的外地游客在这里大快朵颐。诺拉和方守仁并不怎么说话，只管吃饭。两人相当年轻，身穿便服，看不出是常年与匪徒斗智斗勇的警察，更似恋爱中的情人。邻座时不时瞟过来几眼，羡慕这对出众的青年男女。

有人认出她正是最近绯闻缠身的女督察，窃窃私语。调查李振儒旧居当天出现的帖子，已经被删除，女督察的私人生活话题却意外地成为街坊的兴趣。诺拉凝神听了听，她原来已经被称为玉大小姐，连玉锦开了多少间珠宝店也被挖了出来。涉嫌阻差办公的玉锦，顺利地引导了舆论，这倒让诺拉哭笑不得。

两人很快吃饱，起身离去。站在餐厅外马路边驻足等候，橘色路灯下，诺拉愈发漂亮，黑色的长发透着金色的光泽。方守仁比她高半个头，外形俊朗，常年压力下工作，并没有让他看起来成熟多少。两个俊男美女吸引路人侧目，活像天生的故事主角。绿灯亮了，两人伴着嘀嘀嘀的催促声，穿越马路，原路折返警局。片刻，两辆小车一前一后驶离了警局。

御港湾。

"叮叮……"放在梳妆台上的手机伴随震动提示收到信息。屋里静悄悄的，爱玛跑了进来，绕着梳妆台咕噜咕噜地转了几圈，又跑了出去。洗手间的门紧闭着，它在门前的垫子上趴了下来。

半个小时过去，洗手间的门打开，诺拉穿着浴袍走了出来。她的黑色长发在头顶缩成丸子头，看起来比平时年轻了好几岁。

回到卧室，梳妆台上的手机还亮着提示光。诺拉拿起手机，屏幕显示收到了好几条信息。她逐条打开来看。

卫一凡：下午4点30分左右回到海港。

宋琪：吴轩云饭局约见广告商的客户，洽谈改约赔偿。地点半岛酒店Felix餐厅厢房。

程高：唐懿明日上午将带子女飞杭城，一共两晚。前经纪夏以涵订中午1点飞杭城的机票，入住酒店暂时未定。

玉锦：亲爱的，明晚约你埃德蒙叔叔一起吃饭。老地方。他最近好像有新的研究发现。

诺拉放下手机，爱玛在她脚边，正好奇地抬头看着她，乌溜溜的眼睛倒映着她湿发未干的样子。如果她的爱玛被高频电磁波干扰，会不会发脾气？她弯腰把它抱了起来，放在怀里拍了拍，又放下来。

夜还早，诺拉涂上最后一层晚霜，起身到另一边的书桌，打开灯，抽出了一本《辨读凶手》，认真看了起来。

半岛酒店。

李振儒点了送餐，独自在房间吃晚饭。房间里开着电视，却更显得寂寥，他右手拿着叉子，划过餐盘的尖锐声音，似乎要把这寂寥划破。电视喋喋不休地播着晚间新闻，恒信集团今天跌了快一元。五成熟的牛肉带着一丝丝腥甜，鲜嫩的肉质和肉汁碰撞着口腔壁，纤维组织被牙齿切割成颗粒后，被舌头卷成团，他喝了一小口葡萄酒，把红肉和葡萄酒一起送进了食道。刀叉刮着盘碟的声音似乎机械般单调，连带他觉得咀嚼也似乎机械般单调，李振儒站了起来，拿起放在床尾的电视遥控器，开始选频道。

似乎很久没去兰桂坊。他皱着眉，左左右右地摁着遥控器上的按键，再也找不到深水埗项目那天的雀跃心情。

"上一期节目我们提到最近大热的女明星安然，近期她接通告真是接到手软，不过近日有传闻她耍大牌，与经纪公司起矛盾，导致即将开拍的广告毁约，事件的真相究竟是怎样的呢？我们的娱记为大家报道整件事的来龙去脉……"哪里都有失意的人，李振儒停下手指的动作，把遥控器一扔，继续晚餐。

　　他拿起酒杯喝了一口酒，瞥见剩下的牛排在白瓷餐盘上渗出一摊暗红的肉汁，猩红得刺目。他下意识地拿起餐巾擦了擦嘴，内心一阵烦躁，熟悉的欲望在催促着他的神经，渴望烈性液体的抚慰。眼前这瓶名贵的科奇酒庄科尔登-查理曼特级园干白葡萄酒，可以让他放心大醉一场。他又倒满了一杯。

　　"叮……"手机收到一条短信，是唐懿：我明日带彤彤晓晓去坞镇。

　　作为两人离婚的协议之一，唐懿每次出远门必然知会李振儒。她年轻、漂亮、单身，李翰瑞坚持给她安排李家的保镖司机保姆，待遇和另外三个孙子女一样，让她安分守己照顾他的两个孙子女。

　　"嘟嘟嘟……"手机又响了起来，是方研，他接通了电话，"喂，妈妈。"

　　"明日你妹妹李怡君忌日，你早点回来。"电话那边的方研一如往常般叮咛。

　　"哦。"李振儒按了下太阳穴，今年完全忘记了。

　　"我知道了。"李振儒搓揉着太阳穴，最怕妈妈唠唠叨叨。

　　"那我挂电话了。"方研说完挂了电话，李振儒和李振逸不一样，样样需要提点。

　　纵然过了十几年，李振儒还是记得妹妹李怡君哭泣的声音，只是忘记这张清丽的脸为何如此悲痛欲绝。他这个哥哥不是很残忍，不想她喜欢一个门不当户不对的男孩。葡萄酒瓶映照着他的脸，拉长得有点变形，他拨了拨吹不乱的寸头短发，又摸了摸冒出胡子楂的下巴，对着酒瓶左右照了照脸。明天剃干净胡子，穿上西装，人前人后，他一直是妹妹的好哥哥。

　　李怡君安葬于跑马地天主教圣弥额尔坟场内，每年忌日，李家人风雨不改地去探望。除此之外，方研在天主教节日还会过去看望。墓碑上的黑白老旧照片，无损她明眸皓齿的俏丽，似乎只是被时光冻结，笑容可掬，等着家人每年如期而至。

　　李振儒把闹钟调到早上6点半，倒满最后一杯酒，仰着脖子灌了下去。辛辣的液体从喉咙穿过，一路燃烧，刺激沿路所有神经，几分钟后，大脑意识开始模糊，他放下酒杯，闭着眼躺在沙发上，如果能抱着温软的肉体就更好了，他的喉咙"咕噜"响了一下，翻翻身，沉沉睡去。

　　次日上午7点。跑马地圣弥额尔坟场。

　　一辆黑色小轿车悄然穿过闹市，来到跑马地圣弥额尔坟场。李振儒手持一束鲜花，下了车，走进坟场。

海港跑马地天主教圣弥额尔坟场，俗称跑马地天主教坟场，只有教友、神职人员及慕道者才能埋葬于此。这一方安葬躯体的地方，可谓闹市中的净土，里面到处立着天使雕塑，栩栩如生，凭风吹雨打默默守护着墓园。天使雕塑被雨水侵蚀，多了年月的厚重质感，神情更显肃穆。坟场的入口处写着"今夕吾躯归故土，他朝君体也相同"。好一句他朝君体也相同，李振儒却不认同。每每经过这道门，总是皱皱眉头，他不是天主教徒，又迥异于娇纵叛逆的李怡君，怎么会殊途同归。今夕与他朝，何止天壤之别，李振儒今年四十二岁，看起来相当年轻，至于遥远得似乎一个世纪以后的尘归尘、土归土的问题，他一向无暇多顾。

李怡君的墓在第三区。墓园区的小道被打扫得干干净净，两边的坟墓种满了绿色矮灌木丛，缅怀亲人的探访者常年络绎不绝，天使石像低头默然守护着亡灵，静静地聆听，拜祭人带着鲜花，踏着香尘，偶尔惊起一两只在林间跳跃的麻雀。

整条小道静悄悄，李家人还没有来，李振儒一向提前来到。

李振儒嗅了嗅手里的花束，一阵玫瑰百合的清香扑鼻而来，他一向对鲜花无感，不知妹妹会不会喜欢。

不知不觉，李怡君的墓出现在眼前。他默默静立在墓前，放下鲜花。黑白照片中的李怡君在花丛中笑着，一如既往地灿烂。李振儒有些恍惚，怀疑妹妹曾经的哭泣声只是梦幻一场。

"振儒。"哥哥的声音在他身后唤了一声，李振儒没有回头。

李振逸向着那边走过来的妈妈方研说："妈，弟弟已经先来到了。"

方研一身深灰色旗袍，头发绾起，化着淡妆的样子富态而温润。长儿媳江心婉在左边扶着她的手，她右手牵着长孙李瑾，三个人走得不紧不慢，相互依赖的温馨令人艳羡。

李翰瑞走在最后，一边手牵着一个孙子，带着李瑾的弟弟李珅和妹妹李淳。李珅一手牵着爷爷，一手抱着一大束马蹄莲；李淳手里绕着两串长长的亲手做的紫色兰花项链。三人时不时依偎一番，十足的天伦之乐。

生命只是改变，并非毁灭。李家人每年怀着思念的心情过来看望李怡君，李家三个孙子对这个从未见过面的姑姑，只从爷爷奶奶只言片语的怀念以及老屋的照片中有所了解。李振逸常常谆谆教育子女，姑姑自幼被爷爷奶奶疼爱，与他们相比，有过之而无不及，然而姑姑未能尽孝道而离世，更让爷爷奶奶承受白发人送黑发人的悲痛，与她受到的信仰告诫反向而行，不足称道，告诫子女三人得到爷爷奶奶的一分喜爱，就要回报一分孝道。

一家人来到墓前，李振儒转身和爸爸妈妈打招呼："爸，妈，早晨好。"

"振儒。"方研朝他点点头，在她身后的李翰瑞松开两个孙子女的手。李振逸不愧教子有方，三个子女乖巧地问候："叔叔早晨好。"

"乖。"李振儒微微笑了笑，颔首侧身站到了一边。

方研、江心婉带着李瑾、李珣和李淳，把跌落到墓地的落叶和细小枯枝收拾干净，把带来的圣水洒在墓碑前。李珣把手上的那束漂亮的马蹄莲放在边上的花瓶里，为它加上水。李淳把兰花项链放在大理石墓碑上，长长的项链从墓碑的一端垂下来，墓碑已经被雨水侵蚀得残旧变色，显得兰花愈发鲜活芬芳。李淳看着墓碑上的照片，心中默默挂念，愿美丽如天使般的姑姑在天国永恒。

李家人主要信奉佛教，常往来于T国迈城。李家小女儿李怡君自幼儿园起在天主教私立学校读书，常年在教派气氛熏陶下，接受了天主教信仰。李翰瑞信佛，对子女的信仰并无强硬要求。三个子女，两个儿子随他信奉佛教，小女儿信奉天主教。

方研也随丈夫信佛，常常在家中念佛经吃斋修持。对于女儿过世一事，方研无法相信天主教的简洁仪式可以确保女儿从此生命踏上另一旅途，灵魂在天国庇护下获得宁静安详的永生。

于是李家当年举行了一场隆重的天主教葬礼和一场高规格的佛教法事，当时在海港引起了哗然，有宗教人士指责李家不尊重逝者的宗教信仰，然而方研坚持以佛教徒的身份为亲人祈福。她与李翰瑞对小女儿的疼爱，可见一斑。

李振逸的三个子女自幼与姑姑一样接受天主教的熏陶，自然而然地接受了天主教信仰。学校的学生经常组织各种宗教活动，其中包括唱诗班。四下寂静，早上的阳光斜照着墓碑，在他们面前拖出了一道长长的影子。李家三个孙子女开始低声吟唱赞美诗，温和醇厚的歌声让人迷醉。方研眼眶有些发热，她擦擦眼睛，双手习惯地放到胸前捻佛珠，忽又醒悟身处女儿长眠的天主教墓地，不禁黯然。她特意不戴佛珠出门，那串长长的沉香佛珠，每一粒被手指捻熟得油光滑亮，伴随着淡淡的清香记录她念过的佛咒。

往事历历在目，当年究竟是如何失去女儿的，她一直找不到线索，遗憾得仿佛一切只是一场虚幻的痛苦梦魇。

小儿子李振儒就站在她身边，黑色西服，面容肃穆。他一向不太记挂琐碎事情，从小需要方研提醒，然而对自己妹妹的事一向上心，令父母宽慰。这么多年来，他一直在怡君忌日当天提前来到墓地，特别花多些时间怀念他们最爱的妹妹。十七年前的夜晚，他惊惶而痛苦，和方研一样遗恨痛失亲人。

"妈妈！妈妈！"方研半夜从梦中睁开眼睛，儿子急促地拍着她的卧室门。她惺忪的睡眼看向床头的闹钟，凌晨0点15分，李翰瑞有应酬，还未回来。

她有点惊慌，从床上一坐而起，套上拖鞋，抓起外衣披在身上，两步并三步来到门口，打开了房门。只见小儿子穿着睡衣，赤着脚，头发有点乱。十月的夜有些凉，别墅外面风大，似在撕扯着什么，隐隐的海涛声阵阵，击拍着她的神经，她含辛茹苦养育成人的儿子，在她面前已高出一个头，正冷得发抖。客厅没有开灯，摆放在客厅的金龙鱼缸透着亮光，方研看不清他的表情。

"怎么回事？"方研勉强镇定下心神，问道，心底却有不祥的预感在蔓延，她几乎要颤抖起来，手却前所未有地有力钳住他的手臂，竭力从他背着光的脸上搜寻线索，不知为何，几个月前的恐惧攫住了她的心神。

"妈……"他又喊了一声，带着哭腔，又猛然咬住嘴唇，忍住痛苦，以至于全身颤抖了起来，说不出一个字。过了好一会儿，蚊蚁般的声音仿佛从地底升起来，钻进方研的耳朵，"我已经打了急救电话。怡君她，好像昏迷了过去。"似乎心里某个角落无声无息塌了一方，整个人瞬间落空，她一把推开儿子，向二楼的楼梯口冲去。怎么可能，他们已经把她的女儿从死亡线上救回来。怎么可能，她立下决心三年吃斋抄经书还愿，求佛祖庇佑。她向来软弱，眼泪几乎要冲出眼眶，不要让阎罗王再次把她女儿的性命捏在掌心。

方研噔噔噔地冲上楼梯，脚步有点踉跄，她平日里养尊处优，甚少剧烈运动，气管似乎支撑不了突然加大容量的氧气交换负荷，喘息急促。她忘记了医生嘱咐不能情绪激动。在过去的几个月，她已经数度因为悲伤而晕眩，这个月夜晚才稍微睡得安稳，万万意料不到女儿居然在自己眼皮底下再次出事。

李振儒立在原地，把妈妈掉在地板的外衣捡了起来，转身跟在后面上了楼。

他刚刚检查了妹妹的眼睛和呼吸，她气若游丝，已经完全失去了意识。很快医院就有急救车过来，把妹妹从家里送往养和医院。他的手脚因为冰凉而有点颤抖，他竭力自制了一下，想象着妹妹被送去核磁共振的样子。他妹妹是否会如上次般幸运？他仿佛看到医生们围着她，分秒必争地从死神手中夺回这条性命。他跟着上楼梯的速度并不慢，但还是错过了妈妈撕心裂肺尖叫的一幕。

李振儒看着父母和哥嫂肃穆悲伤的神情，三个侄子女的歌声优美庄严，尚显稚气的脸发自内心的喜悦。他们以各自的方式怀念着李怡君——一个以自杀逃避责任以至于无法挽回的亲人。他第一次偶然听到哥哥李振逸教育子女孝道的时候，就深深认同这一评价。

警局。

"Madam，今早李家人去了跑马地的天主教圣弥额尔墓地，缅怀李家早年病逝的小公主李怡君。"那个看起来如茉莉花一般的女孩，自杀被救起后复又病逝，家人得而复失的遗憾心情想必无以复加。方守仁印象深刻。

"想不到是天主教徒。"诺拉有些惊讶，抿着的嘴角不禁弯了一下。

"但是天主教徒禁止自杀。"她眉头皱了一下，转而恢复一贯的冷淡神态。她从小在基督教私立学校就读，不知怎样的痛苦令李怡君罔顾教义，轻生自杀。这个疑问，也许在李家生存了几年的唐懿会有答案。

"李振儒今早出发前联络了房产中介，似乎是住倦了半岛酒店，准备另置物业。"卫一凡查着李振儒咨询的楼盘，风水理论狂热者带着一束鲜花去天主教坟场悼念妹妹，画风有点怪异。

"当年李家老太太执意为女儿在T国做了一场法事。李怡君不是死于自杀，而是死于溺水自杀导致的后遗症。"方守仁纠正。

"以养和医院的条件和实力，没有在复诊时及时发现问题，这似乎说不过去。"如果支付得起，卫一凡也会选择养和医院，父母应当安享晚年。

"医院称李家疏忽照顾以致送院迟缓。"温院长的话让方守仁印象深刻。与李振儒有关的女人多悲剧。他在心里加了一句。

佳兴市桐乡坞镇。

舟车劳顿的唐懿抱着彤彤晓晓，拖着两个行李箱，来到了这个著名的江南水乡。这个古老的小镇保存着数千年前的原生风貌，凭"以水为街，以岸为市"的水乡风情闻名全球。

无数游客慕名，在烟雨蒙蒙的季节，撑一船悠然，乌篷船划行于如镜水面，看两岸百姓人家。夜晚，水上古镇比白天多了几分迷离，水道倒映着如梦似幻的辉煌灯火，恍如天街，似乎璀璨星辰也触手可及。

唐懿几乎一眼就喜欢上了坞镇，迥异于海港国际大都市繁华的另一个世外桃源。两个子女更是雀跃，一路东张西望，好奇不已。他们的学校画画兴趣小组布置了作业，画一幅反映中国传统文化生活的线条画。显然这个美丽的水上小镇是写生的绝佳地点，吃喝玩乐之余，更可以好好地了解传统文化底蕴。

他们入住的是坞镇朴禅客栈，酒店装饰质朴而低调，十分受人欢迎。

一楼前台不少客人排着队等候办理酒店入住手续。唐懿拖着行李排在后面，边等候边打量着一楼大厅。她听不懂普通话，在她前面有几个游客正用地方方言叽叽喳喳地说不停，男女几个人似是朋友一起出行。两个孩子不怕面生，酒店门口和里面绕着追逐玩闹，直到唐懿终于办理好入住手续。

唐懿叫上两个小孩，他俩拖上自己的小背包，她拖着行李，搭电梯来到4楼，她订的是亲子房。房间门打开时，两个小家伙小小地欢呼了一下，雀跃不已。酒店房间宽大而洁净，没有异味。原木结构的家具，熟悉的霓国风情的榻榻米，细心的店家还在房内放置了小木马和小帐篷。惊喜让她疲劳的身心彻底放松下来。从昨晚到现在，夏以涵说的话一直在她脑海里回旋，让她夜不成寐。在机遇面前，她没有多少娱乐圈经验让自己游刃有余；面对压力，她没有什么靠山得以依赖，更不能寄望以李家前妻的名衔在娱乐圈获得支持。

大半天的舟车劳顿，她大脑的运转慢得近乎静止。过去在娱乐圈的记忆像点滴般在心头形成涟漪，懊恼在蔓延，而知觉神经却感觉不到确实的悔意。几年前在公开场合与方馥起的争执，如果不存在就好了——这想法缓慢流经大脑，几分像安慰，抚慰内心隐隐的不安。时隔几年，她未用心经营，竟然还得以留存夏以涵这样一个人际关系。

彤彤晓晓在飞机上补足了睡眠，现在正精力旺盛地玩闹，与妈妈的疲劳状态截然相反。小帐篷满足了他们探险的新奇感，两人翻开旅行手册，拿出小电筒，开始研究坞镇的路线，恨不得马上就带着画夹出去"寻花问柳"。

今天似乎是孩子姑姑的忌日。唐懿也曾和他们一起站在李怡君的墓碑前，追思孩子们的亲人。李振逸三个子女的严谨家教礼仪，见者无不印象深刻。她有些烦恼，李家可能会反对她接触娱乐圈。她的眼皮渐渐沉重，不一会儿，就沉沉地陷入梦乡。

"妈妈，"一阵摇晃惊醒了唐懿，她睁开眼，彤彤一双大眼睛近距离看着她的脸，"我们出去吃饭了。"

"妈妈，现在是6点整。"晓晓把戴着手表的手伸到唐懿眼前。中午到现在，已经过了半天时间，他们自己泡了下午茶配着小松饼零食，又玩了一局国际象棋，并不觉得饿。然而妈妈该醒了。

"客栈的餐厅听说很赞。"晓晓拿着酒店提供的地图，颇为满意妈妈的选择。

唐懿不禁扑哧一声笑了出来，一段时间以来的忧虑，被小大人们的沾沾自喜冲淡了几分。旅行的意义，就是子女学会被妈妈依赖。

次日，坞镇茅盾故居。

唐懿一早和彤彤晓晓吃过早餐，前往著名文学巨匠茅盾的故居。茅盾故居已在此基础上改为了纪念馆，吸引了许多游客前来瞻仰一代文人的生活景观。两个小朋友跟在妈妈后面，三人走走停停。两个天真可爱的小游客，一个眉目如画的年轻妈妈，在旁人眼里一点不比景点的吸引力逊色，有几个年轻的异性游客在拍照的时候不自觉地把镜头对准这一家人，悄悄按下快门。

唐懿丝毫不以为意。正是初秋时分，空气清爽，她戴着黑色墨镜。上身穿着一件红色的波西米亚风格的全棉罩衫，可收缩的衣领在锁骨处打了个细细的结，衣袖和胸口覆盖着精美复古的花朵刺绣；下身配了一件绑带收窄裤腿的黑色舞蹈裤，肩上背着两个写生用的画夹，整个人看起来像是出来采风的艺术家。

"唐懿！"有人在身后处喊了一声。

她转身看向入口处，一个同样戴着墨镜，身穿休闲连衣裙的女人正朝她挥手，女人身边站着一个中等身材的大腹便便的男人，男人戴着墨镜，看不出年龄，留着满脸胡子，正饶有兴趣地看着他们母子三人。

唐懿顿了一会儿，没有马上回应。女人一边挥手一边脱下墨镜走近，满脸惊喜的样子和四五年前没什么变化。

是夏以涵。她身边的男人跟着过来，向她颔首微笑道："你好。"

"你好。"唐懿向他回以微笑，两人并没有握手。她扭头看了看彤彤晓晓，两个小朋友径自在周围参观，并没有留意妈妈的朋友。

"真是巧！"夏以涵上前和唐懿拥抱，"好久不见。想不到前天才通电话今天就碰面。"她说话的速度一如既往地快。"来，我为你引见，这是我们剧组的编剧周景，我们这次来坞镇为正在拍的一部剧做准备，周编要先过来汲取一些灵感。"她一口气说完，接着向周景介绍，"周编，这位是唐懿，以前拍过几部剧，兼职演员。"

"你好。"周景笑着再次打招呼，向她伸出右手。

"你好。"唐懿伸手和他握了一下。意外的碰面让她有些紧张，她下意识地望向彤彤晓晓。彤彤正向她小跑过来，她一把把女儿抱在怀里。"叔叔阿姨好！"女儿不等她提点已经热情地向两个人打招呼。

"小公主好。"周景开着玩笑。夏以涵摘下墨镜，露出一张妆容精致的脸，"你好，小女士。"两个人嬉笑的脸让彤彤红了脸，她把脸埋在妈妈的脖子处，不再说话。

晓晓不知什么时候站在妈妈旁边。"叔叔阿姨好。"他的声音稚嫩中有些迟疑，旅行在外，他妈妈很少和朋友这样碰面。

"你好。"周景的心情明显很好，向这位小绅士伸出了右手，握了握。

夏以涵夸张地欠了欠身，回了个传统的汉礼。

晓晓扯扯妈妈的手，问："妈妈，什么时候去西栅？"

"等等。"唐懿放松了下来，朝夏以涵和周景歉意地笑了笑。

"我们等等也要去西栅，那里的夜景很不错，顺便在西栅晚餐。"夏以涵说完，微微弯腰，一脸笑意地向晓晓发出邀请，"不知道这位小绅士是否赏脸同游呢？"

🔍 第十一章　　　　＋

　　下午三四点钟的坞镇。斜照的阳光有些猛，唐懿坐在船尾的甲板上，手里撑一把油纸伞，无意识地转着伞柄。彤彤晓晓在船篷外，分别坐着两张矮板凳，摊开画夹在膝盖，认真用油墨笔勾勒这古镇的街景。

　　小船靠着岸边，船夫坐在船头，怀里揣着一支烟斗，有一下没一下地吸几口，享受着片刻的悠闲。夏以涵和周编坐在船篷里，里面空间不大，放置了一张租来的小茶几，周景魔术般地变出了紫砂茶壶和一套茶杯，不到一会儿，茶香袅袅，他把其中一杯放到自己鼻子前闻了闻，一口喝了下去，舒服地叹了一口气，仿佛坐在自家的院子里享受下午茶。

　　"唐懿，过来喝茶。"夏以涵在里面喊，声音似乎随着风从船篷穿过。一阵阵凉意拂在身上，唐懿挽了挽垂在耳边的发丝，退回船篷中。

　　"过来这里坐下。"看见唐懿进来，夏以涵半起身拉她坐下，非常熟络。周景似笑非笑："看你们两个人，以为是俩姐妹一起游山玩水。"夏以涵为唐懿倒了一杯茶，答道："唐女士当年在我们剧组可是非常受欢迎，为人善良、上进，好多人想约她。"周景笑而不答，船篷阴凉，他仍旧戴着墨镜，即使身型走样，神态也带着几分文人傲气，与普通商人的气质大相径庭。

　　"周编是大名鼎鼎的编剧。"夏以涵口气里带着尊敬，"坞镇环境很好，周编很喜欢这里的人文情怀，传统风貌几乎保存得原汁原味。"

　　唐懿在交际圈一向话少，听着夏以涵介绍，有些腼腆。她肤色白皙，只是描了一下眉毛，并没有涂口红，安静的样子并不做作。距离当年涉足娱乐圈，已经有几年，她待人接物不怎么见长。周景和夏以涵只当她尚且面生，并不以为意。她喝了一口放在面前的茶，还没放下，夏以涵又招呼船尾认真写生的两个小家伙："两位小画家，过来喝口水解解渴。"

彤彤晓晓同时抬起头，朝她摇了摇头，样子憨厚可爱。"谢谢夏阿姨，我们很快画好了。"写生作业中线条画最为简单，两人为省出行装备，只带了画夹、几张纸和两支油墨笔。斜阳映照水面，垂柳随风轻轻摆动，一排房子看过去，看不见炊烟的青乌色瓦面屋顶、爬满青藤的白色墙壁，两兄妹全神贯注地把面前这美景还原，哥哥画法细腻，妹妹画法粗略，纸上的世界生动而可爱。

"真是乖孩子。"夏以涵衷心赞叹。周景看了唐懿一眼，不说话。坐在她对面的妈妈，单身、离异，年轻得让人不知道是否该恭维一句：真是好福气。

唐懿对这种赞叹早已习以为常，笑笑不说话。

下午的光阴在轻松说笑中度过。周景和夏以涵只字不提筹备中的剧本，只是谈论坞镇不为人知的风土人情，唐懿喝着茶聆听，她向来是个好听众。周景见多识广，话题天南地北，滔滔不绝，间中来几段坞镇式本土诙谐，活脱脱一副本地坞镇人的模样，就连原本坐在船头的船夫也被吸引到船篷边，侧耳倾听。唐懿不禁叹服。

一眨眼一个小时过去。两个人完成画作，并见倦意，一进船篷就找茶喝。夏以涵看着两人捧着茶杯一饮而尽，又接着添了几杯，直到心满意足才放下茶杯，不禁调侃："饿了吧？看样子像是错过了下午茶的点心。"

唐懿抱歉地笑笑。独自带孩子在外，原本不起眼的生活习惯格外奢侈。

"伙计，摇船。"周景朝外面喊一声。此行不虚，美食美景美人，一样也没有错过。

唐懿已经忘记有多长时间没有这样和朋友闲聊，尤其是娱乐圈中人。两个儿女与夏以涵和周景有一句没一句地问答，两个成年人妙语连珠，逗他们大笑，和谐得不可思议，令这水上天上华灯初上的虚幻更多了几分错觉。离婚之后她似乎默认了前夫家族继续对自己的把控，尤其是教育子女。这令她对家庭以外的所有关系保持着如履薄冰般的小心翼翼。

晚餐地点选在通安客栈。

周景对美食相当有研究，他直言不讳，自己的啤酒肚和爱喝酒有关系。两个小朋友瞪着眼睛，看着他为大家点了一桌美味佳肴后为自己来了一瓶三白酒。坞镇的三白酒酒味醇厚，余香不绝，周景纵使贪杯，还是一小口一小口地慢酌，酒精很快让他脸色潮红，在灯光映衬下，油光滑亮。杯中物并没有让他口齿不清，他依然谈笑风生，字里词间未对在座女士有下流之意。

朴禅客栈。

"妈妈，'七尺男岂可贪恋杯中物，大丈夫勇当龙泉万卷书'是什么意思？为什么那个周叔叔这么喜欢喝酒还这么厉害？"夜未深，从酒店的天窗看出去，点点星辰，晓晓穿着睡衣趴在床上，翻着刚买的一本古诗集，不解地问妈妈。

一整天相处，两个小家伙折服于周叔叔的魅力，喜欢上了这位大朋友。

唐懿半躺着看一本时尚杂志，翻看最新出的时尚单品、潮流搭配。今天在这个古色古香的小镇，这种时尚游客如织。彤彤在旁边忙着玩拼图，插嘴说："就是不能喝酒的意思。坚叔不喝酒，保镖不喝酒，爸爸不能喝酒。"

唐懿中文不太好，思考了片刻，又在手机上搜索了解释，回答："这两句的意思是身为男人，不能沉迷酒色，要敢于承担保家卫国平天下的责任。""也就是说，"她下床，来到晓晓的小帐篷，陪他一起翻看那本书，"喝不喝酒，不会影响一个人的能力，但会影响一个人的意志或者志愿。"她说完，轻轻刮了一下晓晓的鼻子，说："准备睡了，明天要赶10点钟的飞机。"客栈外面有蟋蟀在唱歌，明月皎洁，最好不过心中挂念地就在身边陪着长大。

晚餐后她和夏以涵以及周景道了别，她明日回港，他们则安排在后天。意外的相遇让她措手不及，她没有准备小礼物给夏以涵，临近就餐结束时悄悄吩咐儿子出去埋单。晓晓始终要长大，接触基本的人情世故。她喜欢看着儿子真诚天真，未知人情冷暖，却说着世故的话："周叔叔，夏阿姨，今天谢谢你们陪着我们，晚餐我们请客。"

程高无聊地坐在酒店外面的栏杆上。已是半夜，一轮明月斜挂树梢，风摇着树，不知影动还是月动。栏杆下流水潺潺，两岸边灯火映照，这是个温柔的夜晚。周景想必已沉沉入睡，鼾声如雷。夏以涵始终以大姐的身份贴心对待唐懿。她只在道别的时候向唐懿示意："晓晓好乖，像个男子汉了。妈妈大可放心，认真考虑我的提议。"

轻描淡写，好温柔的开始，不知吴轩云怀着怎样的仇恨计划他的报复。

方守仁传来消息说，吴轩云以两倍于广告费的违约费用，外加一流女明星陪饭局等条件与商家协商，成功临时换角。这番举动相当低调，公司给出官方回应是广告档期与女明星其他片约冲突，广告留给更适合的对象，低调处理。

恐怕那个女明星在饭局，没有这么温柔的礼遇。脚下的河流默默流淌，千百年来坞镇的命脉，源自古迹京杭大运河，不知见证过多少人情如纸，世事如棋。水汽似乎从脚掌开始慢慢蔓延，有点冷意，程高伸伸腰，搓搓手掌，看了看表，这么浪漫的夜，值得熬到凌晨2点，刚好不会误了明天11点的飞机。

海港。

诺拉来到餐厅的时候已经有些迟，Felix餐厅几乎已经满座。玉锦每次在这里预订的都是靠窗位置，雷打不动。

才两日不见，她爸爸玉锦似乎憔悴了，嘴唇多了一圈胡须，修剪得还算整齐，只是眼下的黑眼圈有点深。"埃德蒙叔叔好。"她笑向埃德蒙教授，热情地打招呼，"你们点餐了吗？"她有点饥肠辘辘。

"点了，例牌。"玉锦不满地插话，女儿故意忽略得太明显。

"你爸爸每次都点我们最喜欢的菜式。"埃德蒙补充，玉锦做朋友没话说，够细心体贴。

"哦，"诺拉敷衍，无视他的不满，"我给妈妈打了电话，她说最近挺好的。"

玉锦没想到她居然记得打电话给妈妈，不禁暗喜，女儿果然孝顺，把他的话放在心上。

埃德蒙在旁咳了声，喝了口苏打水。

服务生很快上菜。

"埃德蒙叔叔，"诺拉吞下一小块西兰花，奇怪地问，"我爸爸怎么知道你研究室有新发现。你没有跟我们警方说。"

"哦，收到消息，A国那边的实验室有关于大脑与芯片在电脑应用方面的新进展。与你们的案件没有直接关联。"埃德蒙瞪了瞪玉锦，约女儿吃晚餐，居然借公务进行要挟。

"哦呵……"玉锦听到女儿带着酸味的干笑，不禁竖起寒毛。

果然，诺拉没有放过玉锦的意思。"前天我们去搜查嫌疑人住所的时候，他也涉嫌干涉公务。"

玉锦想起李振儒的脸，一阵反感，权当女儿的话是耳边风。

"埃德蒙叔叔是我们刑侦组专业的高科技工作人员，左臂右膀，对我爸爸这种本着专业八卦精神的业余分子，应该守口如瓶。"她一顿话说得明褒暗贬，却没有对教授丝毫不敬，与办公室里冷淡的模样截然不同。玉锦的脸差点被酸出柠檬味。

他不服，反驳道："听说李振儒今日去天主教坟场看方位，他这种人利字当头，与他打任何交道都要留个心眼。"相比她女儿半山搜屋出现的舆论攻击，他今日说话的口气算是客气了。

诺拉更正："今日李家李怡君忌日，你不要再在公众场合谈论我接手案件的调查对象。"

玉锦"哧"的一声，不以为然："他哪里懂亲情，还不是去看风水。"

埃德蒙教授心中闷笑，顿了好一会儿，说："也许这项技术有助于你们破解这宗案件，如果有需要的话我可以联络A国方面，请求技术支持。"

皇家集团总裁办公室。

吴轩云审视着手中的合约，和原来的方案一致，只是等待签字的空白处，名字必须是唐懿，最快这个星期。

办公室里安静得听得见他的呼吸声，他的思绪迷失于方馥过去拍过的每一支广告议案，他也是常常如此伏在案前，字字推敲。忙完一天的工作，阅读关于她的所有文件，似是享受。他摇摇头，推开大班椅，拿起桌面的一只酒杯，为自己倒了一点威士忌，站到落地窗前，俯视海港夜景。即使被公司换角，安然还是浅笑嫣然，精致的脸看不出任何应酬饭局的牵强。她只出道一年，然而在觥筹交错时，举手投足间不见青涩，看不出遭受打击，咬着牙把苦涩和酒水灌下去卖笑。她比方馥顽强。威士忌在喉咙燃烧，他一动不动地看着窗外的夜色，川流不息的灯火如永恒，只是那个曾陪他畅游的女人不在。

凌晨1点，海港某富商豪宅。

安然戴着墨镜，在夜色的掩护下，坐上私家车离开。车内，安然摘下墨镜，新款香奈儿套装包裹着她姣好的身躯，蛾眉淡扫的脸上看不出表情。失去一次广告机会，并不意味着她的娱乐圈地位可以被撼动。她甩甩长发，混合着洗发水和香水味道的黑发在冷风中撩拨意味十足。没关系。唐懿，这个名字相当易记。

宋琪花了半小时整理昨天的饭局的录像以及关于女明星安然昨晚的行踪材料，然后准备交回警局。

已是早上7点，窗外的天空蓝得如一块深邃的宝石，公寓楼下只有早起的老人活动的声音。海港是一个治安环境好的地方，为守护所有人的安宁，他和其他同事常年与犯罪分子较量，肃清伸向这片安宁的黑手。

清晨的阳光有些刺眼。宋琪眨了眨眼睛，感到有些刺痛。这场半推半就的饭局，作为临时被换角的安然，不但失去了一笔广告收入，更被强迫着进行交易。杰出青年、商业领袖吴轩云有被安然起诉的风险。

吴轩云算准安然不会抗拒。他看人眼光向来很准，其集团旗下的娱乐经纪公司收纳了海港大半的男女明星，只挑安然。

吴轩云的目标人物，李振儒的前妻唐懿，今日将从坞镇飞回海港。吴轩云公司经纪及另一工作人员，明日返港。唐懿昨日和他们同游坞镇，三个成年人加两个小孩度过了愉快的一天。这番张扬的双管齐下，吴轩云势在必得。选择唐懿，恐怕打算从家庭入手，逼李振儒到山穷水尽的境地，不知李家人会如何应对。他们的长子李振逸虽然不及吴轩云翻手为云、覆手为雨，却也是个人物。宋琪一时不知是喜是愁，他们的干扰，恐怕为警方查案多生枝节。

9点半。海港警局。

"Madam，这是宋琪传回来的饭局录像。"方守仁点击文件，和诺拉、卫一凡一齐观看。饭局安排在吴轩云名下的高档私人会所，这里一向是海港上流社交活动地点。

镜头中的安然穿着得体的名牌套装，和广告合约商相互敬酒。安然显然酒量不浅，然而喝了两杯酒以后，还是热得解开了外套的两颗纽扣。微型摄像头正对着她，屏幕这头看到的安然，一个酥胸半露的性感女人。广告商显然没有辜负美意，眼睛一眨不眨地盯着她。

方守仁不自然地拿起旁边的杯子灌了一口水，警方卧底版饭局，竟然和电视电影上的撩情场面一模一样，安然的眼睛似乎泛着波光潋滟，笑得妩媚风流。

"咳咳……"方守仁耳根微微发热，有些感叹，他卧底好几回，没一回遇上这样的好事。

饭局中的情色挑逗，似乎隔着屏幕都能嗅到欲望勃发的味道。卫一凡看着方守仁不停喝水，他们警方出入过这么多次情色场合查案，什么情况未见识过，安然这么好的八卦话题，方守仁居然说不出一个字来。

饭局只有一个小时，其后安然被席间的一个男人搀扶着，踉踉跄跄地离开了房间。

"听说方馥从未在类似的饭局出现过。"诺拉说，一件事实确认太多次，不再惊讶，见了安然，才知道两人在公司的地位不可同日而语。

"她粉丝喜欢她形象健康。入行多年从未有过不良的纠纷传闻。"这个简单的事实，背后是吴轩云强大背景的庇护。没有吴轩云，方馥熬不了一个月，娱乐圈的生态气候，糟糕得没人能仅凭个人实力幸免于外。

"李振儒很快会知道前妻在坞镇的偶遇，吴轩云这样明显的动作，李家不可能不提防，不知接下来有什么戏码上演。"诺拉转向另一个话题。

三个人沉默。

"丁零零……"卫一凡的手机响了起来，打破了办公室的安静。"喂。"他接通电话，电话那头传来警局同事的声音，他边听边嗯了声，神情却变得肃穆，两三分钟后，"好的，我们知道了。"他挂了电话。

"咚咚咚……"一个年轻同事在这时敲了敲办公室的门，探头看着他们。"什么事？"三人同时抬起头，来者是警务处处长办公室的助手，他看着诺拉："Madam，处长让你去一下他的办公室。"

"等等，一起过去。"诺拉拿起外套，和助理一起往外走。

卫一凡忧心忡忡，和方守仁对望了一眼。莫非李家再度施压？因为方馥案件的调查，李家的股价持续跌了一段时间，李振儒在外地的生意受阻，加上……等上司回来再讨论。

诺拉敲了敲警务处处长室的门。

"进来。"

唐国远的声音和往常一样，清亮，不含杂质。

诺拉推门进去，警务处处长唐国远端坐在位置上。着手方馥案这么久，从第一天唐国远接到李翰瑞的电话至今，诺拉还是第一次来他办公室。无论舆论如何干扰，他始终没有干涉刑侦组的行动。

"坐。"唐国远示意。他五十岁，干净利落的短发乍看已经半白，看着诺拉的目光严肃而深邃。

刹那间，过往无数述职汇报的片刻掠过大脑，相比之下，方馥案关乎的不外是风和日丽的豪门秘事。

"方馥案现在查得怎样了？"唐国远直入话题。

"还未结案。根据法医的尸检报告，直接死因为自杀，然而尸体上有其他软体组织损伤，死者的私人医生并不知情，我们怀疑是故意谋杀，死者男友李振儒有不在场的直接证据，然而，埃德蒙教授的测验报告提出高科技迫害的杀人手段。我们搜过他的别墅，没有找到高频干扰的证据，但是不排除他请人使用上述手段对受害者进行精神迫害的可能。有意思的是，他十七年前去世的妹妹和方馥都出现了脑部细菌感染的症状。"诺拉描述着刑侦组的调查结果，"这些症状可能由传统方式感染，也可能由高科技的长期干扰造成脑部损害。"

唐国远把手放在桌面交握，身体往前倾。"情杀？"他看着诺拉。"更有可能出于利益纠纷，"诺拉答，"他在瑞斯联合银行有个账户，资金来源不明。调查过他过去到现在的经济收支，似乎不太可能支持目前公司和家庭的支出水平。"

"他们李家人一直向我们施压，我们的调查令他们公司的股价和商业信誉深受影响，如果缺乏犯罪手段证据及关键的在场证据，偏重于嫌犯的杀人动机进行追踪调查，从疑罪从无的角度看，警方继续调查会违反无罪推定的原则，这其中的度我们应该拿捏精准。"唐国远声音冷静，在他面前的女督察一向是他的得力助手，他相信她很清楚这其中的利害关系，已经不是看李家的颜面和交情的问题。

"恳请处长多给些时日，我们会尽快给警局一个交代。"诺拉承诺。

唐国远身体向后倾，靠在椅子靠背上，姿态有些放松，口吻却斩钉截铁："结案。这里有另外一单案子，毒贩走私案。今次的案件非同小可，毒品调查科申请，要求刑侦小组合作行动，缉拿罪犯。"他把桌面大一份文件放到她面前。

"Yes, Sir!"诺拉的身姿挺得笔直，敬了个礼，退出了警务办公室。

她走路的声音有些急促。警局里有其他同事经过她身边，她微微颔首致意。外面阳光正明媚，从走廊看出去，远远看见射击训练场，绿色草坪，红色跑道，几个小队的警校生正在做训练，口哨声一阵阵，响彻云霄。

她知道李振儒有嫌疑，然而，目前更需知道的，是文件夹里案子的具体资料。

诺拉回到办公室，把手中的文件往桌面一扔："方馥案行动结束，上头让我们接手另一宗案。"她说话时气息有些急促，方守仁和卫一凡面面相觑，分不清是因为生气还是步行太快，这是他们刑侦小组第一次被勒令结案。

诺拉没有再解释，打开桌面的案件资料，跨国毒品走私，此案国际刑警已介入调查。

"Madam，"卫一凡有些犹豫，"有线报称李振儒已经另觅了新居，准备搬出半岛酒店。"

"嗯。"诺拉翻看资料，心不在焉地答着。人有钱真是好，随时把生活重新来过。

"他入住的公寓，正好是你居住的大楼，玖龙城御港湾7栋，顶楼。已经交了50%的首付。"卫一凡的声音在她身后传来，似乎有些担忧。

诺拉不可思议地扭头，对上方守仁的同样带着惊讶的眼睛。

晚上8点。御港湾。

"叮……"电梯在17楼停下来，电梯门打开了。诺拉有些疲态。下午把程高和宋琪召回警局，整个刑侦大队的士气有些低落，然而还是打起精神马上进入新的缉毒案件。

李振儒竟然在这个时候和她搬进同一栋大楼，且入住顶层，赤裸裸的炫耀。

她快步走向自己的公寓，低头掏出锁匙。

"噔噔噔噔……"玉锦模仿《命运交响曲》的声音像打了个响雷似的在她耳边炸开，惊了她一跳。诺拉一抬眼，她爸爸玉锦摆了个最有型的姿势站在房门前，旁边竖立着一件大纸箱。她看了一眼，不知玉锦究竟打什么主意。

"女儿，"他作势拨了拨不存在的中分刘海，"惊不惊喜，意不意外？"说完把手放在下巴上，做了个标准的露齿而笑。

诺拉仿佛没看见，示意他挪挪位置。

玉锦有些无趣，站到门边，看着女儿开门。门打开了，她一声不吭地进了屋，直接把他晾在门口。

玉锦哪里不知道诺拉不开心，他早收到消息，方馥一案被结案，特意带了礼物过来庆贺。

待诺拉一身家居便服出现在客厅的时候，玉锦正在拆送给女儿的礼物，爱玛趴在他脚边，仰着头看。诺拉没在意，给他倒了一杯水，放在茶几上，自己坐到沙发上，拿起遥控器，开始看电视。

"晚间新闻：轰动全城的女明星方馥自杀案件，今日正式得到警方确认，死于自杀……"晚间新闻女主持的声音钻进玉锦的大脑，他瞄了一眼电视，电视画面变换了几个镜头，皇家集团吴轩云面无表情被记者提问的镜头一闪而过，涉案主角李振儒则谢绝所有访问。

"好了。"他拿开覆盖在智能人身上的最后一张包装纸，"诺拉，"他唤了一声，"来看看爸爸送给你的礼物。"

诺拉漫不经心地回头，一个栩栩如生的仿生智能人立在她面前。爱玛站了起来，兴奋地在原地转了两圈，对着智能人吠了两声。玉锦张开双手，等着他女儿过来给他一个拥抱。

诺拉站起来，不情愿地过去抱了抱玉锦，又坐回去接着看电视。

"意思是不用谈恋爱了？"她状如无意地问。

"女的，默认女性，你需要亲密的闺密，这个家太安静了，没人气。"玉锦赶紧解释。

"可以帮忙照顾爱玛吗？不然它会嫉妒。"爱玛似乎听懂了她的说话，围着智能人绕圈，有点得意。

"这是我托你埃蒙德叔叔在A国定制的仿生自主型智能人，日夜陪在你身边，不怕孤单。这是说明书，非常容易相处。"他塞给她一本小册子。

"你可以给它起一个名字。"他对诺拉挤挤眼，"对了，我明天过来帮你安装一套室内防盗系统，你把备用锁匙给我。"他说话的口气不容抗议。一想到李振儒和自己女儿搭同一台电梯，玉锦马上怒火中烧，李振儒把警方搜查他别墅的事件中伤得污秽不堪，竟然还有胆搬来同一栋大楼居住。

结案并不意味着诺拉就可以和绯闻撇清关系。李振儒一派斯文，使用舆论施压的手段却如此不堪，无其父之风，十足卑鄙小人。他与李家素无交情，只有一点生意来往，只需撤出进驻李家百货商城的两间店面，就可划清界限。诺拉把使用手册放在一边，并没有接话，手里的遥控器不停换着频道，显然对他的自作主张不太买账。

"诺拉，备用钥匙。"玉锦重复了一遍，不觉口气已有些严厉。他嘱托埃德蒙定制这款智能人的时候并没有料到李振儒今日的举动，也许他应该马上建议女儿搬出去。

诺拉不太情愿地起身走回房间，出来时手里拿着两张卡片、一把锁匙，放在他面前。

玉锦看着她情绪低落的样子，忍不住提醒她："你查的案件已结案，可是你和李振儒之间的恩怨才刚开始。你要打起精神面对。他好邪，居然想到用绯闻要挟你。不然，你先搬来和爸爸一起在老宅住？"他试探。诺拉嗯了一声，却摇摇头，她光明正大，理他做什么。

"我明天要安装的防盗电子系统跟方馥家中的同款，最新的电子防盗系统。那男的邪门，身边两个最受欢迎的女人，一个是他自己的妹妹，一个是女朋友，都离奇自杀死亡。我听说他的前妻也喜欢去T国……"玉锦话未说完，打了个寒战。不行，他今晚回去要参考《碟中谍》，看还有其他什么装备可以用上。

"嘟嘟嘟……"诺拉的手机响了，卫一凡来电，她接通了电话。

"Madam，李家请了恒信集团的金牌律师起草了起诉书，准备状告我们警局滥用职权，违反无罪推定的原则，对他们集团和李振儒公司带来实质的商业损失。"

李振儒此举无疑是配合律师的起诉书，令诺拉洗不清出于私利而拖延结案的动机。

"他们没有马上把起诉书递交法院，而是再次施压我们的警务处处长，高明地打了一出人情牌。"毫无疑问，他们的顶头上司否认警方调查给他们带来的名誉损伤。"还有，李家的律师此番举动也与李家接下来计划进行集团的交接仪式有关——长子李振逸接手恒信集团，交接仪式就在几天以后进行。肃清任何不良舆论对于他们来说非常必要。这几天他们李家三父子都在准备，听说李振儒已经着手进行李家百货商场的虚拟平台……"卫一凡顿了顿，相比李振逸的风光，多年得到父亲李翰瑞的关注和支持一直活跃在公众视线内的李振儒，简直微不足道。相较之下，他搬进御港湾的举动真是居心叵测。"Madam，小心李振儒。"他最后提醒道。

诺拉挂了电话，一回头，玉锦已经接通了智能人的电源，正在充电。

这只机器人不同爱玛，只需充电完毕，无须干预，如人一样独立地活动和处理居家遇到的各种问题。"你好，您好，hello……"机器人启动中，它精通多国语言，说话的时候眼睛自动睁开，嘴唇微微动了一下。诺拉一下子来了兴趣，靠近沙发边看着他摆弄这个新的伙伴。智能人黑色短发，东方人面孔，仿生度高达99.9%的皮肤，她用指尖摁了摁，不知什么材料，感觉柔软，温度稍低于体温。一双手修长，正垂在身体两侧。

"什么时候买的？"她口气有些调侃，看来玉锦准备以高科技辟邪。她手腕处的黑曜石水晶在灯光下闪着金色的光芒，相比黑曜石带来的心理安慰，高科技更实在。

"一个星期前订的。"玉锦头也不抬，这款智能人在小众市场好抢手，埃德蒙帮忙不少。

"这个还可以接入家中的防盗电子系统，你埃德蒙叔叔说可以根据电子系统储存信息预警。"玉锦絮絮叨叨，介意女儿刚刚不冷不淡的敷衍。万一姓李的真的使用高频干扰诺拉，他甩了甩头，开始磨牙，敢对付他的女儿，让他竖着进来，横着被搬出去，他狠狠地诅咒。他幻想无数遍这只智能人具备所有绝地武士的本领，手持一把光剑直接刺穿楼层，把半夜流着口水觊觎他女儿的畜生刺穿几个窟窿。

御港湾顶楼。

李振儒站在落地玻璃窗前，俯瞰着海港的夜色。房产中介办事效率极快，半天时间就基本安排妥当入住，旧别墅里的东西都被搬来了新居。他的律师告知他，警方那边由于找不到关键证据，已经停止了对他的调查，方馥案当日结案。

似乎他选的房子方位不差，刚搬进来，就有好消息。

"你明日过来我们恒信，有事要谈。还有，唐懿很可能会被邀请去拍广告。这事你应该知道。"李振逸打电话给他的时候声音冷静，似乎叙说一件与己无关的事实。李振儒忍住把手中的酒杯砸在地面的冲动，喝掉最后一滴酒。

凌晨2点。

李振儒闭着眼，身体一浮一沉，缓慢地深呼吸，卧室内香薰蜡烛散发着薰衣草清香，一阵阵，随着气息交换进入体内。他意识慢慢模糊。窗外，海港不夜天的尘嚣渐渐落幕，趋于平静。香薰的味道悄悄地平缓睡前喝酒带来的头痛，他终于沉沉睡去。

四下一片白茫茫，他似乎要寻觅自己的意识，在浑浑噩噩中试图清醒，然而极目张望，却看不到任何标识的边界。慢慢，白色的雾气似乎随风翻滚了起来，在他身边掠过。他伸出手掌，缕缕的云雾似在指尖似水流动，他合上掌心握成拳——手中空空如也，什么都没有，只有指甲刺入肉的痛感。风大了起来，他身处的白色迷茫终于消散，他终于看清，自己站在悬崖边，山风狂野地呼啸，似乎要把旁边的松树连根拔起。一不留神，他被风卷着掉下了万丈深渊。急速堕落感令李振儒猛然从梦里醒了过来，他睁开眼睛，窗台的窗帘被微风吹着颤动，玻璃杯里的蜡烛偶尔摇晃两下，熏香幽幽。窗外不夜天依旧，只是不再有声息，光从外面透进来，在天花板上拖出一条长长的影子。

只是错失一次投标而已。他的眼皮过于沉重，酒气在呼吸中继续麻痹他的大脑，他想不起这个噩梦的缘由，失去白日记忆之前勉强想起竞透失败的失意，复又伴着这个安慰沉沉入睡。

梦里他继续急速坠落，"砰"的一声，水花四溅，他掉到了水底。水从口里鼻里逼着灌进来，他呛了好几口水，眼睛睁得圆大，拼命地手脚并用划着，想浮出水面。蓦然，他发现几米外有一个穿着白色连衣裙的躯体，一动不动，静静地待在水下，长长的黑发往上漂着，遮住了大部分的面容，他分不清这个躯体属于女人还是女孩，随着水里透射的浮浮沉沉的光，一闪一闪，恍惚看见一双修长的小脚上套着黑色的漆皮公主鞋。

一阵莫名的恐慌令他又灌了几口水，他拼命地划着，终于浮出了水面。远远的岸边灯火通明，人声嘈杂，似乎有人在打捞什么东西。

"快点快点，把她抱起来！"人群里有人喊着，有人欢呼了一声。

"是谁?"他的四肢开始乏力而沉重，似乎有什么在想关闭他的最后意识，把他拖进沉沉的虚无。他奋力挣扎几下，多想自己是那个被抱着救出水面的幸运儿。

"李家的小公主真命大，这个时间，如果不是家人细心，及时发现，恐怕早已归西。"不知谁的声音，钻进他的耳朵，他听不出欢喜，只觉得耳膜刺痛，他费九牛二虎之力，爬上岸，湿漉漉身体下的踏实感让他瞬间陷入昏睡。

不知过了多长时间，似乎有什么在触碰着他的脚，他倦极睁开一丝眼睛，天色已亮，周围空空落落，没有一个人，似乎刚刚发生的一切只是幻觉。他皱着眉看向自己的脚，一只湿漉漉的手正抓着他的脚尖，他忍住怦怦的心跳，沿着手臂看下去，一个长发的女子从水里伸出头来，湿漉漉的长发贴着她浮肿的脸，黑洞洞的眼眶，似乎要把人的灵魂吸附殆尽，墨汁般的液体在眼角溢出，同样颜色的液体从那咧嘴而笑的口腔冒了出来，在嘴角两边蜿蜒。李振儒似乎听到了无声的怪笑，令人作呕的尸腐味在空气中丝丝缕缕，越来越浓。她身后的湖水在晨光下黑沉沉，隐约还有其他的躯体半浮着，又似乎有更多的人头向岸边无声涌动。

天空晨光万丈，崭新的一天，然而他目光所及之处，真切告诉他正身处人间炼狱，无处可逃。

恐慌排山倒海而来，李振儒蓦然睁开眼睛，一下子翻身坐了起来。黑暗中他一动不动，回想刚刚的梦境，恐惧攫住他的心神，伴随如雷的心跳。他的喉咙干得有点刺痛，吞咽了一口口水，摁开了床头灯，穿上拖鞋，走出客厅找水喝。

客厅里没有开灯，他倒了半杯水，灌了下去。夜有些凉，他放下杯子，走入卧室披起一件睡衣，又走出客厅，坐在沙发上出神。

当年他母亲冲向楼梯，她的睡衣外套滑落地板而无暇多顾，他捡起来的时候，也有片刻如现在这般出神。"李家的小公主真命大……"梦中不知谁的声音在说话，如同耳边梦呓般窃窃私语，听不出是在恶意地嘲讽，还是善意地松了一口气。可惜，命运只眷顾李怡君一次。那天晚上，妈妈方研撕心裂肺的哭声，夜半赶回来的爸爸，由远而近的急救车声，出差在外的李振逸打回来的电话……李振儒看着昏迷状态的妹妹再次被送往养和医院，那晚以后李怡君再也没有和大家一起回来。

他枯坐在客厅，追索梦境中的现实记忆。

在这半光亮的客厅，十七年前的记忆，半明半暗如隔了几个世纪，仍然清晰。

李怡君就读于天主教圣保禄女子学校，平日里甚少接触男生。在她十三岁那年，学校却有传闻她与较她年长四岁的学长相恋。由于她读的是女子学校，李家开始并不以为然，李振儒却由此尤其留意妹妹的动向。他跟踪了很长时间，直到偶然一次在接妹妹放学的时候，听到她和同学谈论即将到来的一次校际竞赛。他的妹妹在说起与玖龙华仁学校的同台表演时，神采飞扬，眼睛如流光溢彩的晨星。第一次，他主动向李翰瑞申请，代替家长，出席观看这次音乐竞赛。

表演当日，他目光紧紧追踪自己的妹妹，生怕错过了任何一条线索。果然，传闻并非空穴来风。她妹妹与来自玖龙华仁学校的一名男生同台演出，合奏一首《卡农》，钢琴与小提琴的完美演绎，出神入化的默契，赢得全场的掌声。

李振儒跟着众人起立，下意识地拍着手掌。那个弹钢琴的年轻男子身型颀长，面容清秀，看不出年长多少，望着他妹妹的样子，像是忘记了全世界。

李振儒很快就查到了男学长出生于普通家庭，就读于玖龙华仁，喜欢钢琴。读书之余，帮做兼职，以抵上私人钢琴课的费用。刚好十七岁。

也许他俩仅仅是情愫暗生，可是他知道极度宠爱妹妹的父亲不会允许他们有将来。这个若有若无的传闻成了妹妹心底某个阴暗角落的秘密，李振儒为自己的发现而兴奋不已。

可是两人并无任何来往的迹象。

他几乎日益继续地盯着自己的妹妹，却一无所获。

他妹妹信奉天主教，周末经常去教堂。绯闻似乎不分衍生地点，只要产生，为吸引注意力，一个版本接一个版本地更新延续。校际表演之后，李怡君的恋爱传闻在圣保禄中学和华仁中学传得沸沸扬扬，她就读的女子学校，对男女关系话题尤其敏感，好话坏话兼有之。李翰瑞命人查清楚男子的家世，脸色愈发难看，且与宝贝女儿几次交谈均遭到当事人否认恋情，他疑心女儿遭人嫉妒所致，夫妇二人整天担心女儿会因此而大受打击。

酒精似乎蒸干了李振儒血管里的水分，让他的喉咙异常干渴，他下意识地拿起杯子，又喝下半杯水。

当年在教堂，他常常坐在妹妹旁边，看着她优美的侧脸，阳光从五彩玻璃窗透进来，她稚嫩脸上的细微绒毛似乎被镀上了一层光彩。她究竟在心里说什么？李振儒出神地看着这张脸，眼神的焦点却落在远方的某点，如果他懂得读心术——他无意识地数着妹妹一根根长长的眼睫毛——每逢周末的教堂陪伴就会相当有趣。

"哥，你在听什么？"李怡君祈祷的时候面容肃穆，嘴唇紧抿着，李振儒只知道她正在与神做着与自己有关的非同小可的交流。此刻她扭头面向自己的哥哥，眼睛因为确信自己受天主的照顾而额外熠熠生辉，望着他的神情却带几分谨慎的防备。李振儒心里既好奇天主的抚慰力量，又震惊于妹妹的戒备，尽管她飞快地以一个背着光的明亮笑容掩饰，李振儒还是把她那一闪而逝的警觉留在脑海里。

这几乎让他夜不能寐。

这个年仅十三岁的妹妹不仅容貌标致，而且聪颖过人，从小过着被人呵护备至的公主生活，她那超乎年龄的早熟并非因为经历沧桑和磨难。是什么让她竟然防备自己？李振儒半夜站在落地镜前，睡不着，索性审视自己。镜中的李振儒不高，双手抱在胸前，支起一只左手，摸着下巴，他是家人面前风度翩翩的绅士，父母眼中的好兄长。

直到一年后，凌晨3点，他从熟睡中蓦然睁开眼睛，一阵细微的说话声，反反复复地说着一个人的名字，似是呢喃着甜言蜜语。他几乎第一时间就听出了这似乎糅合了痛苦的甜蜜思念的低语，来自妹妹李怡君。这祈祷式的自言自语只维持了十几分钟的时间，便消失在无边的黑夜中。李振儒屏着呼吸聆听，久久才吐出一团气息。房间静悄悄，时钟嘀嗒嘀嗒，窗外的森林笼罩在黑暗里，偶尔传来蟋蟀的叫声。凌晨3点半，周围安静得似乎能感知暮霭在林间慢慢升腾而起。他的房间在东头，李怡君的房间在西头，他确信自己听到的不是妹妹附在妈妈耳边的悄悄话。

他的手脚因为兴奋而有些发凉，掌握秘密的狂喜几乎席卷了他。这片沉沉的黑暗如盘古开天之前般永恒，远古以来人类被赋予的通灵天赋，在这似梦非梦般的虚幻境地，让人自由自在，似乎连生杀予夺的权力也可以随时拥有。

很快，急于掌控的欲望让他难以忍耐妹妹的深夜独自祈祷。他有时想象自己扇她几个耳光，阻止她的思念，奇妙的是，半夜私语果然戛然而止。

原来想象的暴力也可以让他得到威慑他人的自信。

那段时间，一家人整整齐齐的聚会，一家人简单地坐在一起吃饭的每日三餐，成了李振儒最喜欢的光阴，尤其是早餐时间。他喜欢看着妹妹顶着苍白的脸和乌青的黑眼圈，目光中不再有因父母宠爱的熠熠生辉，脸颊也不再因又甜又酸的爱恋而抹上红润。他喜欢看着她目光闪烁，回避母亲和父亲的关怀，似乎仓皇逃离饭桌，不复往日自信。

她的改变很快引起了父母的重视。开始彻底追查关于女儿和男子恋爱的谣言，甚至怀疑谣言是同台演出的男学长有意所为，于是找到玖龙华仁学校的校长，警告该名男学生。

李振儒一点也不怀念妹妹的天真烂漫，她灰暗的青春期让身为哥哥的李振儒愈发潇洒俊朗，担负起无微不至的照顾责任。父亲李翰瑞的做法显然不为年轻人接受，那名男学生很快公开宣称李怡君是自己喜欢的女子，两所学校的学生公开谴责李翰瑞干涉子女以及他人私事。李怡君夹在父母与学校同学的舆论压力之间，态度暧昧，意志越发消沉。

李振儒看着妹妹日益消瘦，精神萎靡。有时惊讶，他只是在每晚听见她祈祷之时，心生惩戒而已。若非父亲李翰瑞因为她而受舆论攻击，若非她罔顾家人反对，暗生情愫，在内疚中备受煎熬，她何至于如斯境地。李振儒不止一次近距离地观察着她的黑眼圈，她的脸年轻饱满，嫩得似乎能掐出水来，只是双目无神，眼下的微微凹陷，阴影突兀。她满头乌黑浓密的秀发，似乎承受不了神经末梢带来的压力，随处飘落，甚至出现几根白头发。看着母亲方研急得四处求医问药，为她寻求心理辅助，李振儒心里感慨，只要妹妹不喜欢那个男的，不就好了。他心里如此叹息着，带着对妹妹长久的嫉恨，她自幼深得父亲宠爱，竟然如此辜负双亲的期望。

杯子里的水已经喝得一滴不剩，天还没亮。

他蓦然想到方馥，她们因为心底秘密的爱恋，忽而甜蜜一笑的样子何其相似。他不自觉地站了起来，不太高的身型在客厅投下一个长长的阴影。酒柜里只有几瓶酒，他开了一瓶威士忌，注满了酒杯。这世界，有很多其他人像他一样，喜欢无拘无束，以天赐的审判者身份，享受黑暗力量带来的自信。

他也算是一个成功的商人。酒精的燃烧并没有让他得出和平时有偏差的结论。他终于倒在客厅的沙发上，沉沉睡去。

第十二章

天色一寸寸地灰白，照着李振儒熟睡的脸，他浅褐色眼睛紧紧闭着，不长不短的睫毛在乌青的眼下加多了一层阴影。温热的鼻息似乎急于把体内的疲倦祛除，一声声，如重重的叹息。唇边以及下巴的胡子在几个小时内悄悄把他的脸圈出不修边幅的熬夜憔悴模样，他有时梦呓几声，然而再没有昨晚般的噩梦干扰他的睡眠。

天终于大亮。"丁零零……"卧室里闹钟大作，沙发上的人影依然一动不动，任由铃声固执地响了差不多半小时才慢慢睁开了眼睛。客厅空荡荡，他目光慢慢由地板游移到墙壁，再到天花板，这是他刚花了八千万买下来的新居，还有二分之一的余款分期支付。他默默算计了一下支出，加上他未转手的半山别墅，还有自己与方馥名下的别墅，他约有几亿的支出需要盈利的收入平衡。说到盈利，他的眼珠转了转，广南省的项目如果中标的话……他闭上了眼睛，翻身坐起，气息有些急促，这笔损失应该计算在支出总额。

他认识方馥的时候，E国的生意已经不济，他初接手房地产公司的风光已经不再。眼看哥哥李振逸一步步独力支撑自己的事业，自己坐享其成却境况愈下，大嫂江心婉对他冷嘲热讽，父亲李翰瑞左右为难。他手头虽有余钱，却不足以支持E国的生意额，遂将目光转向本地的投资渠道。调查方馥与吴轩云的关系，一来知己知彼，二来确认多一条生意关系。

"吴轩云只是我们的老板，我们之间是普通的雇佣关系，我们公司的其他演艺人员只是持有一些公司的股票，不存在任何插手或干涉公司决策运作的可能。"她拒绝的时候话音圆润，像掉落在地上的珠子，字字清脆，说完嫣然一笑的样子，明艳照人，有意无意地照出他心思晦暗的灰败。两人三年的恋爱相处中，像这样一点两点火花的对话，越来越多。她是娱乐圈中公认的常青树方馥，粉丝无数而又处事低调，从不与人为敌。然而在他眼中，却是张扬得肆无忌惮，根本不懂低眉顺眼为何物，与唐懿完全不能相提并论。

她众星捧月，笑得明亮的样子和李怡君如出一辙。只不过他妹妹出身豪门，众星捧月，被呵护得无微不至，不知阴暗嫉妒的厉害，那是自然。每每念及此，李振儒总生出一丝冷笑，戏子就是戏子，竟然在娱乐圈享受和她妹妹般无忧无虑的生活，还不学学肝气郁结的忧伤，纵然她脾气再温和，也是招人嫉恨，难防暗箭。

李振儒对着镜子细心地刮胡子。他的脸皮肤光滑，眼角只有几条鱼尾纹。乍一眼看去，年轻，却缺乏千禧一族的阳光帅气；冷漠，却有别于成熟魅力男人的冷静。他刮完胡子，左右看了看，满意地看着镜子里翩翩贵公子的男人形象。仅仅是出身豪门，已为他个人魅力无限加分，能得到他这样的豪门公子的怜爱，方馥应该学着感激，而不是在他纵酒的时候独自关在房间，看看书写写字。女人修身养性练得不是时候，不怪他只想破坏。

"叮……"顶楼电梯门打开了。李振儒一身西装笔挺，走了进去。他脸上剃得光滑，头发上搓了一些慕斯发胶，西装上喷了一点点古龙香水。今天要去恒信。所谓创业容易守业难，父亲那么大的生意，恒信于他而言，哪里仅仅只是构建一个中介平台而已。离李振逸接掌恒信仪式还有两三天，他父亲李翰瑞已订好时辰，到时李家大公子李振逸将成为媒体追捧的焦点。

"叮……"电梯门打开了，他快步走向自己的座驾，打开车门，很快发动车子离去。

风从车窗灌了进来。跑车在街道上呼啸着，他手指在方向盘上无意识地打着节拍。唐懿从前最恨这种强迫式被比较，常哭着投诉，个中的人情冷暖，在公众场合如刀子般深深剜挖着她的自尊心。

一边是自己不容受伤害的面子和利益，一边是自幼关怀照顾自己的父母以及长兄，因为一场必要的接班人交接仪式，突然之间，成了对立的两个面。他的一颗嫉妒心在中间，酸涩难忍，努力维系着一种叫作亲情的社会纽带。

恒信集团。

"李先生早晨好。"集团员工见到他纷纷打招呼。李振儒的腰挺得笔直，白色衬衫下锻炼过的肌肉有些绷紧。公司里化着精致妆容的女员工从他面前走过，颔首向他致意，他脸上的表情带着一贯的冷漠，心底却抑制着你知我知的愉悦，朝她们点点头，径直走进了李振逸的办公室。

"哥，我来了。"李振儒朝着办公室里的李振逸打招呼。李振逸正在和恒信副总经理上官玉商量公事，听到声音两人停了下来，李振逸抬头回应："你先坐。"

上官玉低声说："我先出去，等会儿再跟您汇报。"尽管还有两天李振逸才正式接任恒信董事长职位，上官玉言辞之间对他的恭敬，不亚于对李翰瑞。

一个年轻的办公室女助理很快捧着茶杯进来。李振儒看着她走到面前，低下头，把茶杯放在面前。她的眉毛画得精致而纤细，小小的朱唇让人有一亲芳泽的欲望，她朝李振儒露出一个职业性的微笑："李先生请用茶。"李振儒不说话，她转而向李振逸微鞠了一躬，说："董事长，我出去了。"李振逸点点头，目光温和，显然对新助理十分满意。女助理的鞋跟长而尖细，轻敲着地板，吸引着李振儒的目光注视着那双西装裙下笔直修长的腿。

"李先生，你们慢慢谈。"上官玉颔首向李振儒打招呼。李振儒点点头，却冲女助理一笑，说："谢谢。"女助理有些愕然，然而见惯场面，脸上春风未减，亦回之以嫣然一笑。上官玉似是见怪不怪，两人很快离开了办公室。

李振逸清了清喉咙，喝了一口水。他今年四十九岁，尽管二十多年来的商场拼杀让他饱历浮沉沧桑，然而出身名门，加上保养得当，他西装革履地端坐在办公桌后面的气派，与平时玩味不羁的气质大相径庭，低调内敛的魅力展露无遗。李振儒只扫了哥哥一眼，自知他比今天早上镜子中的自己有过之而无不及，不自禁地坐直了身体，问："哥，我来商量我们恒信的电商平台事宜。"

李振逸"哦"了一声，嘴角似乎有些微翘，转眼消失不见。"这是我们恒信与你们天地公司的合同。"他拿出两份合同，摆在桌面，"你先拿一份回去，好好看看，等后日公司集团接任仪式以后，再过来跟我们签合约。"

李振儒上前拿起一份合同，打开细细浏览起来。

"不急。你拿回去慢慢看。"李振逸把手放在脑后，往身后的老板椅一靠，姿态轻松。

李振儒不疾不徐地翻了几页，又看了看合作的价码，不错。他合上合同，伸出右手，说："哥，我们合作愉快。"

李振逸转了一下椅子，老板椅在李振儒面前转了一个圈，然后定了下来。他手肘撑在桌面，看着弟弟。"听说方馥的案子算是结了，警方找不到直接证据。恒信这边的老臣和爸爸担心你的私事影响公司的正常运作事务，让一班律师写了状子准备起诉他们，指控警方涉嫌滥用职权以及侵犯你的名誉权，这才逼得他们尽早结案。"他收起不羁、严肃的样子，和父亲李翰瑞无异。

李振儒吃了一惊，诺拉那张精致的脸在脑海掠过，比刚刚的女助理还多了几分清新。这个清新而强势的邻居恰好在他搬进来的第一天就屈服于他们李家的势力。他不自觉地模仿起哥哥玩味的笑容。

"咳……"李振逸清了清喉咙，显然弟弟的反应出乎他所料之外不止一两公里，说，"方馥之案虽结，然而不可忽略在此案调查过程中舆论对公司集团的负面影响。我和爸爸的意思是，你要处理好唐懿和两个子女的事，不要再出任何差池。"他似是口气轻松地叮嘱，然收尾时话音加重，警告的意味不容忽视，"娱乐圈说大不大，说小不小，海港几乎所有有头有脸的场合都会邀请娱乐圈中人出席，而且，吴轩云与方馥的关系，不只是交情。方馥案如此了结，他不会就此甘休。"

这是李振逸第二次提方馥。他们全家人在李振儒与方馥开始恋爱约会之始，任何场合均只字不提方馥。方馥出事以来，李家只有身为兄长的李振逸跟他讨论了两次，包括这次。显然之前的避而不谈，并无任何忽视的意味。

"唐懿的事，你一定要处理得得体，不要再让爸爸妈妈烦忧。"但凡具备理解能力的人，都会心怀愧疚，感激李翰瑞和恒信的插手相助。至于刚刚的内情，弟弟是如何听得心底开出花儿，李振逸无从得知，站在他面前的李振儒似乎陌生得认不出来。

海港警局。

"Madam，根据最新的线报，乌鸦和片仔今晚可能会有一批货到港。"程高向诺拉汇报最新消息。

"大概几点?"诺拉面色凝重，手中的钢笔习惯地点着桌面。

"大概半夜2点。"程高抬起手表看了看。

"海关今天已经在加派人手，检查过境人士。"卫一凡插了一句。

"目前还不知买家的身份、对方会带几个人交易。毒品调查科的人马几次搜查他们在屯门的出租屋，均无功而返。"程高补充。电话窃听全是日常点外卖，嫌疑人异常狡猾，隐匿很深，警方跟踪这条线索已有大半年，毫无所获。

"今次毒品调查科在屯门以及乌鸦片仔经常活动的旺角布下众多眼线，务必人赃俱获。"几乎大半警局的警力已经出动，宋琪心内算一算，可以分派他们组的人手不多。

"通知海关和毒品调查科，我们刑侦组按任务要求跟踪乌鸦和片仔的车。"诺拉拿起外套，抬起手表和他们对时。

几个助手同时对表。

上午11点12分。

"订几个盒饭，"诺拉回头吩咐方守仁，"准备六七台面包车，我、Patrick、Peter一组。Tony、你跟Rick一组。"她说话速度很快，方守仁的速度更快，一行人搭电梯到地下停车场时，已经有短信通知方守仁面包车已经准备好。

诺拉走出电梯，从包里拿出一个塑料袋，对几个人说："从现在开始，大家手机关机，取出芯片。我们依惯例使用警局的临时手机联络。"她把塑料袋里的几只手机发给他们。

各人接过手机，上了车。

嘟嘟……方守仁拨通其他弟兄的电话："你们把车停在跑马地马场停车场，我们等会儿过去。"他挂了电话，发动车子，车子迅速开出警局，前往跑马地警署停车场。

车子穿过街市。初冬的海港，看不出季节的替换，亚热带季候风并没有为这个城市染上风霜。方守仁摇下车窗，有些分神，街道两旁行人熙熙攘攘，还是平常的一天。车子转过街角，经过的报摊上醒目的新闻标题不再有方馥。

一个月不到，人们似乎已经适应了一个人彻底消失于世。

车子经过他们经常光顾的快餐店的时候，宋琪拉开车门下车，一分钟不到，他拎着几个饭盒上了车。

方守仁把警车开到跑马地警署停车场。几个人在车上解决了午餐，诺拉脱下西装外套，换上一件格子长衬衫，她戴着鸭舌帽的样子像个中学生。方守仁戴上帽子，架上一副眼镜，遮住大部分的面容。几个人分别换过装扮，检查了通信设备、窃听耳机、对讲机，以及随身携带的枪支弹药，步行到跑马地马场停车场。

很快，两辆旧面包车从跑马地马场停车场一前一后地开出。两台车在最近的一个十字路口一左一右分道扬镳。

11点45分。深水埗。

乌鸦把车停在自己杂货铺前，开始一件件地往店里搬可乐。方守仁把车停在离他不远处，诺拉示意卫一凡下车行动。她和方守仁戴着耳机，留在车内，和他保持联系。

卫一凡拉开车门下了车。他头上戴着一顶棒球帽，上身穿着一件黑色的长袖T恤，外面套着一件白色短袖T恤，双手插在黑色短裤的裤兜里，脚上趿拉着一双人字拖，吹着口哨，休闲地靠近目标人物。

乌鸦并没有留意他的靠近，他的小货车后备厢和车门开着，车上广播正唱着经典老歌，一件件可乐和雪碧堆在车内，等着他往外搬。他老婆在杂货铺内抱着二岁半的儿子吆喝着，似乎是骂乌鸦昨晚又通宵达旦不归，拖延了进货。他略显木讷的脸有些呆滞，胡子拉碴，嘴里叼着烟，呼呼地往外冒气，搬货的动作略显缓慢，对女人的脾气充耳不闻。诺拉和方守仁在车里凝神静听，女人的嗓门够大，据警方调查，两夫妇经常当着街坊吵架，大家已经见怪不怪。乌鸦今年四十五岁，他老婆三十九岁，二人育有一个儿子。夫妇在旺角租了间店铺，铺租已经拖欠了两个月，乌鸦平日里喜欢流连赌馆，经常约三五赌友一起赌博。

走近小面包车的时候卫一凡的脚步放慢，停止了吹口哨，乌鸦在杂货铺里忙着处理卸货。卫一凡在铺面前停了下来，扬声说："老板，麻烦来两盒烟，还有两瓶可乐。"女人停止了叫骂，笑着跟他打招呼："靓仔，等等。"她身型有些肥胖，圆圆的脸笑起来只看到鱼尾纹，带些日晒的雀斑。乌鸦不满地看着女人瞬间开出花的脸，低声咒骂了一句，转身为卫一凡拿烟。卫一凡趁两人不注意，手一扬，把一只超微型飞行器扔进了货车里，一只比指甲小的黑色小飞虫在空气中翻了翻，展开翅膀，稳稳地飞到后座的椅背处。

这是埃德蒙教授研发的新型追踪器，比上一代体型更小。方守仁在车内暗暗呼了一口气，体型越小，感觉越难遥控。乌鸦还在杂货铺里，他摁着遥控器上的按钮，调整着飞虫落脚的位置，直至它躲进货车后面的阴影处，与角落融为一体。

女人拿了两瓶可乐递给卫一凡，她从乌鸦手里拿过烟的时候，打了一下他手臂，嗔怪道："死鬼，快点把车开走，那边等着用。"

乌鸦也不言语，转身把剩下的卸货放置妥当，在卫一凡等找零钱的工夫，关好车门和后备厢，钻进小面包车。片刻，一阵带着杂音的发动机轰鸣声响起来，车尾的老旧排气管剧烈颤动着喷出一股汽油味。乌鸦架上一副廉价墨镜，哼着小调开了出去。

卫一凡站在路边，拧开一瓶可乐，朝嘴里灌了一口，朝乌鸦的老婆笑了笑，这个三十九岁的女人，有双二十五岁的手。他转身钻入方守仁开到身边的车内。诺拉把遥控器和数据显示屏幕交到卫一凡手里，用耳线通知宋琪，"目标人物1号已经驶离活动地点，准备交接跟踪任务。"

"Madam，目标人物已经驶入荔枝角道，B组顺利跟进。"宋琪耳机汇报行动情况。

方守仁往右打方向盘，转入太子道西。"A组旺角花墟准备。"卫一凡对着耳机通知B组。

他盯着屏幕上的画面，看到宋琪慢慢调整镜头方向，直到驾驶座上的乌鸦出现在镜头里。

12点39分。鸭寮街。

乌鸦把小货车停在一家出售电子产品的店铺。这条街以琳琅满目的电子产品出名，著名的跳蚤市场。他的好友片仔在这里租了一间小店面，做手机和相机生意，店里供应的电子商品全部是二手货，偶尔有一两款新品。

乌鸦下了车，走进店铺里。他的朋友片仔正在跟顾客讨价还价。他戴着眼镜，叼着一根烟，有些不情愿地对着一个顾客说，"这是市面上最新出的手机，九成新，这个价已经很低了。"

"再低两百。"男顾客的粤语讲得有些不咸不淡，不够正宗，不愿让步。来鸭寮街淘货，就是看中够便宜。

"算了算了，算我吃亏，再便宜一百。"片仔拿出一块擦拭布，边说边仔仔细细地把手机擦得干干净净，放到男顾客的眼前，亮得可以当镜子照的手机上几乎看不到被使用过的刮划瑕疵。

男顾客没有再还价，掏出钱付款。

狭隘的店铺还有其他两三个客人在淘货，生意相当不错。

送走顾客，片仔没有看向乌鸦，随意说了句："来了?"

"嗯。"乌鸦比片仔年长十岁，口气却透露着奉命行事的恭谨。

"那批货下午两三点到，霓国那边过来，五成新。"他特意去霓国旅行寻觅的卖家，比其他进货商的质量要好，只是间隔时间长一些。

"多重?"乌鸦问。片仔的店面小，但是生意不仅仅是招呼过来光顾的客人而已。

"500千克，请了几个人过来帮忙提货。"片仔推了推眼镜。显然不在意对话是否被其他人听到。他毕业于海港科技大学，迷恋高科技电子产品。在鸭寮街租了一个店面，进口二手电子产品，出售并转销，维持生计绰绰有余，片仔对于目前暂时来说颇为满意。

下午1点15分。

停在鸭寮街面包车的影子随着正午的太阳渐渐缩短。宋琪坐在驾驶座上，熄了引擎的车内有些热，他拿起矿泉水喝了几口，等着乌鸦和片仔出现。程高在车后摆弄着遥控器，屏幕上的画面不停转换，微型飞行器在小面包车里飞飞停停，拍摄着车内的状况。

"B组注意，目标人物在下午两三点到货。"诺拉的声音从耳机里清晰地传出来。

程高吹了一声口哨，乌鸦车内的微型飞行器飞了起来，重新隐匿在车后座的角落处。如果可以利用电子头环进行遥控，那就真是太方便了，程高又吹了一声口哨，到时就像训练宠物一样训练飞行器。

"B组，货车停留时间过长，目标人物半小时后前往贸易公司提货仓。"

宋琪接到指令，启动车子，慢慢退出鸭寮街。鸭寮街上行人三三两两，并没有因为这辆停了半小时的货车突然开动而多看两眼。鸭寮街人流如水，来这里淘宝的人不讲逻辑，只期待收获意外的惊喜。

下午1点45分。

片仔和乌鸦从店内走出来，乌鸦坐上驾驶座，把面包车开出了鸭寮街，车子横过长沙湾道，开到长沙湾某工业大厦，转入了该大厦的地下停车场。尾随的方守仁把车停在大厦外面。

乌鸦车内的追踪器潜伏着，一动不动，诺拉和卫一凡的眼睛一眨不眨地盯着屏幕，只见小面包车开入地下停车场，泊好车，镜头斜对着地下电梯入口处，定了下来。

乌鸦和片仔下了车，朝电梯口走去。

镜头画面固定，停车场内静悄悄，并没有其他人经过。

半小时后，乌鸦、片仔，还有另外四个人，各自抬着一个木板箱，从电梯里先后出来。

"木箱里的货不会有问题，"卫一凡说了一句。不然过不了海关。

另外四个人两两抬着一个木箱，身影慢慢移过镜头，他们戴着帽子，看不清楚脸部，但是皮肤有些黝黑，从身型判断相当年轻的样子。

一百多公斤的木箱，说重不重，乌鸦和片仔两人抬到面包车边，打开车门，小心翼翼地放进车内。

卫一凡调整了微型飞行器的位置，小飞虫从角落慢慢移动到车窗的位置，转向窗外，镜头里只见两只木箱被分别抬上另外两辆旧面包车。

"Peter，将这四个人进行面部识别。"诺拉打开手提电脑，数据线直接连接屏幕，四个人的脸部信息被输入了电脑数据库，进行脸部特征匹配。然而四个人的脸部模糊不清，电脑显示人脸信息匹配失败。

乌鸦坐上驾驶座，启动车子开了出去。片仔拿起电话摁了一串电话号码，对着电话下命令："B仔，等会儿分装货物发给店家。"电话那头嗯了一声，挂掉了电话。片仔做生意很有一手，每次转销的对象老板都不一样，生意缘广。

诺拉对着耳线，"A组B组准备，目标2号，车牌号W5348；目标3号，车牌号W3478准备货物交接。"毒品调查科那边的人马集中在片仔和乌鸦的店铺埋伏，有什么风吹草动马上出动。他们刑侦组只需负责跟踪分销车辆。可惜了飞虫跟踪器，白白跟踪了两小时。

几分钟后，三辆面包车一前一后驶离了地下停车场。

下午2点47分。油麻地砵兰街。

W5348停在一间店铺前，车上其中两个年轻人旋即下车，从车上慢慢搬下一件木箱。一个伙计从店里迎了出来，接手帮忙。三个人合力，很快把木箱抬了进去。

宋琪慢慢把小本田停在店铺的不远处，程高打开车门下车。他上身穿着一件黑色卫衣，配着一件白色短裤，脚上一双白色运动鞋。

他快步走进前面的店铺。只见店面不大，里面有几个人在看二手相机。伙计和年轻人挪着脚步把木箱往里面抬，"慢慢来，慢慢来。"他和年轻人吃力地把木箱轻轻放在地上。

店内不见另一个送货的年轻人。程高警觉地看了一眼店铺老板，他正从收银台后面出来，满面堆笑地和送货年轻人搭话。

"于老板好吗？年轻人做事就是快，货刚回到海港马上就送过来了。"老板夸道。年轻人显然跟老板不熟，回了一句"还好"，从裤兜里拿出一张货物清单以及收据，交到老板手里。老板接到手里，示意伙计开箱，验收清点货品。趁着和老板闲聊，他问："哪里入的货？"

"霓国秋叶原。"老板回答，"性价比高。"他补充道，有些得意。店内其他顾客来了兴趣，纷纷过来观看。

伙计拿来铁锤，一颗颗撬开钉子，打开箱盖。老板显然从事这一行生意多年，他蹲了下来，小心翼翼地拿起其中一件，熟练地检查，然后在清单上的对应项上打钩。

程高看了一会儿，拿起一台二手手机，翻来覆去地察看。"B组注意，"诺拉的声音清晰，"毒贩利用肉身运毒。"程高扫了一眼等着老板签收据的年轻人，二十几岁出头，皮肤被晒成棕色，薄薄的嘴唇紧抿着，看不出吸毒的迹象。察觉到他的目光，不自然地换了一个姿势，往前挪了一步抱着手臂查看清单上的选项。程高放下手机，走到年轻人身后，拿起一款相机，佯装研究。

"1、2、3……"他心里默念着，未数到十，店铺外面出现一阵喧闹声，宋琪已经制伏了另一名送货年轻人。他悄悄拔出枪，顶着面前的小伙子："警察，举起双手，怀疑你贩毒正式拘捕你，你现在有权不说话，但你所说的将会成为呈堂证供。"年轻人身体僵硬着，把手举了起来。店内的其他人吃惊地看着这突然发生的一幕，老板第一时间反应过来，放下手中的相机，赔着笑说："警察大哥，我们是做清白生意的，是不是有什么误会？"

程高扣着年轻人的姿势不变，拿出一副手铐把他双手铐上，接着拿出警察证出示在老板面前，严肃地说："我们是海港警察。现在怀疑你和贩毒分子有非法交易，麻烦你配合警方调查。你有权不说话，但所说的话将会成为呈堂证供。"老板显然并不害怕，马上拿出手机打电话找律师。程高等他打完电话，示意他伸出双手铐上手铐。

一阵警车的鸣笛声由远而近，很快，警局的其他弟兄推门而入，把一干人等带回了警局调查。

下午3点整。佐敦庙街。

方守仁把白色马自达停在离W3478不远处。诺拉和卫一凡神情紧张地看着前面的面包车。

"嫌犯非常狡猾，经常更换贩毒人员和联络方式，我们只从非常有限的证据里缩小嫌犯范围。他们行事小心，每次只携带少量的毒品，高纯度的海洛因，售卖的对象来自社会各个阶层。我们主要查获的证据来自K歌房里的学生。有学生在K房里面吸食海洛因晕倒送至医院，被家长发觉报警。"唐国远的声音非常严肃，毒品调查科与刑侦组的合作非常必要，他对刑侦组寄予厚望。

从面包车下来两个年轻人，一个穿着白色长袖衬衫，蓝色牛仔裤，捋起袖子。一个穿着黑色T恤，卡其色长裤。他们俩慢慢从车上抬下一个箱子。诺拉留意看着他们的动作，他们都穿着白色运动鞋，鞋跟有些黄渍，未见异常。

她摘下帽子，架上一副超大黑框眼镜，把头发盘在头顶，重新戴好帽子。这副打扮再配上那件红色方格衬衫，乍一眼看去，完全认不出这是电视上露过面的高级女督察。她打开车门，下了车，作势对车内的人说："等等，我好快。"

前面送货的两人前后左右地张望着身边，避免触碰。穿黑色T恤衫的年轻人余光瞥见诺拉的身影，抬高了一寸视线，飞快地看她一眼。

诺拉双手插在裤兜里，边打量着前面这间店铺边跟着那二人进入店内。

"多谢多谢！慢慢来慢慢来。"店铺老板和另外店里的伙计靠上前，显然等候已久。店里琳琅满目，各式二手手机，相机镜头，全部明码标价。店内三两客人好奇地看着搬进来的木箱，询问哪里进的货。老板有些得意，回答说："从霓国秋叶原入的货。"他接着指了指店内"旺季促销"的广告牌，说："两件一律八五折。"

年轻人有些吃力地弯腰把木箱放在店铺里面。一个从裤兜里拿出一张单据，另一个低声询问伙计，"洗手间在哪里？"

"出门转右，十米左右。"

诺拉握了握掌心，悄悄整理了一下方格衬衫。她的枪套绑在腰间，枪柄硬邦邦地贴着皮肤，外面看不出来。她双手插回裤兜，佯装好奇地上前，站到另一个送货的年轻男子的旁边，看着老板和伙计一件一件地清点到货。

方守仁打开车门下车，送货年轻男子刚好在离他几步的距离拐入一条商业过道，他跟了上去。公共洗手间只有几个隔位，刚好最里面那间没有人，年轻人闪了进去。

方守仁跟着进去，洗手间有些老旧，地板的瓷砖脱落了表面的颜色，洗手盆有些黄渍。他把手伸到水龙头下面，水哗哗地冲刷着他的双手。他盯着镜子里面紧闭的隔板，甩甩手上的水渍，拨弄着头发。不一会儿，靠近洗手间门口的隔门打开了，一个中年人走了出来。他伸手到水龙头下面洗手，从旁边抽出两张纸巾擦拭干净，走了出去。剩下的两个隔座门依然紧闭着，里面静悄悄，没有任何声息。

方守仁走到空着的隔座前，微微用力把门关上，悄悄拔出了枪，屏着呼吸盯着隔板上面。片刻，最里面的隔板似乎被什么碰撞了一下，接着一只手悄悄从最里面的隔位伸过隔板顶，中间的隔座迅速伸出一只手接过两小包白色的粉末。

方守仁见状，上前一脚踹开中间的隔座门，大喝一声："警察！别动！"伏在门口的Peter举着枪冲了进来，同样大喝着："警察！"他一脚踢开最里面的门，刚刚负责送货的年轻人退在马桶边举着双手，神色惊惶未定。

一个三十多岁的男人被中间的隔座门撞得跌在厕所马桶旁，方守仁把枪口对着他，"警察！举起双手！"

男人似是未有惧意，一把把手里的两包白色粉末扔进马桶里，企图冲走犯罪证据。电光石火间，方守仁一脚踢飞他伸向马桶冲水按钮的手，接着一拳打向他的眼睛。男人一只手捂住眼睛，忍住眼部的剧痛，另一只手摸索着继续试图冲走毒品，"吧嗒"一声，一只冰冷的手铐铐在他手腕上，方守仁一把扯过他的另一只手也铐上。"你有权保持沉默，你现在说的每一句话都将成为呈堂证供！"他说着，气息有些慌乱。男人被一支黑洞洞的枪指着，把双手举到头上，放弃了挣扎。方守仁摸出一只橡胶手套，伸进马桶里捞起漂浮在上面的两包白色粉末，把它们装进了封口塑料袋里。

同时，卫一凡押着贩毒的年轻人从最里面的隔座出来，年轻人头半低着，双手被负在身后，似是有些惊吓。方守仁拿出对讲机，呼叫支援："佐敦庙街呼叫支援！佐敦庙街呼叫支援！"两分钟后，警车的笛声呼啸着由远而近，很快，一辆警车停在佐敦庙街的店铺旁。几个警员从车上下来，协助诺拉他们把三个犯罪分子带上了车。

"带店铺老板和他的伙计回警局协助调查，通知毒品调查科，在佐敦庙街抓住了三个贩毒分子。"诺拉吩咐方守仁。她接着通知程高和宋琪，马上采取行动，抓捕毒贩。

周围围观的街坊越来越多，大家交头接耳，有人欢呼了几声。这附近有人吸毒的传闻让大家不安了很长时间。

有人认出了穿着红色格子衣服的年轻美女是高级女督察玉诺拉，喊了几声："玉督察好厉害！"

诺拉向他们点头致意，弯腰钻进车子。方守仁松开油门，打转方向盘，开回警局。

刑侦组两队人马和毒品调查科的人手几乎前后脚回到警局。这次一共抓捕了数十个人，一班人马马不停蹄地准备录证供。

此次行动必然引起贩毒网络轩然大波，贩毒首领可能会马上采取行动转移生产毒品工厂的成品。

警方行动要快。诺拉的中跟鞋踏着走廊地板，几步小跑来到审讯室。

毒品调查科的卡尔已经在里面等候，前面放着一叠资料。乌鸦垂着脑袋，铐上手铐的双手放在桌面，一动不动。

"Madam。"同事见到她，站起来打招呼，和她一起就座。诺拉朝他点点头，马尾在脖子后甩了甩，"Carl，我们开始吧。"

乌鸦的头继续垂着，对他们的对话恍如未闻。

咚咚咚。卡尔用拳头敲了几下桌面，乌鸦才不情愿地抬起头来，对上二人的眼睛。

近距离看着乌鸦，看不出实际年龄。只见他稀疏的头发在灯光下闪着油光，眼珠无神地看了他们一眼，又闪了开去。眼珠在长期的通宵熬夜压力下，新陈代谢缓慢，眼白浑浊，纵横着血丝。两条眉毛似是画画的时候不小心手抖，软软地趴在眼珠上面。眼尾放射状的鱼尾纹和嘴角的法令纹让他瘦小的脸看起来比实际年龄老了十来岁。他的鼻子有些削，鼻子下面的嘴唇薄得似乎留不住血色。

"阿Sir，Madam。"他一开口，一股牙龈出血导致的口臭扑面而来。

卡尔耸耸眉，说："乌鸦，本名罗广仁，因牵涉海洛因贩运案于2019年11月12日被警方正式拘捕。你有权保持沉默。你可以不回答任何问题，否则你的陈述将会成为对你不利的证据。你有权雇请律师为你辩护。如果你无钱雇请律师，我们将免费为你提供律师。"

诺拉盯着他的眼睛。只见他目光呆滞，闻言似乎惊了一跳，双手在桌面拖出长长的摩擦声音，想伸到裤兜里摸出一盒烟，又缩了回来。他摇了摇头。

"你是否需要律师陪同才作回答?"卡尔问得仔细。

"不需要。"他眼光低垂。

"罗广仁，你涉嫌招募和安排马仔利用肉身贩运海洛因，兜售给中学生和社会青年。你可能面临最高七年的监禁。"诺拉盯着他的表情，他常年夜出昼伏，略显苍白的皮肤因为眼下皮肤看得见的血管而显得透明，皱纹令他枯槁的面容更显灰败。

她目光移到乌鸦的手腕，他手腕上干干净净。档案上有他在赌场吸食大麻的记录。

罗广仁似是惊了一跳，摇摇头，说："我不知道你们在说什么。"

卡尔沉默了一会儿，说："你说谎。你在女人街租了店铺做日杂店，收入并不丰盈，这个月和上个月拖欠铺租，房租勉强做到每月按时交租。你喜欢流连赌场，债务数额远远大于收入，我们怀疑你组织一些社会闲散青年做临时工，进行贩毒，从中获利。"

一阵痉挛让乌鸦颤抖了一下，脸部表情有些扭曲。他握紧了拳头，然后又松开，他摇摇头，说："我不过是小店铺的老板而已，勉强维持经营而已，哪里有这种头脑。"

"就算你不是今次贩毒活动的主脑，一样可能面临三年以上七年以下的监禁。"诺拉冷冷地提醒着，"你最好配合警方调查。"

"我叫片仔，在这里附近摆档做生意。"片仔的声音像穿透黑白旧时光，乌鸦遥远地望着往日种种。当年的某个深夜，他被砍了几刀，满身浴血地躺在街边。寒冬的街头，除了呼啸而过的风，还有呼啸而过的车，没人向蜷伏在街边的他投过一眼。片仔是第一个过来查看他伤情的人，他蹲在乌鸦身边，一手伸到耳后凹陷处用拇指按压，固定他的头部，一手打急救电话。

两人于是有了生死交情。

"你跟下午那四个年轻人是什么关系？"卡尔问。

"片仔请过来的临时工。"乌鸦回答得飞快。搬搬抬抬的工作不需要自己亲自做。

"那两台旧面包车在谁的名下？"诺拉接着问。

"租的。"到货时间间隔不长不短，临时工使用临时车，片仔会做生意。

"今日下午，与你一同出入长沙湾商业大厦的四个年轻人利用肛门携带海洛因，高纯度毒品，以送货作掩护，在砵兰街和佐敦庙街进行毒品交易。你知不知道这件事？"诺拉严肃地问。

乌鸦的眼神有些茫然，"一向由片仔租车安排临时工干活。我只负责开车。"

"你过去一年来有在赌场吸食大麻的记录。"卡尔打开档案资料，把一张乌鸦吸食大麻的照片放在面前。乌鸦看着照片，明显的偷拍，照片中的自己坐在赌场一角，拿着一支细长的卷好的大麻烟，准备用打火机点燃。吸烟吸久了，尝新鲜，大麻更容易缓解压力。坐在赌馆里腾云驾雾，似乎可以忘记所有，带着快意恩仇的江湖义气在赌桌上赢回自己的人生。

他条件反射地擦了下鼻子。"我们只是做些额外的进口生意，赚些钱补贴家用。"他好赌，喜欢流连赌场却又顾及妻儿，于是找些店铺生意之外的门路，"混口饭吃而已，不然老婆在家唠唠叨叨，没一日好过。男人在赌场，什么没见过，有时手气好，高兴高兴，不管它（大麻）是哪里来的。"

这突然的剖白，令诺拉两人愣了愣。

"你的意思是，你跟那四个贩毒的年轻人没有任何关系，他们的毒品来源与你无关，是不是？"

警方的卧底追踪赌场的毒品来源几个月，把目标锁定在乌鸦和他的同伴片仔身上。据线报称，乌鸦从不携带大麻出现在赌场，而是另有他人在聚赌场合贩卖大麻。

乌鸦看着自己指甲上凸出的条纹，说："片仔说简单的搬抬工作，没有必要长期聘用，费用过高。我不知道他们吸毒不吸毒。"随意在网站上发条兼职信息，请人很容易。

诺拉盯着他的眼睛。一个男人通宵赌博，近中午才起床忙店铺生意，他女人夜晚带着二岁半的儿子，白天早早看着店铺生意，全天候忙碌，日熬夜熬。

"你老婆看起来有些年轻。"她突然说。

乌鸦有些愕然，话题的轻松让他收回了游移的目光，与坐在对面的女督察正面对视了一眼。他老婆脾气暴躁，在日常柴米油盐的磨损之下，只剩护肤品保养的年轻而已，与面前女人的气质相去甚远。

诺拉盯着他的眼睛，继续说："今日与你们一起行动的另外四个人会向我们警方和盘托出策划与组织的所有牵涉人员，以减轻刑罚。也就是说，无论我们警方是否掌握罗先生不明财产的来源，依然可以将罗先生入罪。"

她口气严厉，口吻比冬夜的风还冷，冷得乌鸦直了直腰。

卡尔并没有给他思考的时间，跟着说："如果你供出这个贩毒网络的首脑，以及毒品生产工场的地点，我们警方在起诉的时候，可以向法官求情，适当增加酌情考量。"

两人不再说话，只是紧盯着他的眼睛。乌鸦回避他们的目光，两只手不安地交握在一起，迟疑了一会儿，说："片仔以前去阑国旅行的时候，在夜店认识了几个人，他们当时带了一些大麻，比较便宜。"他慢慢描述着，似乎不太确定，"他可能跟他们保持联系。"

"罗广仁，"乌鸦忐忑地听着，卡尔的嘴一张一合，"根据我们警方掌握的证据，你涉嫌在2019年11月12日，伙同片仔及另外四个人在鸭寮街和庙街一带贩卖海洛因，"他不厌其烦地重复，"现在，我们问你，你们手头所持海洛因的工场在哪里？"

乌鸦沉默，审讯室静得像空气也停止了流动。

"现在麻烦你把与这次贩卖海洛因的所有相关犯罪事实，一字一句地描述出来。"卡尔打开一本档案记录，准备笔录。

下午4点45分。

卡尔押着乌鸦从审讯室出来，诺拉跟在后面。她打开手机，手机叮叮叮地提示音响个不停，她点开其中一条，玉锦发来了一张照片，显摆家中防盗系统的安装进度。她这才记起玉锦昨晚问自己拿了家里的锁匙，唠叨着安装系统。她接着点开另一条，这次发过来的是玉锦的近距离自拍照，下面附上二十四孝老爸的长忧子女感言。诺拉顿时失去了继续往下看的兴趣，简单地回复几个字："今晚加班。"

她费了好一会儿劲才想起李振儒已经成为自己新邻居的事实。玉锦真是小题大做。她看着乌鸦和卡尔的背影在走廊尽头转角消失，才一天时间，方馥远得像几个世纪以前的旧闻。

"嘟嘟嘟……"宋琪打来电话。"Madam，所有人前往会议室，等候下一步行动。"

"好。"她挂了电话。干燥空气中带着莫名躁动的因子，缉毒行动一向要快、狠、准。

"嘟嘟嘟……"第二通电话紧接着打了过来，是毒品调查科。"Madam，即刻叫齐弟兄，前往罗托利亚港。"话音刚落，楼下已经响起警车的鸣笛声，大楼里响起一阵纷乱的脚步声。

"快点快点！"不知谁喊着。

诺拉冲到电梯的时候，方守仁打来电话："Madam，我们在顶楼。"

楼顶停机坪。

直升机的螺旋桨的桨叶正在加速旋转，划过空气搅起的大风吹得诺拉猫着腰前行。卫一凡他们比她快一步上了机，诺拉顶着风，半跑到打开门的机身，手一用力坐进了直升机里。

她绑好安全带，戴好头盔。

"据片仔供述，他们把货（海洛因）放在罗托利亚港的一艘渔船上，海警方面来消息，一条M国注册的渔船在3点20分左右出海，刚好在同伙落入法网之时。现在可能已经到了公海。"卫一凡大声说着，递过一件防弹衣。

直升机升到城市的上空，越过高楼大厦，以极速向公海飞去。

"飞虎队派了两台直升机支援，他们可能持有重型武器。"卫一凡的声音夹在直升机的螺旋桨声和风声里，很快飘散。直升机里的人员检查着枪支，接下来可能会有一场恶战。直升机很快飞到了罗托利亚港上空。

下午5点的罗托利亚港，夕阳通红，映照着一艘艘回港的渔船。很快，提前落下的夜幕令泛着水汽的海平面视野更加模糊。三台直升机呈三角阵形，搜索着海面的可疑船只，他们要赶在日落前，把犯罪分子截住，阻止他们进入公海。

"GPS定位锁定该M国籍渔船位置，东经115度25分，北纬21度35分。"机长汇报。落日余晖，红霞满天，未尽最后一丝暖意，启明星早早出现在天际。蔚蓝大海风平浪静，直升机视野之内，船只寥寥，海面无边浩渺如荒凉原野，淹没了数不尽的血腥与罪恶，瞬间消失无踪。

二十多斤重的防弹衣穿在身上，沉甸甸的，如直升机上每个人的心情。天色一寸寸转暗，海风呼啸，众人屏息静待。

"美洲豹1号呼叫黑鹰，美洲豹1号呼叫黑鹰，嫌疑目标出现在前方三点钟位置。"耳机传来飞虎队的通信联系，三架直升机不再保持队形，一架飞虎队美洲豹直升机飞过渔船，截在船头前面的上空对峙，尝试逼停渔船；另一美洲豹直升机停留在船身正上空，飞虎队随时准备上船。

"保持在船尾的位置。"诺拉下令。

"Yes，madam。"黑鹰直升机飞近船尾螺旋桨的位置。天色已经完全暗了下来，夜空在点点星光下依然看得见蔚蓝，海上还未升起浓雾。

"再靠近螺旋桨。"诺拉继续下令，机长慢慢平稳下降机身。前面还有三十千米就是公海，这条M国籍的渔船上可能藏有数量惊人的毒品，狡猾的贩毒分子必然对船身进行了高明的改造伪装，利用公海转移毒品，抓捕难度极高。他们面临着前所未有的危险——犯罪分子极可能开枪驳火，在警方人赃俱获之前，这片海洋随时可以帮助贩毒分子销毁罪赃。

"M国号上的人听着，你们已经被海港警方包围。警方命令你们马上停船抛锚，等候警方上船检查。"飞虎队机组的人透过扩音器向犯罪分子发出警告，探照灯来回照射着渔船，船上不见任何动静。

"嗒嗒嗒……"渔船上突然响起冲锋枪的声音，有人在船头位置向美洲豹开火，试图击落截航路线的直升机。

"Rick！"诺拉喊着。程高身躯半探在机身外，架上一支自动弩，扳上机关，一支箭应声划破空气，拖着长长的绳索向螺旋桨飞去，只两秒的时间便被卷入了渔船转动的螺旋桨，瞬间把它缠得无法动弹。渔船停了下来。

"后退后退！拉高机身！"机长下令。"嗒嗒嗒……"一串子弹扫向他们，黑鹰险险地避过袭击，斜飞着向后退去。警方的支援还在几十千米之外，贩毒分子藏匿于船体内，火力凶猛，他们一时难以招架，三架直升机避到渔船子弹的射程之外。

"美洲豹狙击手准备。"飞虎队下令。"砰"的一枪，渔船上的一支火舌应声而没。砰！另一狙击手再消灭一个火力。

"M国号的所有人员听着，你们已经被警方包围，现在命令你们马上放下所有武器投降！"诺拉拿过话筒再次警告。夜色苍凉，海潮击拍着渔船，直升机螺旋桨极速旋转，让她清冷的女声带着几分不真实。

砰！砰！渔船上没有出现任何身影，躲在船舱位置的犯罪分子向他们开了两枪回敬，气焰嚣张。

砰！机上的狙击手再开一枪，隐匿的罪犯应声而倒。

三架直升机与渔船对峙了整整35分钟，渔船上的罪犯仍未弃械投降，三架直升机不断变换位置，寻找突破点。海风一阵比一阵强劲，直升机上的警队人员心情越来越焦躁，与犯罪分子耗的时间越长，直升机的优势越小，油耗限制的缺点越来越凸显，他们必须在十分钟内作出决定是否返航。如果犯罪分子在他们不得不返航的时候伺机逃跑，这次行动则前功尽弃。

船上再没有犯罪分子开枪，然而尚未知晓船上的人数和重型武器数量，如果警方强行上船难以避免人员伤亡。终于，一阵警笛声远远而来，越来越嘹亮，水警大批高速追逐艇以及高速巡逻艇破浪而至。

"美洲豹呼叫黑鹰，飞虎队全组成员将转移到快艇，伺机上船。"一架美洲豹率先飞向快艇，很快，机上六个飞虎队成员顺绳索而下，分别上了两艘快艇。快艇很快散开，对渔船呈包围之势。待剩下两架直升机上的所有参与行动的队员全部上了快艇，三架直升机机师打手势正式飞返。

"M国号的所有犯罪分子听着，我们是海港警方，你们已经被我们包围，现在命令你们马上放下武器投降！"扬声器不停重复着警告，船艇群慢慢逼近渔船，一个飞虎队成员勾着绳索，敏捷地攀上了船沿，接着又一个身影顺索而上。有人向天鸣枪示警。

渔船的甲板和驾驶舱空无一人，客舱以及储物舱舱门紧闭，底下门缝透出一丝灯光。为首的飞虎队队员趁着夜色把客舱和储物舱包围了起来，开始扬声与躲藏在舱内的犯罪分子谈判，劝其弃械投降。

警方持续以麦克风隔着门向毒贩喊话，敌对气氛随时间一分一秒，逐渐降低。毒贩见大势已去，主动打开舱门，弃械投降。警方在这次行动中拘捕毒贩十三人，缉毒行动完满结束。

🔍 **第十三章** ＋

夜晚10点。

车子穿过城市街道，触目繁华。夜风微凉，似恋人眷恋着鬓角的长发，夜风不带半分海水的腥甜，温柔轻拂却让诺拉多了几分还在海上浮沉的错觉。

这次警方行动面对的犯罪分子是活跃于东南亚的国际贩毒集团。他们在毫不起眼的M国号上暗藏海洛因。犯罪团伙很小心，在船底做了一个不大的不规则包箱藏毒，约500千克的重量，并在包箱外表以及船底周围种植了一种叫作藤壶的不起眼贝壳类软体动物，掩人耳目。警方花了大半年的时间跟踪，追查线索，终于把贩毒团伙一举拿下。

御港湾。

"叮。"电梯门在17楼打开，她边走出电梯边低头从包里翻出锁匙和门卡，"哔"，门应声而开，她推门进去，玄关处的暖光灯应声而亮，她的脚似乎踢到了什么，一低头，爱玛正仰着头看着她，两只乌溜的眼睛反射着一点灯光，见她看着自己，呜咽一下，摆了摆金属小尾巴。

诺拉蹲下来，把它抱在手里，有些奇怪，今日怎么不唱歌？爱玛又呜咽了一下，脑袋在诺拉怀里蹭了蹭。她抱着它，脱掉中跟鞋，把酸痛的脚掌套进舒适的拖鞋里。

"主人，欢迎回家。"一个温和的女声响了起来，诺拉抬起头，客厅灯亮了，智能人站在她面前，脸上露出一个微笑，随之垂首躬身致意，"我是你的忠诚小伙伴安琪。请放心，爱玛今日过得很好。"它说话的语气自然而然，似乎已经认识诺拉很久，诺拉怀里的爱玛一见到她，挣扎着要到地板，四只轮子一着地，撒欢似的奔向安琪，绕在她脚边磨蹭，亲热非常。

"请主人稍等，柠檬热茶很快准备好。"它说完，慢慢转身，迈腿向厨房走去。

爱玛并没有跟着去厨房，它跑回诺拉身边，蹭蹭她的脚。诺拉这才发现，玄关的鞋子被摆得整整齐齐。多了个智能管家，家里不一样。她走进客厅，果然，灯光下客厅一尘不染，窗明几净。诺拉一个放松的姿势陷入沙发，拿出手机，开机，玉锦的信息马上灌了进来，她还未来得及打开看。"嘟嘟嘟……"他的电话来了。

"诺拉！"玉锦声音有点颤，"你平安归来了！吓死爸爸了！"刚刚他才知道自己女儿在公海和犯罪集团进行了生死搏斗，当即惊得魂飞魄散，当什么警察，一点都不省心，里外受敌，在外生死考验，回家应付头顶危险分子李振儒。

"嗯，刚回来。"诺拉有些无聊，入行警察几年，枪林弹雨在所难免，玉锦的反应过于大惊小怪。果然，玉锦觉察她口气敷衍，马上大吐苦水，身为二十四孝爸爸不容易，如此这般了十几分钟，她耐着性子听完，末了，他又问："对了，爸爸另外帮你找间公寓，搬出去怎么样？"他的口气听起来不像开玩笑。

"不了，这里住着挺好，不需要再麻烦。"诺拉摇摇头。她倒要看看，李振儒怎么拿对付方馥的手段来对付自己，她一年一次特种部队式心理战训练，怕什么风水阵法的相生相克。

安琪捧着一杯柠檬茶，刚踏出厨房，马上吸引爱玛跑过去，骨碌碌地跟在后面。它的步履轻盈而缓慢，诺拉的目光跟随着它，发觉它似乎在模仿太空舞步。

它只是走路时肢体停顿一两秒，女主人便被吸引得目不转睛，安琪的眼睛多了一丝狡黠，动作放得更慢，智能人关节仿生不足的僵硬，被它以慢动作故意凸显，成了让人愉悦的行为艺术。诺拉拿着电话，玉锦在耳边唠叨，看着安琪优雅地把茶杯放在面前，轻声道："请慢用。"幸福感油然而生，她父亲送给她的何止是陪伴。

"对了，"玉锦在电话那一头问，"我送给你的智能人怎样？只需充电，家里就多了一个贴身管家，一个贴心知己。"他还想继续为自己送的礼物做广告，蓦然想起安琪只是接入了报警系统而已，离一个武林高手还有几代芯片的进化距离，于是悻悻地叮嘱，"那个李振儒不是什么好人，多个心眼防身。"

"嗯，我知道了，爸爸不用担心。"诺拉安慰。从小到大，她习惯了独立独行，父母的唠叨，大多数时候她只想敷衍，只是唠叨背后的父母亲恩，点点滴滴，不知不觉成为心头的记挂。

挂了玉锦的电话，她接着拨通妈妈的手机。妈妈只是云淡风轻地抱怨最近的失眠、神经衰弱并没有好转迹象云云，电话这一端的诺拉提也不提自己的工作，内疚得想马上兑现所有的假期陪伴承诺。

"主人，洗澡水已经准备好了。"安琪从浴室出来，轻声细语有如天籁。诺拉点头说谢谢，喝完剩下的柠檬茶。蜂蜜配柠檬的一点清新甜酸味从食道暖暖地滑下去。她三餐不规律，食疗可以挽救她的胃，配上泡浴，彻底从一天的疲劳中恢复。

享受工作，享受生活，相生相成。

顶楼。

还有一天，恒信就会举行盛大的交接仪式。李振儒坐在露台的沙发上，跷着二郎腿，失神地看着面前的夜景。夜风徐徐，或高或矮的都市大楼灯光璀璨，如天上跌落的繁星。后日的仪式，他的哥哥李振逸将会成为其中最闪亮的一颗新星，将身为李家二公子李振儒的光华尽数掩去。夜已深，他坐在顶层，浑然未觉冷意，手中的酒杯倾斜着，杯中液体几乎倾泻而出。

明日唐懿将会谈合约，李家大为紧张，认为吴轩云牵头促成此举居心叵测。李振逸不复以往玩世不恭的口吻，郑重其事地提醒李振儒，希望他阻止此事。差不多半个世纪以来，李振逸从未致力于打造自己在家中的威严与地位，忽然之间，一跃成为李家和恒信集团的支柱和核心，人人唯首是瞻。他越是郑重，李振儒越是不愿他称心如意，敷衍了之。

十几年来他父亲毫不掩饰对他这个弟弟的偏爱，父子两人几乎无话不谈，然而如此重磅的消息，父亲竟然选择最后才告知自己，他强忍心头被背叛、被抛弃的愤怒和酸意，不得不重新思索过去十几年来，父亲对自己有几分真情、几分假意。如果父亲偏爱是为了稳住自己，暂时换得家庭安宁，助李振逸及江心婉在上流社会站稳脚跟，就别怪他心狠手辣报复。他的唇角带着冷意，郑重考虑着送给哥哥的祝酒词。

良久，他终于起身回到屋内。约莫二百平方米的超大公寓，空空荡荡，只有他手中的酒陪着他。他一饮而尽，随意躺下，头脑混沌。以前每每与方馥吵架，他总喝得酩酊大醉。方馥书房里一沓沓写好的书法字，一沓沓发出幽幽墨香，似乎比一沓沓的钞票还来得珍贵，让他本能地使着酒后的狠劲，狠狠地想去扇她的脸，无法容忍这种被忽略的感觉。

"警告，警告……"吴轩云真有本事，推荐方馥安装的系统灵敏得让人吃惊。李振儒带着酒意，沉沉地陷入了梦乡。

皇家集团总裁办公室。

吴轩云站在落地窗前，杯中的威士忌喝剩一半。如无意外，明日唐懿会签约，为李家后日的盛事锦上添花。

小小美意，他也只是顺水推舟，李家却如此紧张，早早暴露李振儒这颗定时炸弹。他喝下一口威士忌，举杯遥遥向方馥致意，方馥酒量一向浅，除却必要的慈善场合，吴轩云几乎帮她推掉或换人顶替不必要的应酬。他喝掉最后一滴酒，麻痹的脑神经似乎已经忆不起她的双眸，盛着微醺的醉意，温柔得几乎滴出水来。

半岛酒店。

唐懿打开面前的这份广告合约，逐字逐句推敲合同细则。

李家集团明日将进行掌门交接仪式。她儿女的伯伯，将成为新任董事长以及执行总裁，江心婉从此笑到最后。她轻咬着嘴角，手中的笔不自觉地敲着桌面。夏以涵坐在对面，手里捧着一杯红茶。加了一点奶和糖的红茶甘醇顺滑，唇齿留香。在她面前的轻熟女人已褪去青涩，不再有奶茶般甜得发腻的味道，多了洞悉人世的疏冷，冷冷的，需要香水激发她的女人味。不知道被换角的安然是不是有同感。

方馥与唐懿之间的恩怨，夏以涵有所耳闻，她联系唐懿只是依命行事。当年唐懿被谣言挑拨得忍无可忍，当面挑衅方馥，夏以涵虽非亲耳所闻，然而她无视娱乐圈炸锅一般的震荡效应，公然挑衅娱乐圈的权威，颇有几分初生牛犊不怕虎的意味。或许如此，方馥不计较。只是娱乐圈好事之人众多，当事人不计较，多的是其他人与她计较，有方馥压着，无伤大雅而已。

夏以涵玩味地研究着唐懿低眉专注的神情，方馥自杀，李家因此生意及声誉备受影响，这个女人事到如今依然毫发无损，谁能想到她曾跟方馥公开撕脸。

时间一分一秒地过去，唐懿每一条都读得仔细。两个子女有坚叔和罗姨照看，她有足够时间慢慢谈合约。工作日的下午，半岛酒店人声鼎沸，这个贵妇集结地一向被游客列为人生必到之处。

尽管唐懿已经习惯出入奢华场合，还是难以置信，某天自己出现在半岛购物商场的巨大灯饰广告牌中。她以为被邀请担任普通配角，不想竟然是女一号的角色。在过去三年一向被拿来与方馥做比较，这般蓦然拉近距离，即使不承认自己有方馥的幸运，不否认与方馥差距不止一点，还是让她多了如履薄冰的谨慎。

"你等等，"唐懿抬头和夏以涵说，"我想拍个照问问意见，不知家人同不同意。"

夏以涵点点头，非常和善。

"只需十分钟的时间。"唐懿补充说。

她拿出手机，把文件内容一一拍下来，发过去给唐沐。唐沐是职业律师，如果合约包含任何阴阳条则或者模棱两可的可能，他会提醒自己。

唐沐很快回复：该广告合约不存在欺诈。

唐懿收起手机，合上合约，对夏以涵不好意思地笑了笑，为自己刚刚的举动感到歉意。她或许急着开始自己独立的事业，但并不急于重新踏入娱乐圈——方馥案刚了结，还了李振儒清白，各方对他无形的压力马上消失无踪。她不一样。方馥的粉丝，方馥的圈内好友，方馥的人际关系，都可能因为她过去的冒犯举动而对她诸多刁难。她过来之前，了解到这份广告合约曾发生违约纠纷，女明星安然因档期不合，不得不违约换角。这种巧合似乎印证了她的疑虑，担心设套的可能。

"我以为我们之间已经达成了契约合意。"夏以涵温和地说着，并不着急。唐懿是个相当聪明的女人，刚刚的举动多少传达出她谨慎的保留态度。这种谨慎泄露了她真实的生活状态，她活得从容自在，有保留选择的余地，不是外界盛传的豪门弃妇，急于寻求其他渠道的依靠，即使近段时间盛传她因为五行与李振儒相克，导致他近年来人财两失。

"我们的周编负责策划这个广告，这个广告的合作队伍相当优秀。"夏以涵继续说服，明白娱乐圈对唐懿的吸引力不大，尤其是方馥死后，舆论一边倒的恶意——唐懿的坞镇之行被圈内人解释为钱包干涸，支付不起海外旅行的费用。

"广告开出的条件相当吸引人，"唐懿诚实地说，"只是我多年未接触屏幕，恐怕广告效应与你们期待的相去甚远。"她相当谦卑。

"于你而言，这相当于兼职，拍摄广告时间不会超过一个月，合约广告商使用您的肖像权三年，你无须为此和经纪公司另外签订工作合约；于我们而言，我们有全亚洲最专业的队伍，可以扬任何长，避任何短。"夏以涵朝她眨眨眼，有些狡黠，"你不知道，他们在数据库翻出你的照片时多么兴奋。"

也许，只是巧合。毕竟李振儒是清白的，方馥生前尚且没有介怀她的冒犯。夏以涵不让她有过多的犹豫时间，接着说："很多像你这样的豪门贵妇，偶尔拍一些得体的广告，既有工作充实自己，又为家族争面子，赚钱反而是次要。你不知道，你豪门贵妇的身份能为广告增色多少。"她并没有继续进一步细数海港的豪门阔太生活，接着说："在坞镇的时候，周景说你相当了不起，一个人应付两个小孩及舆论压力，还能把小孩教得那么优秀，我们相当意外。"

吴轩云相当小心，安排换角后，在公司重新安排角色的甄选。夏以涵的工作悄悄进行，一切看起来似乎是广告商属意唐懿。唐懿并不知情。她在婚姻内并不热衷于活跃贵妇圈，掌握舆论资源，除了性格偏静，更因为江心婉。离婚后，李家掌握的一切消息与她无关。她甚至连方馥只有一个靠山吴轩云也不清楚。

唐懿腼腆地笑笑，突如其来的赞美让她小小地脸红了一下。

"或者，你再问问子女爸爸的意见？"夏以涵贴心地提议，领悟到在李家人眼中，唐懿随时可以成为以舆论反制她老板的棋子。

"不用了。"唐懿飞快地截止她的话题，只是一份广告合约而已。她翻开广告合约，拿起钢笔，一式两份，签上了自己的名字。

夜晚。御港湾。

"丁零零……"放在床边的电话响了起来。

"喂，什么事？"李振儒摁通了电话免提，他对着落地镜子试着明天要打的领带，对颜色不甚满意，又换了一条。

唐懿静默了一会儿，说："我接了一个香水广告。兼职。"

她并没有向他咨询意见。认识李振儒之前她可以应付娱乐圈，今时今日，她可以应付同样的兼职。她口气中不自觉暴露了一点李振儒从不知道的骄傲，令他惊讶得丢开领带，把电话拿在手里，问："什么合约？几时谈的？"

他当然知道李家对这一传闻并未掉以轻心，几次警告他要妥善处理，然而，他心思转了转，唐懿还未回答，又多加了一句，"合约给律师看过了吗？"

"已经签约了。"唐懿口气冷淡。也就是说，他没反对。

"安排坚叔罗姨照顾好彤彤晓晓。"他叮嘱。李振逸多虑了。唐懿有李家人看着，广告商显然要利用李家的影响力，不然以唐懿的实力怎么争这么大的馅饼。

双方一起挂了电话。

次日。恒信集团。

恒信集团掌门人交接仪式。与会的恒信集团核心领导层坐满了恒信集团的会议厅，整个大厅鸦雀无声。李振儒坐在最外层，此刻正伏在桌子上，看着会议发的文件。李振逸、李翰瑞、上官玉坐在会议厅正中央。李翰瑞手里拿着和他一样的文件，开始宣读跟交接有关的所有事项。等仪式过后，他的哥哥李振逸就会正式成为恒信集团的董事长、兼执行总裁。李翰瑞的声音一字一字地钻进李振儒的耳中，钻得他耳朵生疼，他坐直腰，双手抱胸，靠着椅背，眼光在周遭董事局领导层中游移。隔着人墙，他第一次认真想看清楚李振逸。李振逸穿着黑色西装，系着一条浅蓝色领带，面容严肃，和其他人一样，正低眉看着手中的文件。他的脸比李振儒方正，健康的深棕色皮肤让岁月在他脸上雕刻的法令纹多了吸引力，整个人看起来蓄势内敛，自然而然地散发着成熟男人的魅力。单凭这张脸，可以令董事局的股东们臣服半年时间。

李翰瑞终于发言完毕，象征性地把一把巨大的钥匙交到李振逸的手中，现场响起了热烈的掌声。李振儒跟着众人起立鼓掌，掌声经久不息，李振逸一边高举钥匙，一边向大家致意。他清了清喉咙，简短地发表作为新任董事长兼执行总裁的感言，以及对恒信未来的展望。

"恒信是海港最大的百货公司集团，旗下子公司众多，身为公司董事以及执行总裁，未来任重而道远，有赖在座各位恒信人，以恒信文化为血脉，同心协力，把恒信事业进一步发扬光大。谢谢。"他总结的时候并没有慷慨陈词，也没有志得意满的激昂，只是平铺直叙，似乎对未来的挑战，已有详细的策略应对。话音刚落，又迎来一阵热烈的掌声。

李振儒观察着邻座一个股东的侧脸，试图找出一些蛛丝马迹——这场掌门人交接仪式不过是排场的讲究，股东们的热情只是敷衍的应酬。毕竟，他哥哥之前从未以恒信接班人的身份在集团工作，一支空降部队，在公司内部哪里来的支持。

他出神地盯着这个股东，经常熬夜的眼睛有些血丝，已经出现酒精轻微中毒症状的大脑尝试从上述逻辑角度分析，没有发现内心深处对自己无力在股东大会发挥任何影响的愤怒。

他忘记了，无论过去他父亲李翰瑞如何疼爱自己，李家二公子也是第一次出席恒信集团会议。

察觉到李振儒的注视，旁边的股东突然回头，见他未及收回目光而愕然的神情，不自觉地笑了笑，拍拍他的肩膀："世侄，真是年轻有为啊！前途不可限量。"他礼貌地回礼："世伯见笑了。"李振儒和他在恒信的酒会上见过面，他父亲做过介绍，只是他没有记得每一个人的名字。

突然什么击中了他的心脏，哥哥李振逸多年来在恒信的各种酒会上慵懒不羁的模样，无论经历任何创业的困顿，总以一副自信的姿态与公司的股东们谈笑风生，马上领悟父亲悉心陪伴。嫉妒瞬间攫住他的心脏，狠命地收缩扭曲，他的身躯跟着颤抖了一下。

李振逸的个人事业成功得连他这个弟弟也不自觉地模仿他的言谈举止，这么漂亮的人生答卷，加上父亲年年陪着他在公司各种酒会周旋，在董事局怎么会没有说服力。

"世伯以后多多关照。"他礼貌地回答，笑容不怎么自然，带着几分拘谨，符合他生意场上涉世未深的气质。股东再次拍拍他的肩，没有说话。他父亲一手创立的企业，他们股东关照他这个晚辈，不在话下。

接下来是记者招待会，再接下来是恒信的酒会。漫长的一天。

海港警局。

"今日我们警局举行一个简单的记者会，昨天的'11·12'闪电行动，我们警察将活跃于东南亚的一个国际贩毒犯罪集团一网打尽，搜获高纯度的海洛因500千克。犯罪分子利用合法经济活动作为遮掩，贩卖小分量的毒品，在贩毒过程中多次转移携毒人员，打击难度极大。警方将在接下来的审讯中寻找线索，进一步打击相关的贩毒网络，守护市民的安全社区……"闪光灯咔嚓咔嚓地响着，警务处处长的发言铿锵有力，赢来阵阵掌声，他旁边一排坐着诺拉和警局其他科的组长，面容肃穆地面向摄像头，身后的屏幕播放着昨晚惊心动魄的海上行动。

御港湾。

她穿着警察制服在电视上的模样多了一种形式化的端庄，李振儒看着深夜新闻中的诺拉，为什么他不喜欢的人都活得这么出色？李振儒脑海里重放着今日公司酒会上的情形，李振逸一改洒脱的作风，神情恭谨地一一跟公司的老臣祝酒。他奉父命亦步亦趋地跟在后面。"祝兄弟二人同心同德，其利断金。"他听着好几个股东如此祝愿，他喝了不少酒，周围太多恭维的声音，他听不清楚李振逸的妙语横生和自己的回答有什么不同。

时针分针嘀嗒嘀嗒，公寓里静悄悄，诺拉沉沉地睡着，发出轻微的呼吸声，没有梦境的良好睡眠对她来说极为重要。

爱玛伏在床边，已经进入休眠模式。安琪坐在沙发上，一只手支着下巴，眼睛闭合，像极了一尊"思考者"的雕塑，同样进入了休眠模式，耳边的电源显示灯一闪一闪，提示充电。

诺拉对安琪没有什么要求。事实上，有它在，几乎每天都有惊喜。才一天的时间，安琪已像相处了十几年的老友。它极度仿真的容颜，百分之百与人类相似的思维互动及行为动作让诺拉折服。玉锦电话谈起安琪的时候口气有点酸，这么容易，他和女儿之间就多了一个安琪，他只喜欢安琪如绝地武士一样挡在他和女儿面前，智斗恶人。

嘀嗒嘀嗒嘀嗒，智能人静止着，时钟的声音穿透空气，仿佛有了重量，压在它身上。窗外不夜天的灰白亮光，落在安琪的脸容上，反射出一条分割的弧度，让它一半脸在黑影之中。

蓦然，它睁开眼睛，一动不动地盯着前方，目光犀利。

一阵细微的嘀嘀嘀报警声在它的脑袋中响起。"你好，我是安琪。Hi, I am Angela…"它静止的姿势不变，嘴唇紧抿，电子女声不停切换着语言自我介绍，声音不大，目光却越来越犀利。

安琪维持着静止的姿势，反反复复地变换着自我介绍的语音，约莫过了五分钟，语音停了下来，它无声站起来，走向玄关。玄关灯亮了，它一步一步地走向门，狐疑地望向猫眼——门外空无一人。

它顿了一会儿，站直身，脑袋左右45度旋转了一下，目光中带了些困惑，接着低下头再次透过猫眼窥视门外——没有任何人。

　　它转过身子，一步一步，动作僵硬，走回客厅。似有什么干扰着它的"大脑"，嘀嘀声的报警声时断时续，它焦躁不安地在茶几旁来来回回踱着步，时而歪着头停顿，目光狠厉；时而搜索着屋内的角落，目光困惑。大约过了半小时，终于停了下来，复又坐回沙发，双手放在膝盖上，进入了充电休眠模式。

　　李振儒静静地躺着，难得今晚睡前没有饮酒，没有酒精麻痹。

　　方馥也是如此出色，像空气一般无处不在。李振儒在皇家集团的一个慈善宴会与她结识，她与一群名流圈中的女人们坐在一起，说话少，倾听的时间长，偶尔无意用手撩撩落在颊边的青丝，风情万种而不自觉。他知道她已久，这个女人甚少出席应酬场合，他难得有机会亲近佳人。混迹于海港上流富豪圈的人几乎都传她背后的靠山是吴轩云，一个实力非同小可的男人，尽管没有人见到他们来往。李振儒见到她的时候，她单身，在热闹的场合却不怎么说话，有些落寞。

　　出色的女人似乎不畏寂寞。她们却不知道，孤单的女人容易被人侵犯，被无孔不入地侵犯。

　　方馥太骄傲，她是她，吴轩云是吴轩云，李振儒是李振儒。吴轩云的生意不能容许李振儒插手，她与李振儒之间的纠纷不能牵涉吴轩云。她总是独自面对。越是这样，喝着烈酒的李振儒越要让她知道，自己不是她独自应付得了的人物。她防人防得滴水不漏，他却聪明得伤人伤得不留痕迹。

　　李振儒幼年时父亲李翰瑞忙于生意，常年在外，母亲一个女人带着他兄弟二人打理家庭，没有更多的心力培养儿子们的情志，只求他们行为没有偏差。纵然如此，李家家境优越，旁人企望难及，养就李振儒一副翩翩贵公子的姿态，自诩为王。他的灵魂所到之处，随心所欲。他的妹妹，父母集万千宠爱于一身的掌上明珠，并不知道，他哥哥仅仅凭一颗嫉妒心，全力打击她这个争夺父母目光焦点的对手。在他眼中，这只是锻炼个人意志的力量，就算这种力量用于摧毁，他只是取回自己应得的东西。换句话说，他再怎么不堪，也比阴谋高贵。他妹妹在上帝赐予她的那片宝贵的类似东方佛教称为灵台的地方，全无防备，只会哭泣。

　　方馥却知道，从第一次被他暴击就知道，女人纤细敏感的神经无法承受，痛楚令她几次失控崩溃，打电话给他的时候歇斯底里，两人的矛盾在他无法忍耐的嫉妒和暴力倾向中越积越深。他知道方馥有吴轩云，却毫无畏惧。在这个隐匿的地方，女人只是男人的附属品，任由他处置。他妹妹李怡君在这里也只能看着自己黑发一缕缕脱落，一天天憔悴，他不相信方馥可以幸免，她没有任何的方式发泄情绪。如果有一丝内心的狂躁痛楚暴露于众，她最可能得到的官方舆论的确认诊断是精神分裂。他有些恶意地想象这个如果对吴轩云造成的打击。

　　骄傲的方馥怎么允许自己成为吴轩云的笑话，纵使被逼到自杀，亦不向吴轩云吹一丝枕边风。吴轩云与警方，查无可查。

　　他的恶意突然加深，眼睛蓦然睁开，目光阴鸷，搜索着房间周围熟悉的轮廓。夜深得似乎不见底。不知美丽高冷的女督察是否感受到今夜的不同。

Q　第十四章	＋

诺拉今天起得特别早。

"早晨好，主人，早餐马上就好。"安琪在厨房里忙着，爱玛跟在她脚边，小小跟班看到诺拉的时候摆了摆尾巴，并没有跑过去。

"早晨好。"诺拉向安琪说。厨房里嗞嗞的煎煮声，嗡嗡的抽油烟机运作声，空气中弥漫着蛋香，一种奇妙的居家感觉令她愉悦。她一般直接从冰箱里拿出做好的沙拉，简单解决早餐，很少入厨房。小时候她妈妈喜欢到处寻觅美食，然后把食谱带回家让用人照样炮制，那时候，用人精心准备的早午晚餐，还有各种点心甜品，在晦暗的童年岁月里暖暖地安抚她的情绪。

也许安琪不会反对她适当地点几个餐单。她以最快的速度刷牙洗脸，期待安琪为她做的第一顿早餐。

餐桌上已经摆好刀叉和餐巾，她系好餐巾，似乎又回到童年，味蕾跃跃欲试，等待精心准备的早餐。很快，一份精美的早餐拼盘摆到她面前，碟子左边是洗干净的水果——深蓝色和鲜红色的莓果、白嫩的荔枝；中间是几根煎过的芦笋；右边是三片叠好的胡萝卜葱花鸡蛋饼。

"请慢用。"安琪向她45°鞠身，她按时间和温度精确地计算烹调，最大程度地保存了食物的蛋白质和维生素，美味与营养兼备。

诺拉说谢谢的时候像叹息。爱玛在她脚边转了转，仰着头期待地看着她，乌溜溜的眼睛反射着诺拉俯下头的脸。如果爱玛有嗅觉，不知会不会产生饥饿感，她弯腰拍拍它的头，有些歉意。

李振儒摁了电梯，耐心地等着电梯。他今天提前出门，赶回外地做恒信平台方案，明早要交到李振逸手上。

"叮！"电梯在24楼打开，他走进去，摁了关门。电梯里只有他一个人，电梯墙面光滑如镜，他盯着镜子中的自己，一个眼睛带着红血丝的男人，只有用摩丝定型过的发型让他看起来精神一些。他用手摸了摸刚剃掉胡子的下巴，"叮！"电梯门打开了。诺拉走了进来。

"早晨好！Madam。"他还未反应过来，已经自然而然打了声招呼。诺拉吃了一惊，高高绑起的马尾在她站到旁边位置的时候甩了甩，"早晨好。"她礼貌地回应。

17、16、15……电梯一层一层往下滑，这个时间有些早，没什么人出门，两人一路沉默地看着显示板上的数字由高到低直至地下停车场。"叮！"电梯门刚一打开，诺拉快步走出电梯，向自己的车子走去。

女督察似乎心情不够愉快，脸色冷如冰霜。李振儒眼角偷偷打量着她，她一如以往地淡淡描着精致的五官，妆容带了点香味，似乎比之前更好看了。她昨晚肯定休息得很好，整个人看起来容光照人，气质品位不输于大牌女明星，不管从前面看还是后面看，看不出她是一个女督察。

李振儒跟在她身后，看着她快步走向自己的小车，心情由阴变为阴沉——一个晚上，改变不了什么。

很快，诺拉驾着车开出地下停车场，向警局开去。"丁零零……"手机响了起来。"喂。"她戴着耳线，接听电话，电话那头向她汇报，旺角早上七点发生一起火警，消防车已经扑灭明火。

"OK。"她摁断电话，掉转方向盘，向旺角开去。

旺角。

诺拉来到旺角的时候，四个助手跟着陆续来到现场。火情已经被控制，正往外冒着黑烟。现场拉起了警戒线，医护人员正往外抬着火宅中幸存的伤者和尸体。

"清晨7点左右起火。一楼厨房煤气起火爆炸，火情迅速蔓延整个商铺。消防车7点10分赶到现场。7点57分扑灭明火。现场两人死亡，十二人受伤被困。事发时两名死亡人员在一楼，受伤人员当时主要在二楼赌博，他们称是当时一名客户与一名麻将馆工作人员起争执致一楼起火。这家麻将馆可能牌照过期。"现场警员向她汇报现场调查的基本资料。

"Tony，Rick，等会儿整理伤者资料交回警局。"诺拉吩咐两个助手，两人依言跟着急救车。她目光搜索着麻将馆，二楼窗户已经被烧得发黑脱落，一种塑胶味烧焦的恶臭方圆可闻。她戴上手套和口罩，走进火灾现场。

麻将馆内空荡荡的，处处留下火舌肆虐过的痕迹，天花板被烧得掉了下来，露出钢筋。一楼西北角落躺着一个烧得发黑的小型煤气瓶及勉强可以辨认的厨具。现场散发出尸体和塑料的混合恶臭，地面铺满烧剩的麻将台椅，只剩下发黑的墙壁和柱子，消防人员灭火在地面形成一摊摊水迹，诺拉小心跳过地面的积水，避开烧毁的残骸，一一查看现场。穿着中跟鞋的脚不小心踩到了什么东西，她弯腰捡了起来，是一只烧得只剩下一小半的麻将。环顾四周，短短几十分钟，一场大火把整间麻将馆烧得面目全非。

"Madam。"方守仁跟了进来，卫一凡在外面，正在联络麻将馆隔壁的店铺取证。

"看看有没有使用助燃剂。"她吩咐方守仁，缓步上了二楼。二楼火烧情况比一楼轻微，残桌残椅零散，天花板因为及时救火而保存得较为完整。一个半小时后，他们回到了警局。

现场收集到的火灾残留物被交到证物检验室，检验是否含有助燃剂的成分。

宋琪和程高从医院回来，带回来十二个伤者的口供记录，连同卫一凡收集到的麻将馆方圆五十米以内商铺住户的资料，众人对比参考以还原火灾前的现场情形。

"死者二人，伤者十二人，一共十四人，在麻将馆通宵赌博。其中两名为赌场的海港工作人员，六个为外地游客，三个M国人，二个海港本地人，一个为A国籍海港人。死者为一个海港本地人和A国籍海港人。"方守仁在白板上画了个大概的示意图，说明情况，"据目击证人口述，案发当时，早上7点左右，一名海港本地人和一名A国籍海港人起争执，A国籍海港人从昨晚到早上一直输钱，怀疑这名海港人出老千。当时工作人员有出面调和，检查麻将台及个人随身携带的物品，以示手脚没有不干不净。然而争执继续升级。据其中一名伤者描述，当时A国籍海港人由于一直输钱，异常愤怒，一度大喊大叫，扬言他是A国籍海港人，在A国纵横赌场十几年，从未这般输过。当时工作人员有劝其冷静，该名A国籍港人又怀疑麻将馆工作人员有联合其他客户出千，于是从二楼冲下一楼。当时大家以为他离场而去，一名工作人员紧跟其后，他们在一楼继续争执，五分钟后一楼煤气罐起火爆炸。"

"查到他们的营业执照未过期，只不过违规留客通宵赌博。一楼设有简单的燃气灶和厨具，专为客户提供夜宵。他们一般通宵营业到早上8点，中午12点开门之前工作人员会收拾一楼的厨具及燃气瓶，掩人耳目。"卫一凡说，"麻将馆四周没有居民住宅，都是商铺，夜晚关门。麻将馆的窗户设有双层窗帘，密不透光，除了少量客户，没有人知道麻将馆夜晚违规开业。"

"还有，"他扶扶眼镜，"毒品调查科这两天配合M国和阗国警方和国际刑警调查赌场和麻将馆，要将其余的贩毒路线一网打尽。这家麻将馆是他们今天准备排查的对象之一。羁押毒贩乌鸦供述，在过去一个月曾经去过，不过他坚称在麻将馆里没有吸食过大麻。"

"六名外地游客持通行证过来海港。夜晚的赌资是白天的几倍，麻将馆抽水多。"程高汇报，"他们在打麻将过程中有吸食大麻提神，死者A国籍海港人亦在其中。在场伤者供认，该名A国籍海港男子吸食大麻后一直处于亢奋状态，爆发冲突之时在场的工作人员想办法低调处理，以免引起警方注意，在劝服的过程中工作人员有建议他离场，等手气顺再来，可能因此引发他怀疑而激愤点火杀人。毒品调查科及大马警方正在调查那三名M国人，怀疑他们藏毒。暂时没有任何海港本地人前往医院认领该名A国籍海港人的遗体，家属可能已经全部移民A国。"

"查入境处记录。"诺拉吩咐，方守仁拨通了出入境事务处的电话，要求提供三个月的出入境记录。

"通知各酒店，明日上午6时至8时查房，凡持外籍护照入住的房号，发现空房通知警方。"她示意卫一凡。

宋琪翻着案卷，"没有任何伤者见到当时爆炸起火的情形。据他们供述，死者当晚一共输了35000元美金。这对普通的麻将馆来说已经是天文数字，狗急跳墙，也许点火当时想威胁工作人员归还赌资。"

"麻将馆老板已经被抓拿归案，他对麻将馆违规经营供认不讳。然而否认以前见过这名A国籍港人。"程高刚刚接完电话，同事已经把麻将馆老板带回警局调查。

"赌资巨额，越输越赌，他在A国可能有案底记录。"卫一凡推测。"等通知。如果是A国籍港人，交由A国驻港大使馆处理后续事宜。"诺拉回答。暂时看来只是普通的争执仇杀。

"我赞同Peter的说法。赌徒心态打麻将，越输越红眼。你们看。"方守仁把电脑屏幕转向大家，只见屏幕上显示一连串探究打麻将的心态的科学论断——"令人吃惊的赞美——不外乎能见好就收。另，本着打麻将的心态工作，战无不胜。"

卫一凡清清喉咙，说："牌友很重要。可能真的联合出千不出奇。"

"麻将馆现场烧得一干二净，没留下任何证据。等麻将馆老板的口供。"诺拉说完，吩咐程高和卫一凡去录口供。

"Madam，你看。"方守仁滑动着座椅，把手机伸到诺拉面前，昨天的新闻。

手机屏幕上诺拉刚好看向镜头，下面是各种新闻标题：美女督察智擒毒枭，飞虎队海上大战跨国毒贩……

"看这一条。"他把屏幕滑动到底下，"女督察与恒信集团二公子豪宅出双入对，冰释前嫌。"

"看来查他的案件只查得我们肝气郁结，看看这些绯闻标题，李振儒很怀念成为舆论焦点的日子。"方守仁嗤之以鼻，末了又加一句，"由此断定，他和方馥这样的大明星谈恋爱，要顾及女方的事业一直保持低调，他的酒精肝已经郁结成症了。"

狗改不了吃屎！诺拉愤怒！她每日御港湾地下停车场驾车离去，哪可能有什么出双入对的照片被人偷拍。这个富家子弟无端搬入同栋大楼，制造同住暧昧，原来如此，早上他在电梯里失魂落魄又自恋的模样，真是活该。

天生天成娱乐公司。

唐懿坐在化妆间，看着化妆师和发型师为自己做造型。夏以涵并不在，她已经贵为娱乐公司的艺人经纪部经理，另外派遣了一名年轻助理为她打理细节。"我们的队伍很专业，你放心。"她向唐懿保证。

她盯着镜中的自己，熟悉的面容在化妆师的手下一点一点地改变，慢慢展现出自己不知道的一面。她还未尝试过这种风格，有些忐忑，担心气场撑不起来。不知道方馥拍广告的时候是怎样进入状态，可能仅仅是片场的排场就让她企望难及，她忍不住比较。镜子里面保镖负手直立在她身后，戴着墨镜的脸看不出表情，这是李家请的金牌保镖。隔壁化妆间的女明星，出道三年，星途正顺，她的两个保镖垂手站在旁边。看不出保镖身手的区别。唐懿有些无聊，这种比较如果公开，简直就是找碴儿。

唐懿和女二号在广告中有一句台词，导演交给她的拍摄说明厚厚的十几页，拿在手里沉甸甸的，她直直抬起手，翻开资料，偷空一字一字重温。

"麻烦闭上眼睛。"化妆师温柔地提醒，该化眼妆了。

她闭上眼睛，任化妆刷在她眼皮上轻轻涂抹。

"你眼下黑眼圈有点严重，不过年轻，皮肤状态很好。"隔壁女明星的化妆师声音不大，唐懿听得清楚。

"今日开机，昨晚敷了两张急救面膜入睡，当然吹弹可破。"女明星撒娇。她和唐懿的化妆师都是男性，撒起娇来声音似恋人般甜蜜，"你帮我化好点。"

她声音停顿片刻，接下来突然话锋一转："我没那么好命，怎样勤力护肤都比不上豪门生活的滋养。"

化妆间的气温陡然下降了几度，年轻的小助理显然见过场面，只是询问唐懿是否需要喝水。唐懿点点头，装作没听见挑衅，她还没有进入角色状态，女二号已经开始向她发难。

女明星等了几分钟，见她没有反应，瞟了唐懿一眼，只见她眼睛闭着，化妆师已经化好了她的一只眼睛，只需化好另一只眼睛，整个妆容就完成了。发型师正为她卷着大波浪。这个豪门的前妻看起来妩媚、冷艳，极致女人味。

女二号没有再说一句话。唐懿睁开眼睛的时候被自己惊艳了一下。镜中女人目光清澈，浅酒红色的朱唇边卷着一缕垂下来的长发，她还未试过这种妆容，遮掩了她身上小家碧玉般的温婉气质，成熟中带着清新冷冽，很像方馥。

一股说不清的情绪在酝酿，唐懿不自然地换了一个坐姿，不安地甩了一下长发，镜中的女人摇了摇头，她是她，方馥是方馥。

事实上，她不可能是方馥。唐懿是唐懿，方馥不只是方馥。作为海港最有影响力的人物之一，方馥已经成为海港的一个代号。

唐懿万万没预料到导演和摄影师见到她的盛装到场，片刻之间眼圈竟然红了起来，似是为她刚刚妄自与方馥的比较来一记教训。她心内的不安增加了几分，开始怀疑这一切是故意安排。她在最年轻的时候嫁入豪门，习惯了成为焦点的生活，自觉对虚名的追逐保持一份克制，遂而成为自信的一部分。然而当灯光师把柔和的灯光打在她脸部五官，小助理为她贴身收拾服装细节，导演开始把摄像机对准她的时候，她还是发现内心虚弱，口舌失去往日流畅，甚至忘记台词。

开机第一天在NG中度过。唐懿收工的时候，对所有人充满歉意。眼神才是香水女人的焦点，台词是次要。

女二号眼里笑意盈盈，嘴角却含着嘲讽，下班收工后，才是好戏的开始。

海港机场。

夜晚11点。李振儒一脸风尘仆仆走出机场。

一日来回海港申海，于他而言已是家常便饭。李家的司机已经在机场门口等候，他打开车门，弯腰钻进车子，奔驰车无声汇入城市车流之中。

"少爷，这是大少爷要你处理的事情。"司机在等红绿灯的空当，递过一只手机。

李振儒接过手机，唐懿的脸近距离放大在他面前，乍一眼望去，媚眼如丝，气质几分神似方馥，只是多了疏冷，少了明朗。唐懿没有方馥的五官立体标致，然而也算东方美人胚子。

他未及欣赏，司机提醒："大少爷吩咐，好好处理事情。"他把手机屏幕往下拉，看清楚了这是一本销量不俗的娱乐杂志封面。封面标题大意为豪门前任媳妇沾光，借恒信新任主席的舆论声势上位。

"大少爷提醒，勿让娱乐圈绯闻和他沾上关系。方女士虽然已经逝去，然而她背后的吴轩云与李家势均力敌，少爷务必马上处理事情，阻止舆论发酵。"车子停在十字路口等红绿灯，司机并不回头，却似背后长了眼睛，洞察他心思。李振儒半边脸隐在车内阴影中，心思晦暗，吴轩云竟然会为一个不在人世的女人不惜与李家为敌。他已经完全忘记了，方馥在世时，自己是如何处心积虑地想利用这个女人去染指吴轩云的生意，仅仅是这一点，就不能以简单的三角关系概括两人以往的恩怨。

车子在一个报纸杂志摊档停了下来，李振儒下车买下这本杂志。

御港湾。

淋浴室里花洒喷出的热水冲刷着李振儒，他闭着眼睛，任水流洗去疲惫。果然不一样了。李家的司机第一次用这种语气对他说话，不分身份地位；李振逸第一次这样警告他，不念血脉亲情。他做好了心理准备，毫不在意。

什么是亲情，十六年前他妹妹去世的当晚，他母亲脸上纵横的泪水，让他茫然，女人的眼泪怎么比得上钻石珍贵。不然，母亲怎会这么浪费。

为什么父母都偏爱女儿。楼下的邻居，玉家大小姐，高级女督察，也是从小被奉为掌上明珠，在宠爱中长大。

　　他围上浴巾，上身未干的水珠令他健硕的胸肌分外性感，长年锻炼的肌肉掩饰了酒精过度导致的内脏肥胖，让他的对镜自恋多了自怜的意味，像他这样的翩翩贵公子，值得女人第一眼见到他就倾心相慕。

　　夜已深。诺拉已经入睡。公寓里静悄悄，安琪静立在玄关处，留神倾听。它的"大脑"在昨晚遭到了重力震荡冲击。仿生物电流在它体内流转，它的仿真皮肤上布满无数神经末梢，每一次细微的冷暖触感都在它的神经结处激起小小的火花。昨晚的袭击，它的脸部皮肤神经元检测到平均每分钟有30牛顿的冲击压力，它的"大脑"回路因为震荡导致电磁场异常，发出警报。一组频率介于7~14赫兹的声波作用于它的神经元，引起共振，进而产生近距离拳击它脸部的冲击力效果，犹如被人近距离重拳袭击，令它痛苦不已。

　　安琪的大脑已经接入防盗系统，三米以内扫描入侵者的脑部信息，然而，它低下头，再次检查门外的情形，半夜12点13分，门外空无一人，五米范围内依然无发现。这一组与脑电波频率一致的声波不知来自何方。

　　昨夜它反反复复在公寓中踱步，如巡逻自己的领土般一遍遍巡视整个"大脑"，试图检测锁定干扰源。重击一下接着一下，如耳光般掌掴在它面上，它自出品以来第一次体验痛苦的滋味。安琪几乎可以肯定，如果它持续被重力掌击，它的神经元电流异常不仅仅导致电磁异常，而是程序异常，终止它的"人生"。

　　这听起来似乎好笑，充其量只不过是女主人新购买的电子智能产品坏掉而已。但是，人类对智能的重视已经不仅仅把智能人视作朋友、对手或陪伴，这种意识同样灌输在安琪身上。它的"人生"只经历了短暂的几个白天黑夜，就被人暗中蓄意破坏。即使它的记忆仅仅局限于方寸之间的小小芯片，自她在被重击的第一分钟开始，已经决定竭尽所知寻求报复。

　　安琪的大脑芯片无线连接了网络，打开网络的搜索引擎，搜索引起电磁异常的原因。很快，数据库给了它回应，它遭受到了次声波袭击。袭击规模远小于次声武器在战场上的致命杀伤力，但是强度足以导致人类神经受创，精神紊乱，失眠，痛苦不堪。

　　黑暗中安琪的目光幽冷。次声波袭击的共振效果让次声武器的使用者无法如枪支弹药般精确袭击目标，因而目前尚未见闻次声武器在战场上的使用。但正是由于致命次声波的这种共振特点，让自然界多次出现人类集体神秘死亡的事件。

换句话说，它的女主人诺拉昨晚极可能遭受了同样的袭击，却由于低频次声波极难被人脑探测而被听觉神经忽略。

诺拉梦里睡得安稳。

12点34分，是昨晚袭击开始的时间。她脑海里嘀嗒嘀嗒计算着时间，安静等待。

一夜安然无事。

安琪静候至凌晨5点，才蹑手蹑脚地回到沙发上，进入睡眠充电状态。

Q．**第十五章**　　　　　　＋

　　"嘟嘟嘟……"放在床头柜的手机响了起来，诺拉睁开眼睛，坐起来接通电话："喂，怎么样？"

　　"Madam，位处海港玖龙砂尖嘴的海港洲际酒店刚刚报警，该酒店一海港客人由昨晚至今日清晨彻夜不归。"方守仁的话音清晰，毫无睡意。

　　"什么背景？"诺拉边问边把脚套进拖鞋，走出房间。

　　"暂时不清楚。但是酒店大堂经理确认该名男子持护照，两日前自A国回港。"

　　"叫附近伙计先到现场，我随后就到。"诺拉挂了电话，关上洗手间的门。

　　显然安琪已经知道女主人今日赶时间出门。

　　"早晨好！诺拉。"见到诺拉从洗手间出来，它如常打招呼，手下功夫并不慢，很快把水果切好，倒上沙拉酱。

　　"早晨好！"诺拉坐在餐桌前，喝一口柠檬蜂蜜茶，看看表，她有十分钟的时间解决沙拉，幸福的早餐。爱玛钻在她脚边，好奇她怎么叹气的次数越来越多。

　　"拜拜，安琪。拜拜，爱玛。"她向它们挥挥手，轻快地出门。

　　海港洲际酒店。1612号房。

　　此刻1612号房门大开。一名身穿警服的警察站在门口，看到诺拉到来，"Madam，Patrick在里面。"

　　"好的。"她点点头，走进房间。

　　只见玄关处的衣橱门打开，一件浴袍扔在里面。三十平方米的豪华房间看起来空荡荡，只有一只背包搁在电脑桌上。背包拉链打开，几本证件摊在桌面。方守仁正在茶水间取样指纹。

"Madam，"他见到诺拉，"几乎百分百肯定这名住客与麻将馆内的自称A国籍海港人的死者是同一人。但是他只是持有A国绿卡，不是A国公民。他的证件包括海港护照、A国绿卡、A国银行借记卡，还有A国驾照。看样子已经在A国居住了十年以上，但是没有入籍A国。"与麻将馆内与人发生口角的死者自述有出入。

"大堂经理确认，事发前一日该名住客曾使用酒店内电话联络出租车司机，他们正在联络该名出租车司机。据大堂经理报称，该名男子自昨天中午11点钟出门至今未返回。"酒店内的大床叠得整整齐齐，保持着被酒店服务生整理过的模样。

方守仁小心地撕下贴在杯子上的胶贴，放进封口袋里。

诺拉拿起住客的绿卡，Herbert Liang，出生地海港，出生时间1973年7月23日，2002年5月6日正式成为A国永久居民卡持有者。这张绿卡到期时间是2025年。绿卡上的男子剪着平头，看不出年龄。

"已经通知海港警局的伙计，查询该名梁姓男子是否有案底记录。"方守仁不知什么时候已经站到她旁边，"卫一凡还在查麻将馆的老板，隔壁的商铺对这家麻将馆违规经营全然不知情，老板专盯外地和外籍人士客户，非常隐蔽。"他顿了顿，又说："死者刚回港两天，订了七天的酒店，刚住了两日，对这家麻将馆已经熟门熟路，看来是有人带路。洗手间里的垃圾桶里扔了一条男性底裤。大堂经理调出这两天的监控视频，发现并无任何异性进出这个房间。"未婚，单身，不沾色情，不像专职赌徒，黄赌毒样样不离身。

方守仁收起相机，把证件封存入塑料袋，连同桌面的背包一起，带回警局。

警局。

"Peter，这是死者的A国绿卡、驾照，以及银行借记卡，你联络A国驻海港大使馆和A国警方，查清楚该名男子在A国的居住地点、职业，以及银行账户的支出存入情况。"诺拉把资料交给卫一凡。

"麻将馆的老板供认违规经营麻将馆三个月，不过否认麻将馆内的工作人员联合客人出千。"卫一凡把手头的口供资料递交给诺拉。

"Tony，看看档案资料科有没有Herbert的记录。"诺拉将护照资料交给宋琪。

一小时后。

"Madam，A国大使馆方面回复，暂时查到该名男子A国的常住地哥谭及他的社保账号。其他方面的消息等明日A国警方调查后回复。"卫一凡预感Herbert可能与哥谭亚裔黑帮有关联。

"已经查过2002年后该名男子的出入境记录。他极少回海港，两三年回来一次，没有这个人的案底记录。"宋琪摇摇头，该名男子没有涉黑。

"留在医院的伤者和死者当日曾搭乘的出租车的司机已经辨认过死者的照片，确认死者就是绿卡上的男子。"程高传真照片资料到医院，伤者几乎一眼认出当晚同台豪赌的死者。

故意纵火致人死亡，诺拉敲着笔，等明日资料档案调查齐全，警方就可以结案。

恒信集团执行总裁办公室。

"哥，这是我们天地公司做的计划书，大概三个月内可以完善恒信百货商业电子平台的设计。"李振儒把手里的计划书放到李振逸的桌面。

李振逸没有打开，盯着他的眼睛，问："唐懿的事情怎样了？"他眼下有淡淡的乌青，熬夜的痕迹明显。江心婉昨晚发了一通好大的脾气，她与唐懿同一屋檐下时不曾深交，旁人极易从中挑拨，就连子女也被牵涉其中，不能幸免，成为明枪暗箭的棋子。然而，彼时家庭关系再不济，亦未见有如此下流的绯闻攻击。没料到唐懿离婚后，好事之人竟然从家庭辈分伦理入手，直言唐懿能如此极速上位出于前夫的哥哥、子女的大伯、恒信新任总裁的厚爱。言辞之暧昧、中伤之手段意欲李家颜面无存。

李振儒对他的怒火有些迷惑不解，只是一本二流杂志而已，做大事的人不必介怀，唐懿被人嫉妒不是一天两天的事。

"嘟嘟嘟……"他的手机响了起来，他把脸往右偏了偏，接通电话："喂。"

父亲李翰瑞的声音从电话里传了出来："振儒，你在哪里？"

"恒信。"他直截了当。

"正好，你好好跟你哥哥商量公司合作的事。他接掌恒信才第一天。还有，彤彤晓晓的妈妈再怎么事业心强，都要让一让。你跟她好好商量，或许另外给她一笔钱，避开演艺圈，避开方馥事件。"

"哦。"他敷衍着回答，等李翰瑞挂了电话。方馥案已结，他怕什么无事生非。

事实上，他昨晚翻看杂志的时候，发现文章的描述颇为动人。

他嘴角可能带了得意而不自知，李振逸再次看到他这副心底开出花儿的模样，吃惊得说不出话来。

"哥，写唐懿的那本杂志我已经买了下来。你知道她最近接了个香水广告，只是时间刚好在你接掌恒信之后。我们不能让好事之徒伤了兄弟和气。我今日过去片场看望她，自然可以澄清和你之间的牵扯。"他的口气自信得理所当然。

除非你把这一期杂志全部买下来！"Shit！"李振逸心中骂了一句，扯开领带结，"所以……"他历经商战风浪，此刻却词穷，脑海里找不到骂人词汇，他弟弟站在面前，指责他反应过激。

反正女人的心胸是撑大的。江心婉撑撑就过去了。父亲多虑了。李振儒看着哥哥说不出话的模样，不免更加得意，父亲常说自己性急，不肯忍耐，未免断言过早。

下午2点。天生天成娱乐公司。

唐懿正在化妆。"叮……"手机显示收到一条来自李振儒的短信。她打开："我等会儿过来看你，你在什么位置？"唐懿许久没收到过他的短信，他的口气熟悉如两人当年热恋般自然。她有些震惊，把手机递给旁边的小助理，让她帮忙发送位置。

事实上，当李振儒风度翩翩地出现在片场的时候，唐懿才真正意识到事态的严重。她不知道，她的前夫，恒信二公子李振儒先生，在与方馥相恋的三年间，从未出现在拍摄片场。"嗨。"他打着招呼，似是对唐懿又似对在场的其他人。在场的人齐刷刷地把目光集中在他身上，这是已逝巨星方馥的男友，恒信李家李振儒。

"不好意思，我第一次来片场。"他自然而然把手中的玫瑰花束交给旁边的小助理，似乎很享受这种轰动效应。他李家这个靠山，不输于皇家集团的老板，方馥何止是不识抬举而已。吴轩云即使是算尽心机有意而为，骗他的前妻唐懿入局拍广告，那又何妨，他夹在吴轩云和李振逸之间，未必不是受益者。

片场沉默得可怕，众人觉得不可思议，李振儒一派悠然风度洒脱的模样，在众目睽睽之下把前妻当新欢示爱，仿佛方馥已经是明日黄花。片场所有人几乎都是方馥的朋友，无论生前与她有何过节，自她死后均惋惜不已。唐懿即使加上李家少奶奶的光环，影响力与方馥仍然无可比较，真不知李振儒这番造作可以羞辱谁人。

李振儒似是对他人的反应无知无觉，他嘴角的微笑让唐懿有些惊吓，聚光灯下面部表情僵硬起来。如果她知道，为了吴轩云，方馥曾无数次阻止李振儒出现在她公司或工作的任何场合，恐怕震惊不已，完全颠覆她对二人恋情的观感。

"停!"导演不耐烦地喊，在旁的副导演马上过去唐懿身边，为她解说演绎的细节。

"嘟嘟嘟……"李振儒的手机响了起来，他没有调静音，正在说话的副导顿了顿，继续往下说。

他向旁边的人悄然说声不好意思，走到角落处，拿出手机，屏幕显示电话来自A国，他接通电话。"喂。"

"老板，昨天一只美股跌得厉害，经纪人不太看好这家公司，认为无法止跌回升，建议转手换过一只。"

"知道了。"他挂掉电话，面上的阴沉一闪而过。

唐懿已经重新摆好了姿势，也许是因为她始终熟悉李振儒，也许是因为副导演的循循讲解，她的表现相比昨天，与女配角配合得更自然了些，等她收工望向前夫时，他脸上露出了难得的笑容。

下午2点45分。御港湾。

安琪并不忙碌。女主人几乎三餐时间都不在家，几十平方米的居住面积，一天时间处理清洁卫生问题绰绰有余。它的动作没有人类敏捷，然而慢工出细活，整洁家居的能力不逊于人类。

午后的阳光正猛，它把爱玛抱到窗边的位置，太阳能充电器被它放置于窗台位置，爱玛的小屁股往上一坐，进入充电模式。主人还有好几个小时才回来，它坐在沙发上，程序自动跳至低耗能模式，停止了所有活动。

袭击如前夜一样突如其来。安琪蓦然睁开眼睛。又来了。一段声波以掩耳不及迅雷的速度瞬间作用于它的脸部神经，同时伴随着震荡感以及刺痛，安琪如被人当面打了一巴掌。它的大脑随即发出嘀嘀嘀的报警声，它马上站了起来，向门口走去。猫眼范围内空空如也，安琪的眼睛贴在猫眼处，缓慢转动眼珠——还是找不到任何袭击者的踪影。爱玛还在休眠中，看来没有对它造成影响。它伸直腰，刚抬起头，又一记重击，这次是作用于它的头部芯片处。重击对大脑造成的压力像小小核爆般瞬间让神经元和神经线路火花四射，脑部磁场发生扭曲，嘀嘀嘀，报警声越来越急促。安琪闭了闭眼，第三次重击接踵而至，声波频率在7~11赫兹，与它脑部电流产生的辐射电波频率一致，安琪睁开眼睛，一步一步艰难地回到客厅，坐在沙发上的一刻，自动切断电源，进入完全静止状态。

晚上8点，诺拉回到家，打开门，玄门灯亮了，她脱掉中跟鞋，换上拖鞋。客厅的灯没有打开，她察觉到异常，喊了声，"爱玛？安琪？"

客厅里传来爱玛的汪汪声，没有安琪的声息。她走入客厅，伸手打开灯，客厅顿时亮了起来。只见安琪静坐在沙发上，一动不动，爱玛的充电器被它放在窗台位置。此刻爱玛正站在窗台，看到诺拉，朝她吠了两声，急着从窗台上下来。

诺拉过去把爱玛抱在手里，坐到安琪身边，尝试了解它的状况。只见它双眼紧闭，头部的电源指示灯已经熄灭。除非主人手动切段电源，不然，即使是电源低下的情况，安琪也只是进入自动充电的休眠模式，电源灯不会熄灭。

"汪汪汪！"爱玛冲安琪吠了几声，挣扎着从诺拉的怀里蹭到安琪身上，想得到它的回应。难道安琪受到了高频干扰？诺拉警觉起来，马上掏出手机，打电话给楼下的保安，保安回应自上午李振儒先生驾车出门，到目前还没有回来。她接着打电话给警局的同事，要求查询李振儒今日的活动情况。半小时后，同事打电话回复，李振儒目前在兰桂坊，他今日上午出现在恒信，下午出现在天生天成娱乐公司的片场。

和方馥家发生电子异常时的情况一模一样。

不是近距离的高频干扰，到底是什么导致异常？

"汪汪汪！"爱玛似乎不想再留在她怀里，她把它放在安琪脚边，松开手。爱玛抬起头在安琪的脚边磨蹭了一下，还是没反应。"不着急。"诺拉安慰，她试着把手放在电源的开关处，用力按下按钮，并保持三秒。

指示灯闪了两下，由红灯转绿灯，"你好，我是安琪。"随着语音声，安琪睁开眼睛。"汪汪汪！"爱玛在它脚边吠了两声，开心得绕着它的脚磨蹭。诺拉长舒了一口气，说："安琪，我回来了。"从侧面看去，安琪乌黑短发，鼻子挺直，眼睫毛长而弯，雕塑般完美。它转过头来，对上诺拉的眼："主人，欢迎回家。"她的目光带着被次声波袭击的痛苦记忆，诺拉大惊失色，握起它的一只手，问："发生了什么事？是不是有什么袭击了你的芯片程序？"安琪的手触感柔滑温暖，它马上回握住诺拉，说："是的，今天下午2点50分，一组频率介于7~11赫兹的声波袭击了我的大脑神经，该声波在我的神经元处引起约500牛顿的力度共振，意欲摧毁我的大脑芯片。只有切段电源，终止脑部及全身神经的仿生物电流产生的频率，才能阻止声波与我的身体产生共振。"它一字一字，把记录到的信息汇报给诺拉。

"等等，这是第一次出现这种状况？"诺拉不寒而栗，原来如此。相比高频干扰安保电子系统，挑拨方馥和吴轩云关系的推测，这种次声波袭击才是真正的致命武器，要取方馥性命。只有自杀才能阻止神经共振造成的痛苦。

"前晚半夜12点34分，同样频率的声波第一次袭击，历时30分钟，当时主人已经入睡。当时并无探测到门外有人靠近。"安琪的目光有些暗淡，对方无声无形，它空有仇恨之心，毫无办法防备。

诺拉在手机上拨了一串号码。"喂，埃德蒙教授。"他在电话的那一头热情地回应："嗨，诺拉，发生什么事？"

"我怀疑李振儒不是以高频，而是以超低频的声波，跟人的大脑相同频率的低频干扰方馥。方馥不堪其扰，被逼自杀。玉锦送给我的智能人这两天遭受了两次低频声波袭击，据它测到的数据显示，声波频率在7~11赫兹，可以对它的神经造成损伤，甚至伤害脑部芯片。"

"诺拉，次声武器属于大规模杀伤性武器，很难精确某一个目标或确保只有某一方受损伤，这源于此声波波段超长，散播距离远，足以绕地球几个圈，同时它利用共振的原理造成杀伤，无法区分敌我阵营使用。目前还没有这种武器应用于战场的记录。"埃德蒙慢慢分析。

"没有其他办法可以使用这种频率的声波进行施袭吗？"诺拉相信安琪的侦测数据。

"诺拉，暂时来说，目前在自然界次声波产生于地震、火山和台风等自然现象。另一自然现象是人的大脑，它的电磁频率也是低于20赫兹左右，与此声波的赫兹频率一致。然而，除非有科学数据，否则，我们没有任何证据能证明人脑的电磁频率可以对他人造成干扰，这不同于日常生活中各种电器的低频对人体造成的辐射影响。"然而，埃德蒙教授话中带着鼓励，"现在已有技术探测这种低频数据，就如方馥家的安保系统。安琪的大脑，正是作为终端探测分析这些数据。然而，目前的难题在于，如何断定干扰源。我的意思是说，你必须通过法律的程序调查，获取对他人的人身进行脑电磁测验的准可，以确定其是不是干扰源。在这之前，要有足够的证据支持你提出对某特定嫌疑人进行测试的申请。就如我们要对某个嫌犯使用测谎机，其必要前提，是有足够的证据支持警方抓捕嫌犯，或要求证明嫌疑人证供的可靠性。我们都知道，难在获取这种'足够的证据'。"教授只分析数据，很少这样讲法律程序。

她也知道不容易。

"埃德蒙叔叔只可以提供技术支持。其他的必须要诺拉你们自己努力。"埃德蒙安慰，他知道到这一步说易不易，说难也不难。

挂掉电话，诺拉以最快的速度去浴室洗漱。住在头顶的李振儒，第一次让她感觉有如泰山压顶，浑身如刺针毡般不自在。

一夜无眠。安琪整夜孤坐在客厅，没有动静。频率介于7~11赫兹，低于人耳可以听到的范围，不管诺拉怎样竖起耳朵，也无法体会低于20赫兹的声波传播，无法捕捉未知的存在。

海港警局。

"Madam，这是A国警方的调查结果。"方守仁把传真过来的资料分发给诺拉和其他几个同事。

Herbert Liang，中文名字梁忠发，哥谭居民，1973年7月23日出生于海港，2002年5月6日正式成为A国永久居民。还有其社保号、护照号、银行卡账号。

他自2007年8月始，在哥谭皇后区云顶赌场工作，他在赌场的工作主要是帮客人洗牌，有时负责保安工作。他有长期的吸毒史，主要吸食大麻。无与哥谭亚裔黑帮的来往记录。

他于2019年9月26日回港，9月27日上午前往事发麻将馆打麻将，9月28日凌晨3点吸食大麻，9月28日上午7点因赌资问题与麻将馆工作人员发生争执而纵火烧人，引发火灾。

有趣的是，资料上显示梁忠发的银行卡账号每月除了一笔固定薪水入账，一年有额外一两笔十几万美金到几十万美金的入账，均由同一尾号的A国账户转入。这笔不定额的收入自2008年开始，一直到现在。

"该A国账户持有人为苏学伟，A国籍海港人，在A国拥有一家自己的空壳公司，用于投资炒股。他转入梁忠发账户的钱全部由一个瑞斯联合银行账户打入，每年固定有几百万美金的入账。"卫一凡看着资料上的一连串数字，有些面熟，"Madam，这个账号好像在哪里见过。"

李振儒的瑞斯联合银行账号。

众人面面相觑。当时方守仁还说了个笑话，如果他转到国际刑警科，只需查瑞斯联合银行账户就足以飞黄腾达。

"我昨晚，"诺拉考量着字眼，她第一次在办公场合说家务事。众人敏锐地觉察她口吻的不同，静下来看着她，"我家的智能人昨天发生了一点意外情况，与方馥案件出现的情况相似。然而，据智能人的数据显示，令它发生异常情况的不是高频，也不是低频，而是人耳听到范围外的超低频，频率介于7~11赫兹。以科学角度解释，它遭受到次声波的干扰，导致异常。次声波可以打击人类的精神意志，对人体造成毁坏性损伤。"她一字一字描述，力求精确。

"次声波干扰，远比目前所知的高频干扰邪恶。"她补充。

"也就是说，方馥案有新发现。"她做结论。这次意外得到的调查证据，非常关键。

"Madam，之前查李振儒的资产，只知道他持有美股，没听说他在A国有公司。"卫一凡说，他想不到李振儒会和赌博扯上关系。

"A国警方正在联络瑞斯联合银行，调查该瑞斯联合银行的私人账户情况。他们怀疑梁忠成与苏学伟利用空壳公司洗黑钱贩毒。"宋琪翻翻资料，他几乎急不可耐，方馥的尸检报告显示若有若无的暴力迹象，原来如此。

"Rick，通知毒品调查科，在调查过程中留意海港恒信集团的动向。注意，不要引人注意。"诺拉示意，舆论是把双刃剑，他们警方在调查追踪犯罪分子中，甚少需要顾忌嫌犯的声誉，她大意了。

"Madam，我们是不是要办理申请出差，预感我们可能要到A国协助调查。"方守仁打了个响指，首次对出差期待。

"Madam，查到李振儒这两天并没有与死者梁忠发联系。然而，昨天下午三点左右他接到来自A国的一通电话，打电话给他的正是苏学伟，帮他打理所有美股。"

"等A国那边的调查。"诺拉敲着笔，一分一秒如此漫长。

晚上12点。御港湾。

安琪在客厅，四周静悄悄，诺拉的眼睛慢慢沉重，听见自己的呼吸一深一浅，快进入梦乡。她似乎隐约听见李振儒穿着拖鞋在客厅走来走去的声音。

"嘟嘟嘟……"放在床头的手机突然响了起来，诺拉伸手接了电话，坐了起来。

"Madam，"手机里传来方守仁的声音，"A国那边回了消息，苏学伟的银行账号每年收到李振儒名下瑞斯联合银行的几百万美金的入账，苏学伟收到后再将十几万到几十万不等的金额转入六个不同A国永久居民的银行卡，梁忠发是其中之一。警方正在调查苏学伟的公司及其他五个人的个人信息。"

"更令人意料不到的是，李振儒持有的瑞斯联合银行账户每年有数千万美金的收入进账，几乎全部来自博彩公司的公共银行账号。他不知参与了什么赌博行为，运气超好，年年赌赢。A国警方正在追查那几家博彩公司，很快就有结果。"方守仁摩拳擦掌，恒信集团富贵二公子的隐形收入，简直轰动全海港，难怪方馥被他逼到自杀。

"联系A国警方和中国驻美警务联络官，明天一早向警务处处长申请，刑侦组准备赴美调查李振儒。"诺拉毫不犹豫。

挂了电话，诺拉躺下来，眼睛盯着天花板。她还是听不到，安琪也许已经进入休眠模式。她想打个电话联络教授，或者和安琪说两句。嘀嗒嘀嗒嘀嗒，时钟的分秒针走动的声音如此清晰，精确计算生命流逝的速度。她眼睛睁着，一动不动，过了很长时间，才在疲倦中陷入无意识。

顶楼。

李振儒烦躁地扯开领带，扔在床上，解开衬衫两粒纽扣，看向镜中满面怒容的男人。少了一个得力助手。他双手插着腰，男人衬衫下健硕的体型隐约可见，他的肤色有点白。他似乎有点流年不利。李振逸是如何独自渡过那些年的沉浮冷暖？一笑而过？他嘴角扯出一个微笑，镜中的白净男人露出一个带着寒意的讥讽，不若李振逸的微微一笑，几分不屑，眼神却带一点狡黠。

他不耐地把扣子全解开，走进洗浴间。梁忠发这几天不知所踪，他不担心梁忠发能够提供任何证物给警方指证他非法赌博。他和苏学伟却知道，再物色一个如此得力的助手有多么不容易。即使收入丰厚，愿意成为这种打手的人也不多。

"喂，"他全身泡在浴缸，拨通苏学伟的电话，"查清楚原来那只股票公司最近的经营状况。最近有没有其他潜力股？我加大投资额。"苏学伟有些不安："今日看盘，该股票发行公司可能一段时间跌势不止，没有再升的希望，建议出仓。而且，刚好A国这边调查公司财务，暂时不宜再加大投资。"他老板的女明星女友自杀案事件才刚平息，又再生一波意外。他刚刚打电话咨询梁忠发所在的云顶赌场，对方出人意料地告知，他在假期回海港期间，发生纠纷，在火灾中意外身亡。

"我们做合法生意，他们查不到什么，你放心。"最多出门多带一个保镖。他闭上眼睛，17楼的女督察如果愿意成为他的保镖，他倒可以考虑放过她。

挂了电话，苏学伟一阵恐惧，刚刚的两通电话，完全可能被窃听。梁忠发在海港不知牵涉了什么纠纷，警方正在调查。他在A国的一切有关的身份资料信息，包括自己的公司，以及公司每年给他一笔钱的信息，很快就会掌握在警方手中。苏学伟一手代理六个打手的联络事宜，这时他和李振儒讨论一个与老板没有任何关系的人，梁忠发，语意晦暗，不知老板是否清楚，海港的警方可能因为梁忠发事件再次查到他头上。

苏学伟不清楚警方掌握了什么证据，做这一行这么多年，他还未考虑过被警方调查的可能。他们的幸运在于，即使警方查到金钱的来往，没有实质的伤害证据，他可以以其他借口解释每年支付给梁忠发的金钱报酬。

Q. 第十六章   +

海港机场。

"欢迎乘坐海港国泰航空公司7342航班由海港前往A国哥谭，预计空中飞行时间为15小时50分钟。飞机现在正在起飞，请乘客系好安全带。"

诺拉看着窗外，飞机正在加速，窗外的景物飞速后退，片刻，飞机稳稳起飞，她和刑侦组的另外两个成员方守仁和卫一凡正式踏上A国的征途。直到现在，她依然未能相信，李振儒使用次声手段之残忍，简直罄竹难书。

她的脸庞看起来年轻饱满，像娇生惯养的富贵小姐出门，即使昨晚熬夜，眼下有乌青，仍然顾盼生辉，引得飞机上的乘客频频注目。今天凌晨3点12分，她突然醒来。黑暗中，安琪的身影从卧室门外走过，脑部发出一阵急促的嘀嘀嘀声音。

"安琪!"她喊了一声，安琪脚步停了下来，慢慢回头，它眼中似乎有什么熄灭，表情痛苦。诺拉披上外套，穿上拖鞋，走出卧室。安琪一直站在那里，她上前牵住安琪的手，两人到沙发上坐下来。

"家里没有，门外也没有。"它断断续续说完几个字，闭上眼睛，电源熄灭。它依然无法确定侵犯来自何方。诺拉握住它的手，感觉它皮肤渐渐冷却僵硬，进入静止状态。

"安琪。"诺拉低唤了一声，安琪耳后的能源灯已经熄灭，诺拉不确定能否再次正常启动它的生命。这种情形与方馥家中发生的一切惊人地相似，伤害她的声波共振同时影响了可以探测脑电频率的第二代安保系统，共振反应甚至连第一代电子安保系统也未能幸免。即使造成了电磁灾难，她还是无法掌握有利于自己的证据，对付身边的"亲密"敌人李振儒。不能依赖，甚至知会吴轩云，无法向社会申诉。这个周旋于名流圈的女人诚惶诚恐，转向抄写经书，以逃避面对。

住在楼顶的杀人凶手还未入睡。他的冷静反应在过去看起来只是冷漠，诺拉现在才了解，这种冷漠在肆意张扬和炫耀冷血，因为笃信警方无法掌握证据。有多少夜晚，他与方馥吵架，以次声波袭击这个隐忍的女人，杀人无痕。方馥躲无可躲。这个男人无论身处地球任何角落，只要心生恶念，受害者手到擒来。

飞机窗外白云朵朵，空姐从过道经过，方守仁为诺拉点了一杯咖啡。通宵熬夜，他特意带了个护颈软枕上机，还是合不上眼睛。调查李振儒的十几天时间，各大奢侈名流场合跟踪，警局的伙计曾开玩笑说，他们好好上了一堂豪门恩怨课，以后遇着明星与公子的恋情，逢赌必赢。想不到他们调查的对象竟然是一个嗜血成性的杀人凶手，披上了社交场合五光十色的幻彩衣，装扮成翩翩贵公子，欺名盗世。

诺拉喝了一口咖啡，并无睡意。十六年前，李振儒第一次使用次声波伤害自己的妹妹，女孩其后自杀。第一次得手让他一发不可收拾，恶胆横生，利用这隐秘的空白，堂而皇之地经营自己的杀人牟利事业。

在这黑暗的地方，方馥和李怡君，惶然无助，被毒蛇一般的李振儒纠缠，痛苦绝望，无人知晓。

"据A国警方调查，李振儒以过百万年薪聘请苏学伟为他打理在A国的股票，另外，专门以不同注册账号在A国的各大赌博网站上下注，以及与博彩公司签订赌博合约，赌博标的为活跃于A国各界的名流明星的寿命长短。他几乎年年赌中一两个人的死亡时限，年年有过千万的美金入账。"出发前卫一凡向她汇报A国警方最新的调查结果，"而且，我们的人昨晚窃听他的电话，他似乎要求苏学伟尽快物色新的人选，取代死去的梁忠发。"

罄竹难书。

如果不是方馥，如果不是梁忠发，如果不是安琪，这条杀人产业链如一条肥大血吸虫，吸干人的精血，让受害者死于各种突发疾病，杀人凶手永远逍遥法外。

"Madam，预订哥谭康克尔德酒店。毒品调查科已经知会A国联邦调查局，梁忠发与他们正在调查的贩毒案没有关联。"方守仁的声音把她的思绪拉了回来。他和卫一凡加上有组织罪案及三合会调查科A组的两个同事一起参与这次行动。行动任务主要是抓获苏学伟及另外五个打手，指证李振儒故意杀人。

"好。"她有点疲劳，闭上眼睛。安琪被安置在包装箱，和行李一起托运，空运至A国，它将提供次声伤害的物证。

哥谭。

凌晨，一行人风尘仆仆，到达哥谭。刚走出候机大厅，方守仁的电话响了起来，来电者是中国驻哥谭大使馆的警务联络官。

"喂，你好。"

电话另一端传来一个讲粤语的声音，大意是欢迎他们来到哥谭，他们已经和A国联邦警方成立了一个专案小组，A国联邦调查局局长为组长。他们已经查清楚苏学伟和另外五个人的藏身之处，明天一早行动。

这次行动相当低调。李振儒似乎未在意梁忠发的失踪，不急着找到他的下落。这种发财方式，比任何黑社会活动安全，他不担心梁忠发得到好处后金盆洗手或者向警方报案。他昨天联络苏学伟，命他另外物色新的打手，料定不会惊动警方。

次日。

五个人早早起床，奔赴联邦调查局，驻外警务联络官已经在警察局等候，众人一番简短的介绍后，连同一班联邦探员，开行动会议。

苏学伟住在皇后区，另外五个人分住在A国各大城市，相互并不见面，只与苏学伟联系，他们在A国都有份正当职业，过着体面的生活。就连死去的梁忠发，花起钱来也非常大方。警方分头行动，诺拉一组和另外几个联邦探员，负责捉拿苏学伟。

哥谭皇后区。

天气阴郁，气压偏低。窗外几只小鸟在跳跃，一声一声啾啾。苏学伟吻了吻妻子的金发，起床收拾行李。

空气中隐隐一股风雨欲来的气息，他有些不安。老板要求他查清楚梁忠发的情况，他暂时离家几天，亲自回海港调查。当年他托人介绍物色对象，梁忠发初时移民到美，孤身一人，找到的工作收入远远不够支出，与苏学伟一拍即合，顺利合作至今已经超过十年。梁忠发并不知道李振儒，他可能回海港散心，也可能探访家人。他们既不属于黑社会组织，也没有与苏学伟签订雇佣合同，双方凭口头约定行事。A国的名人，经常成为赌注，他们的婚姻或寿命均可以用来赚钱，年纪大的名人尤甚，这在A国已经形成了产业。

怕什么，穷人都仇富，经常公开跟他们找碴儿，没人在意这种赌博标的是否符合道德。既然没有不道德的赌博标的，手段不光明又何妨，多的是人赚非法钱，只要警察查不到，没人在意。况且，涉及灵魂的话题，他倾向于东方文化中前世或后世因果报应的说法。谁人能说清楚，他们前世是不是做了什么事情，这一世才成为公众的赌博标的，纵有财富名誉，亦无法享受。

他收拾的速度很快，床上的妻子仍然在熟睡，此时翻了翻身，继续沉睡。

"咚咚咚。"有人敲门。他抬起手表看了看，7点45分，他的邻居不会这么早打扰他。他警觉起来。

"咚咚咚。"来人再次敲门。苏学伟抬手梳梳垂下来的头发，走出客厅开门。

门刚打开，几张FBI证件挡在他眼前。"FBI！我们怀疑你策划以及参与了谋杀行为，从中牟利。你有权不说话，但你所说的话将会成为呈堂证供。"向他出示证件的联邦探员严肃地告知他的权利。他举起手，认出站在人群最外面的一张年轻的中国面孔，来自中国海港的高级女督察玉诺拉。这个女人非常厉害，只调查李振儒一段时间就令他蒙受不少经济损失。

苏学伟没有惊慌，向为首的FBI探员告知，他太太什么都不知道，恳求给予十分钟的道别时间。等他重新西装革履出现在客厅的时候，探员为他双手铐上手铐，把他押送上车。

诺拉上了另一辆车。警方没有张扬，没在车顶打开警示灯，没有惊动社区。早上的街区有点清冷，偶尔有带着宠物晨跑的居民经过，投来好奇的目光。苏学伟坐在前面的警车，车子很快发动，开往联邦警局。

抓捕行动出乎意料地顺利。警方开始行动之前，已经做了最坏打算，设计各种枪械恶斗的可能以及如何应对的策略，毕竟他们面对的犯罪分子手段异常残忍。自2007年开始，这个组织利用赌博，至现在已经故意谋杀二三十个人，满手血腥。

苏学伟文质彬彬，一派斯文，与李振儒气质相似。物以类聚。

如无意外，李振儒今天会在海港被拘捕，即日被移送A国受审。他在海港的案件则等待其后安排。他的余生将会在监狱中度过。

死无对证，死人最安全，不会透露任何秘密，不得老大信任的打手常常只有死路一条，这是很多电影的桥段情节，黑帮老大依赖恐吓式私刑控制手下，封口。

李振儒没有明示的聘请合约也没有黑社会组织的规矩，却非常自信。在他眼中，所有的次声打手，无论是死了还是活着，吐不出一个字关于赌博的秘密。所以他不担心梁忠发的下落。法庭讲证据。没有证据，即使有金钱来往，也证明不了这种交易的存在。

警方难以置信，以如此松散随意的方式契约，每年过千万美金的进账。

安琪已经被送去A国陆军研究实验室。它大脑芯片储存的记忆可以成为呈堂证供。李振儒花了一年时间以次声波——俗称意念力——把方馥逼到自杀。实验室只需依据袭击的力度累加计算，就可以大概计算出令一个人的大脑、心脏，以及神经和血管出现问题的时间。

A国赌博合法，赌博行业发达。李振儒瞄准的赌博市场，专门让赌徒以社会名流或公众人物为目标，以目标人物可能去世的时间为赌注。预言的时间越接近他们事实去世的时间，赢钱越多。A国市场并不认为这项赌博标的有违道德或者法律，也没有证据说明这条赌博产业链特别容易催生罪恶，应受道德谴责。当然，赌徒在从事这项赌博活动时，必须遵守严格的法律规范。

车窗外面，一排排的房子急速后退。诺拉猜着房子内的家庭成员各自的悲欢离合，各自的心愿梦想，追求自己的人生。房子里有防盗系统，有感知灵敏的宠物，房子外面有栏栅，街道有警车，守护他们的家园，保护他们的肉体。谁能想到，千里之外，有人可以越过所有这些防卫，以次声波侵犯他们的大脑、感官神经，让人类社会的终极栖息港湾——家庭，成为虚设。

对于他们警方来说，如何规管法律的空白，顺利发出相关逮捕令，是目前急需解决的问题。

8月底的傍晚，晚霞染红半个天空。方馥站在阳台，围墙外，对面的别墅掩在姹紫嫣红的杜鹃花丛中，更远处，繁华闹市华灯初上，罗托利亚港平静如镜。她穿着新款的礼服，脸上未施粉黛，流过泪的眼睛有些红。良久，她返回房中，打开安眠药瓶，一颗接着一颗，把安眠药塞进口中，吞下，直到出现饱腹的错觉。

疼痛接踵而至。她捂住痉挛的腹部，翻滚的胃似乎让一切倒流，把液体泡沫灌到喉咙，逼出嘴角。她几乎站不稳，踉跄着躺到床上，盖好被子，半歪地枕着。闭上眼睛，疼痛似乎更清晰了些，她无法抑制地蜷着身体，所有的感觉一丝丝涣散。也罢，她厌倦了没有他出现的晚宴。厌倦了李振儒酒后通红的眼，不知是因为酒力，还是因为嫉妒。厌倦了头痛失眠。那些偶尔声嘶力竭的疯狂，在落地照衣镜中一闪而过，完全认不出自己。厌倦了那些时光，抄遍经书，却无力拯救自己痛苦的灵魂，在一笔一画的铁画银钩中，把一切归于承受前世今生之因果的愤怒。

她如此想着，疼痛中多了疲惫，直到中毒的神经终止了她对自己呼吸的感知。